ON RYOKI HANZAI SOSAHAN·TODO HINAKO
© Ryo Naito 2014
First published in Japan in 2016 by KADOKAWA CORPORATION, Tokyo.
Korean translation rights arranged with KADOKAWA CORPORATION,
Tokyo through Double J Agency.

이 책의 한국어판 저작권은 Double J Agency를 통한 KADOKAWA
CORPORATION사와의 독점 계약으로 '에이치'가 소유합니다.
저작권법에 의하여 한국 내에서 보호를 받는 저작물이므로 무단 전재 및 복제를
금합니다.

잔혹범죄 수사관
도도 히나코

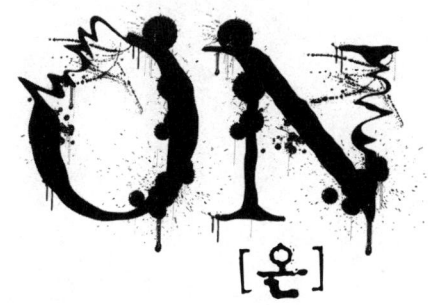

[온]

나이토 료 지음
현정수 옮김

차례

I

프롤로그
007

제1장
처참한 변사체
015

제2장
독방 안의 살인자
075

제3장
파블로프의 개
119

제4장
몬스터
209

에필로그
304

프롤로그

그날 있었던 일을 떠올리면서, 지금도 그는 소리 내어 울고 싶어진다. 돌이킬 수 없는 실수를 저지른 어린아이처럼, 머리를 쥐어뜯고 발을 동동 구르며 소리치고 싶어진다. 어째서 그런 끔찍한 일이 생긴 것일까. 얼마나 무섭고 아프고 괴로웠을까. 사건의 참상에 평정을 잃고, 악마의 소행을 멈출 수 없었던 자신을 후회한다.

물론 그는 그 일에 아무 관련도 없었다. 하지만 그래도 스스로를 용서할 수 없었다. 몸 속 깊은 곳, 어딘가 알 수 없는 장소에서 부글부글 분노가 끓어올랐다. 두 눈동자에선 아무것도 할 수 없었던 그 아이 대신 눈물이 흘러넘쳤다. 그의 눈구멍에는, 붉은 녹이 슨 계단 아래 더러운 콘크리트 바닥에 떨어져 있던 딸기 캔디 한 알이, 그 뒤로 계속해서 저주처럼 박혀 있었다.

대학원에 갓 진학했을 무렵이었다. 그는 기숙사비를 절약하기 위해 아르바이트비로 마련할 수 있는 값싼 방을 찾고 있었다. 우연히 역 앞의 부동산에서 지은 지 35년 정도 되었지만 거실에 작은 방과 부엌이 딸린 집세 3만 엔의 물건을 발견하였고, 방을 한번 구경하자며 부동산업자의 차를 타게 되었다.

"해는 잘 들지 않습니다만, 창문은 남향이니까요. 뭐…… 건물이 좀 낡기는 했지만 3만엔 정도면 꽤 괜찮은 조건이죠."

핸들을 쥔 팔을 불룩한 배 위에 얹은 중년의 부동산업자는 사이드 브레이크에 걸어둔 수건을 집어 들었다. 말라비틀어진 수건으로 얼굴의 땀을 닦으면서 공업단지로 들어섰다.

"……네, 그러네요."

그는 애매하게 대답했다.

"구조조정 때문에 전의 입주자가 나간 지 얼마 안 되었거든요, 마침 잘됐지 뭡니까. 운이 좋으셨습니다."

부동산업자의 몸이 경차의 운전석을 가득 채우고 있어서, 그는 항상 메고 다니는 배낭을 안고 조수석에 몸을 움츠렸다. 쓱쓱 땀을 닦는 왼쪽 팔꿈치가 몇 번이나 코끝을 스쳐 지나갔다. 뒷좌석에는 각종 폴더와 서류가 흩어져 있고, 빈 과자 케이스로 채워진 편의점 봉투가 쌓여 있었다. 차가 커브를 돌 때마다 발밑에 빈 페트병이 굴러와 발꿈치로 좌석 구석으로 도로 밀어내야만 했다.

공업단지에 진입한 차는 참으로 볕이 잘 안 들게 보이는, 그리고 딱 잠만 잘 목적인 사람만 살 것 같은 낡은 목조 2층 연립주택 앞에 정차했다. 1층에 방 네 개, 2층에 방 네 개가 도로변에

북향으로 나란히 늘어서 있었다. 건물 가장자리에 외부 계단이 있고, 올라가면 2층 통로로 이어지는 구조였다. 자갈 깔린 흙바닥에 잡초가 수북한 주차장에는 낡은 경트럭 한 대와 비바람에 노출된 자전거 세 대가 버려져 있었다.

"여기입니다. 2층의 맨 구석방이 비어 있습니다."

부동산업자가 차에서 내리자 차가 쑤욱 들려 올라왔다. 이어서 그가 조수석에서 내렸을 때, 바스락하고 분홍색 종이를 밟았다. 주워보니 그건 캔디 포장지였는데, 나중에 버리자며 그대로 주머니에 넣었다.

"청소는 다 되어 있습니다. 이쪽입니다."

바스락.

땀을 쓱쓱 닦으며 계단으로 향하는 부동산업자도 분홍색 종이를 밟으며 나아갔다. 주위에는 기묘한 분위기가 감돌았다. 가만히 보니, 주차장 여기저기에 작은 분홍색 포장지가 꽃잎처럼 흩어져 있었다.

'어린애가 살고 있는 건가?'

그런 생각을 하며 계단 입구까지 가자, 디딤판 아래에 딸기 캔디 한 알이 굴러다녔다.

캉, 텅, 캉, 하는 발소리를 울리며, 부동산업자는 갈색으로 녹슨 계단을 올라간다. 폭이 1미터 정도인 통로에는 옛 입주자가 잡동사니들을 버려두고 갔는지, 앞으로 나아갈 때마다 부동산업자의 몸뚱이 너머에서 말라붙은 화분이나 쓰레기봉투가 나타났다.

"엇?"

놀란 소리와 함께 부동산업자가 뭔가를 피했다. 통로 한가운데에 작고 빨간 신발이, 한 짝만 굴러다녔다.

"어린애가 신발을 떨어뜨리고 갔나 보네요."

그는 신발을 집어 들고는 통로 가장자리에 조심스레 내려놓았다.

"그런가 봅니다."

부동산업자는 주머니에서 꺼낸 열쇠 다발을 만지작거렸다.

"꼬마 녀석들이 여기서 놀다 갔나? 고얀 놈들."

"이곳에 사는 애들이 아닌가요?"

"아닙니다. 여기 사는 사람들은 전부 독신이거든요."

부동산업자는 간신히 열쇠 하나를 골라서 문에 끼워 넣다가 "음?" 하는 소리를 냈다.

"이상하네……."

문은 잠겨 있지 않았다. 현관 옆에 설치된 전기계량기가 아주 천천히 돌아가고 있음을 알아차린 부동산업자는, 안색이 변해서 현관문을 벌컥 열었다. 그러자 그 풍압에 빨려나오듯, 팔랑팔랑 포장지가 공중으로 떠올랐다. 분홍색 작은 종이가…….

"뭐야, 이거! 대체 어떻게 된 거야?"

부동산업자가 씩씩거리며 안에 들어섰을 때, 그는 부동산업자의 검은 구두와 한 짝만 남은 붉은 신발과 분홍색 포장지가 집 안에 있는 것을 얼핏 보았다. 딸기 캔디 두 봉지. 하나는 비어 있고, 하나는 개봉되어 내용물이 든 채 좁은 현관에 내던져져 있었다.

다음 순간, 짐승이 포효하는 듯한 소리에 그는 몸서리쳤다.

이후의 기억은 꿈을 꾼 것처럼 애매모호해서, 그는 지금도 잘 기억해내지 못한다. 예를 들면 계절이나 부동산업자의 얼굴, 그 후에 어째서 자신이 병원에 있었는가 하는 것 등등. 기억을 둘러싼 많은 부분이 한여름에 태양을 올려다보았을 때처럼 새하얗게 흐려진 상태다. 다만 그 순간, 자신을 둘러싼 세계가 완전히 변해버린 것만은 확실하다.

그는 그 소리에 깜짝 놀라 현관으로 들어가 실내를 엿보았다. 현관 옆은 부엌이었고, 그보다 안쪽으로 각각 두 평과 세 평 정도 되는 다다미방이 나란히 붙어 있었다. 방의 장지문들이 전부 활짝 열려 있어서, 저편 벽의 지저분한 유리창이 막다른 골목처럼 보였다. 옛날 영화에서나 나올 법한 백열전구 하나가, 적적하게 불이 들어온 채로 창문 앞에 늘어뜨려져 있었다. 어째서인지 다다미 한 장이 벽에 세워져 있었는데, 부동산업자는 작은 방에 엉덩방아를 찧고서 미친 듯이 소리치며 커다란 몸을 부들부들 떨었다.

왜 저러지?

그는 스니커즈를 벗고 집 안으로 들어갔다. 집 안에는 인공적인 달콤한 향기가 떠돌았다.

그곳에서 이어지는 장면만은, 기억이 생생한 빛을 띤다.

흐릿한 불빛에 흔들리는 큰 방에는, 벽에도 창문에도 세워진 다다미에도 검붉은 꽃이 피어 있었다. 유치원생 정도 될까, 어린 여자아이의 몸 하나가 다다미를 벗긴 마루판 위에 눕혀져 있었다. 두 손바닥과 무릎을 세운 두 발이 못으로 바닥에 고정되어 있었다. 여자아이는 아마도 알몸인 채, 양초처럼 새하얗고 목부터 하복부에 걸쳐 시커먼 꽃이 증식되어서 뭐가 어떻게 되어 있는지 알 수 없었다. 하지만 죽은 것만은 틀림없었다.

'해부……했구나…….'

마음속에 떠오른 끔찍한 생각을, 그는 순식간에 머리로 억눌렀다.

죄 없는 여자아이의 공포로 크게 벌어진 커다란 눈동자가 그의 두 눈을 보고 있었다. 온몸의 수분이 쥐어짜내진 것처럼 눈물이 뺨을 적시고, 벌어진 입에 캔디가 잔뜩 채워져서 가느다란 목이, 사냥감을 통째로 삼킨 뱀처럼 변형되어 있었다. 내장에 피어난 꽃에서 파리가 한 마리 날아오르고, 그것이 그의 뺨에 내려앉았다.

그 순간 머릿속이 폭발했다. 어딘가에서 무시무시한 비명이 들렸다. 낡은 연립주택의 천장을 뚫고 하늘까지 찌를 정도의 포효였다.

지금도 생각한다. 설령 그것이 뭔가 어마어마하게 숭고한 목적을 위해 신이 허락하신 행위였다고 해도, 자신은 그것을 용서할 수 없다. 그 비명은, 그 목소리는, 울부짖는 것조차 허락되지 않았던 그 아이의 비명이 자신의 목을 통해서 뿜어져 나온 것이었다.

제1장

—

처참한
변사체

5년 후, 하치오지 니시 경찰서의 형사 조직범죄 대책과. 책상에 쌓인 폴더의 산에 파묻힌 도도 히나코가 사건 파일을 뒤적였다.

"2007년 5월. 구로다 구 공원의 여성 사체. 피해자는 편의점 파트타임 종업원인 가와니시 도모코, 52세. 머리를 둔기로 얻어맞아 …… 2008년 10월. 고토 구 공업단지 내의 연립주택에서 유아가……."

히나코는 머릿속에서 키를 두드리면서 수사 개요나 피해자의 상황을 기억에 입력시켰다.

"……근데……이게 뭐지……."

그녀는 가만히 폴더를 들여다보고 사진에 무엇이 찍혀 있는가를 이해하고는, 견디지 못하고 눈을 돌렸다. 사건은 어느 것이나 처참했지만, 그 생생한 현장 사진은 정말 인간으로서 이런 짓이 가능한가 하는 생각이 들 정도였다. 가냘픈 시신의 너무도 끔찍한 모습에 위액마저 얼어붙었다. 사건은 의문점만 남긴 채 미해결. 히나코는 오른손으로 목을 누르면서 왼손을 블레이저의 주머니 속으로 집어넣었다.

"도도, 이거 좀 처리해줘. 부탁할게."

"아, 네!"

주머니에서 손바닥 크기의 작은 깡통을 꺼냈을 때, 선배 형사인 쇼지가 이름을 불렀다. 대답하며 고개를 들었지만 쇼지는 이미 사무실을 뛰쳐나간 뒤라 자리에 없었다. 책상에 놓인 서류는 아주 두툼해서, 남은 근무 시간을 전부 쏟아부어도 도저히 처리가 불가능한 양이었다.

"알겠습니다. ……오늘도 야근 확정이네."

히나코는 한숨을 내쉬고 머리를 긁적였다.

히나코가 맡은 형사부 업무는 문서 작업이나 서류 정리가 대부분이다. 여형사를 동경하며 형사부를 지망했지만, 배속되고 보니 내근직이라 현장에 불려나가는 일은 없었다. 히나코는 매일같이 산더미 같은 서류 업무에 쫓겼다.

"어, 또 서류 높이가 더 올라갔네. 파이팅!"

철썩 등을 두드리며, 동기인 교통과 히토미가 지나갔다. 히나코는 재빨리 책상을 벗어나서 히토미의 뒤를 쫓았다.

히토미는 경찰서 뒷문 옆에 있는 휴게실에서 쓰고 있던 경찰모를 벤치에 벗어놓고는 담배를 입에 물고 생수를 샀다. 히나코는 음료 자판기에서 설탕 두 배, 우유 증량을 선택하고는 핫코코아 버튼을 눌렀다.

"히토미, 늘 생각하는 건데 말이야, 아깝지 않아? 돈 내고 물 사는 거?"

"딱히, 그렇다기보다 네 쪽이야말로 또 설탕 두 배 코코아야? 그러니까 살이 찌지."

히나코는 비즈니스팬츠에서 살짝 비어져 나온 자기 아랫배를 블레이저로 가렸다.

"괜찮아, 뺄 거야. 비밀병기가 있으니까."

히나코는 주머니에서 작은 깡통을 꺼내서, 엄지로 능숙하게 뚜껑을 돌리고 내용물을 코코아에 뿌렸다. 피어오르는 김에 섞인 산초 냄새가 코를 확 찔렀다.

"아~. 또 나왔네, 야와타야이소고로('시치미'라 불리는 일본식 고춧가루 양념 브랜드로, 에도 시대부터 나가노 현의 유명 사찰 젠코지 인근에 위치한 유명 메이커다-옮긴이). 그거, 정말로 맛있어?"

"맛있……지는 않지. 매운맛 때문에 달콤함이 묻혀버리는 느낌이라고 할까. 한번 먹어볼래?"

히토미는 히나코에게 빙글 등을 돌리고는 연기를 내뿜었다. 버지니아 슬림의 멘솔 향이 풍겼다.

"하지만 말이지, 고추는 다이어트의 친구잖아. 캅사이신이 들어 있으니까."

"아, 그러세요. 그게 네 고향 나가노의 명물이야?"

"나가노 사람은 이걸 엄청 좋아해. 국수나 된장국, 나물에까지 넣어."

"코코아에도?"

"뭐, 그건 나만의 스타일이지만……."

히나코는 코코아를 꿀꺽 삼키고, 다시 고춧가루를 추가했다.

"아. 하지만 달콤함과 매콤함의 조화라면, 요즘에 고춧가루가 들어간 마카롱을 내놓았……."

히토미는 손바닥으로 히나코의 말을 제지했다.

"마카롱은 좋아하지 않아. 그건 그렇고 미해결 사건 파일 암기는 좀 어때? 진도는 잘 나가고 있어?"

"물론이지."

"진짜로, 전부 외우는 거야?"

"아니. 지금은 성범죄와 살인사건 파일만."

"그렇구나."

히토미는 붙인 눈썹으로 두 배는 커진 듯한 눈을 가느다랗게 떴다.

"히나코, 노력 많이 하는구나."

"모처럼 형사부에 배속되었으니까, 어서 힘이 되고 싶어. 가능하면 성범죄 수사계 경부가 되고 싶네. 여성 피해자가 많은 사건에는 여자 형사가 필요하지 않겠어?"

"맞아. 게다가 너는 비상할 정도로 기억력이 좋으니까. 분명히 할 수 있을 거야, 힘내."

히토미는 재떨이에 담배를 비벼 끄고서 경찰모를 집어 들었다.

"요즘에 좀 바쁘거든. 이만 가봐야 해."

"무슨 사건이라도 있어?"

"응. 어제 말이지, 퓨마 택배의 방치 차량을 견인해왔는데……."

"운송회사가 차량을 방치하다니, 그런 일도 있어?"

"보통은 없지. 하지만 그 차, 며칠 전부터 하치오지 니시 인터체인지 아래에 방치되어 있었다나 봐."

"2010년 8월, 하치오지 니시 인터체인지 아래에서 여고생 교살 시체……."

히나코는 중얼중얼 혼잣말을 시작했다가 곧바로 "아, 미안해"라고 사과했다.

"파일을 통째로 암기하다 보니, 관련된 단어가 나오면 머릿속의 데이터가 저절로 흘러나와. 그게 왜?"

히토미는 어이없다는 듯이 씩 웃었다.

"그리고 말이지, 차 안을 조사해봤더니 면허증도 그대로 놓여 있었어."

"그래서?"

"그래서라니, 이상하잖아? 운송업자가 방치 차량에 면허증을 내버려두다니."

"하긴 그렇네……. 사건이네."

히나코는 코코아를 비웠다.

"본인과 연락이 안 돼 회사에 전화했더니, 나흘 전부터 무단결근 중이래. 그곳의 사장이 차를 가지러 오겠다고 하더라."

"교통과도 고생이 많네."

"수사과 쪽 일이 되지 않으면 좋겠는데 말이야."

"참고로, 운전사 이름을 물어봐도 괜찮을까?"

"괜찮아. 뭐였더라……."

히토미는 주머니에서 수첩을 꺼내서, 펜을 끼워 넣은 페이지를 펼쳤다.

"골드 면허고, 이름은 미야하라 아키오. 1983년 6월 8일생. 현재 서른 살이네. 주소는……."

"미야하라 아키오……."

"머릿속 데이터에 일치하는 정보가 있어?"

"……글쎄."

"어쨌든 가볼게. 아, 맞다. 이거 줄게."

히토미는 마시던 생수병을 히나코에게 떠안기고는 종종걸음으로 휴게실을 떠나갔다.

그날 오후 8시를 넘길 무렵, 형사부에 전화 한 통이 걸려왔다. 히나코는 차 당번이라 자리를 떠나 있어서 '간 씨'라고 불리는 베테랑 형사, 아쓰타 이와오가 수화기를 들었다.

"퓨마 택배의, 어, 미야바라? 다시 한 번, 미야하라 아키오…… 네."

아쓰타의 목소리에서 긴장감을 느끼고 부서 내 형사들이 엉거주춤 자리에서 일어났을 때였다.

"앗!" 차를 얹은 쟁반을 가져오던 히나코가 엉뚱한 소리를 냈다.

"기억났어요. 미야하라 아키오, 1983년 6월 아키루노 시 출생. 스토커, 강제외설 혐의 등으로 세 번 검거된 경력 있음. 2006년 3월과 6월, 2007년 5월. 2009년 12월에는 부녀자 폭행 용의자로 체포되었지만 피해자가 신고를 취하해서 석방."

"뭐야, 그건?"

아쓰타는 수화기를 내려놓고서 히나코에게 날카로운 시선을 던졌다.

"저는 요즘 과거 10년간 도쿄 도내에서 벌어진 성범죄 용의자 리스트와 미해결 사건 파일을 통째로 암기하고 있어요. 낮에 교통과의 히토미에게 방치 차량 이야기를 들었을 때 면허증의 이름을 어디선가 본 것 같다고 생각했는데, 방금 기억났어요. 혹시 아까 그 전화가 그 미야하라에 대한 건가요?"

"그런 모양이야."

아쓰타는 의자에 걸쳐두었던 양복 상의를 잡아채듯 들고 실내를 둘러보았다.

"퓨마 택배 사장에게 신고가 들어와서 미야하라 아키오의 자택을 살펴보러 갔는데, 시신이 발견되었다고 한다, 도도."

"네."

"무슨 일이든 해봐야 아는 법이지. 같이 현장으로 가보겠나?"

"네!"

도도 히나코는 사이드보드에 쟁반을 올려놓고, 황급히 방을 나가는 아쓰타 형사의 뒤를 따랐다.

10월 하순. 밖은 차가운 비가 내렸다.

미야하라 아키오의 자택은 아키카와 도로변의 주택지에 있었다. 어두운 삼나무 숲의 중턱에 이미 경찰차의 붉은 라이트가 점멸하고 있었다. 차에서 내린 아쓰타의 마른 모습을 보더니, 목을 빼고 기다리던 경찰관이 달려왔다. 히나코는 긴장감에 또다시 주머니의 작은 깡통을 꾹 움켜쥐었다.

고향을 떠날 때 어머니가 주신 그 양념통은 히나코의 부적이나 마찬가지다. 뚜껑 부분에 '가라! 히나코'라는 글씨가 적혀 있다. 젠코지 본당과 고추 그림이 그려진 작은 깡통은, 뚜껑을 빙글 돌리면 딱 고추의 꼭지 부분에 양념을 뿌리는 구멍이 열린다. 히나코는 이 깡통을 쥐면 신기하게 어느 때라도 마음이 안정되었다.

어둠 속에 주재소의 순사부장을 선두로 좁은 언덕길을 뛰어올라가자, 낡은 농가풍의 2층 건물이 나왔다. 넓은 앞마당 본채 옆에는 작업용 차고가 있었고, 집 뒤편의 삼나무 숲은 삼림으로 이어졌다. 집의 불빛은 흐릿해서 어쩐지 불안감이 감도는 가운데 감식과에서 서치라이트를 준비하던 참이었다.

'텔레비전으로 보던 것과 똑같네.'

히나코는 묘하게 감탄하면서 진짜로 형사가 될 거라면 더 이상 펌프스는 신지 말자고 생각했다. 사무실에서 근무할 때는 움직이기 편한 낮은 힐이라도 현장에서는 전혀 도움이 안 된다는 것을 깨달았기 때문이다. 히나코의 펌프스는 금세 흙바닥에서 물기를 흡수해 신발 안에서 발이 미끄러지기 시작했다. 성큼성큼 서둘러 걸어가는 아쓰타의 등을 필사적으로 따라가서 간신히 본채에 도달하자, 입구를 막듯이 서 있는 낡은 트럭 옆에서 중년 남자가 토하고 있었고, 경관 하나가 등을 두드려주고 있었다.

"첫 번째 발견자입니다. 퓨마 택배사 사장이라는군요."

순사부장의 말에 아쓰타 형사가 입을 열었다. "입을 헹굴 물을 떠다줘. 이야기는 나중에 듣도록 하지."

"도도, 너는 괜찮겠어? 현장은 처음이지? 감식이 들어갈 때까지는 안에 있는 건 절대 건드리지 마."

"알겠습니다."

히나코는 얌전한 얼굴로 끄덕였다. 그러나 괜찮을지 어떨지는 자신이 없었다. 왜냐하면 이것이 첫 시체를 만나는 현장이었기 때문이다. 아쓰타는 아무 말 없이 히나코에게 신발 커버와 장갑을 떠안겼다.

"뭐, 한여름이 아니어서 그나마 다행이구면."

말의 의미를 깨닫자 단숨에 긴장감이 높아졌다. 히나코는 크게 숨을 들이쉬고, 주눅 들지 않고 현관으로 들어갔다.

집 안은 어둡고, 오랫동안 빈집이었던 것처럼 적적했다. 조명이 꺼져 있고, 신발 벗는 곳에 쌓여 있던 쌀 포대나 야채 골판지 상자에서는 곰팡내가 풍겼다. 쥐가 쏠아서 구멍이 나 있었다. 흙투성이 신발과 먼지가 쌓인 샌들 몇 켤레가 걷어차인 것처럼 흩어져 있는 것을, 아쓰타는 시선으로 확인했다.

"이 집에는 몇 명이 거주했지?"

"원래는 부모와 장남인 아키오, 여동생인 하루미까지 넷이 살고 있었던 모양입니다만, 7년 전에 아버지가 죽고 어머니와 여동생은 집을 나가서 현재는 아키오 혼자 살았다고 합니다. 아키오의 가정 내 폭력이 심각했다더군요."

순사부장은 그렇게 대답하고서 덧붙였다. "⋯⋯그리고, 현장이 상당히 끔찍합니다만."

괜찮으시겠습니까, 라고 묻는 듯한 시선이 히나코를 향했다. 히나코는 보란 듯이 익숙한 동작으로 장갑을 꼈다.

현관의 정면 옆에는 계단이 있고, 그 아래는 L자형으로 굽은 복도가 있다. L자의 머리에 해당하는 장소가 수돗가인 듯했다. 반쯤 열린 미닫이문 안에 흐릿하게 욕실의 조명이 들어와 있다. 현관을 가로질러 오른편으로 이어지는 복도 끝은 전구가 꺼져 있었지만, 안쪽 방에서 흘러나오는 불빛 덕분에 몹시 어질러진 상태를 엿볼 수 있었다. 아무래도 시신은 복도 끝에 있는지, 집에 들어선 순간부터 폐에 달라붙는 듯한 악취가 났다. 비가 와서 습기가 많은 탓인지 곰팡내 같은, 먼지 같은, 분뇨 같은, 피 같은, 토사물 같은 견디기 힘든 냄새가 서서히 몸에 달라붙었다. 순사부장이 험악한 얼굴로 선두에 서고, 아쓰타는 말없이 집 안쪽으로 향했다. 히나코도 조용히 뒤를 따랐다.

곧 부서진 장지문이 눈에 들어왔다. 격렬한 싸움이라도 벌어졌던 것처럼 문틀에서 떨어진 상태였다. 문틀 역시 부서져 있었다. 훤히 보이는 방은 몹시 어질러져 있었고, 오랫동안 그 자리에 있었던 느낌의 고타쓰는 비스듬히 기울어져서 발 디딜 곳이 없었다. 매달린 조명은 깨졌고, 작업복 바지가 바닥에 내팽개쳐져 있었다. 벨트 부분에 날붙이로 잘린 흔적이 있었고, 앞단추는 거칠게 잡아 뜯겨 보이지 않았다. 첫 번째 방의 참상은 안으로 이어졌다. 장지문이 떨어져나가 옆방의 냄새는 더더욱 심해졌다. 히나코는 자신의 의사와는 관계없이 속에서 밀려 올라오는 역한 반응에 당황했다. 그 방에는 불빛이 있었다.

"흭……."

저도 모르게 지른 자신의 비명에 놀라서, 히나코는 두 손으로 입을 막았다.

네 평쯤 되는 일본식 방에는 남자가 드러누운 채 죽어 있었다. 크게 벌어진 눈은 허옇게 흐려져 부어오른 얼굴에서 튀어나올 듯 올라와 있었고, 몸의 구멍이라는 구멍 모두에서 검붉은 체액이 흘러나와 있었다. 입에는 뭔가 천 같은 것이 쑤셔 넣어져 있었다. 복장은 몹시 흐트러져서 상반신은 거의 벗은 상태에 알몸인 하반신은 피투성이였으며, 옆에는 피 묻은 커다란 술병과 커터 나이프가 떨어져 있었다.

아쓰타는 가만히 합장을 하고는 시체 옆에 몸을 숙이며 혼잣말처럼 중얼거렸다. "교살인가? 하지만……."

이런 참상을 보고도 표정 하나 바뀌지 않는 아쓰타의 정신 구조를 히나코는 이해할 수 없었다.

그는 다시 시신에 두 손을 모은 뒤, 살짝 시신의 가슴을 건드렸다.

비명은 참았지만 허리부터 아래가 부서져내리는 듯한 감각이 느껴졌다. 히나코는 그런 와중에도 옆방에 선 채로 아쓰타를 따라 합장했다.

"이리 좀 와봐, 도도. 이거, 뭐라고 생각하지?"

아쓰타의 말에 히나코는 주뼛주뼛 시신 곁으로 다가갔다. 지독한 냄새에 눈물이 배어 나오고, 코앞에 보이는 시체의 생생함에 눈앞이 어질어질했다. 아쓰타의 손가락은 물러지기 시작한 남자의 유두를 가리켰다. 그곳에는 기묘한 멍이 무수히 나 있었다.

"깨문 흔적처럼 보이네요."

그렇게 입을 연 순간, 악취가 코와 목구멍으로 밀려들었다. 히나코는 그대로 밖으로 뛰어나가서 현관을 나가자마자 왝, 토했다. 쇼크로 어질어질한 머릿속에는 조금 전에 본 시신의 모습이 생생히 떠올랐다. 입에 채워진 것은 속옷이었다. 하반신이 피투성이였던 것은 항문에 뭔가가 쑤셔 넣어졌기 때문이었다. 그것은 아마도, 그렇다, 그건…….

―2010년 8월. 하치오지 니시 인터체인지 아래서 발견된 여자 고등학생의 교살 사체. 시신은 입 안이 속옷으로 막혀 있고,

음부에 콜라병이 꽂혀 있었다―

위액 냄새에 눈물이 흘러나왔다. 눈물은 빗물과 뒤섞여, 헐떡이는 입가를 타고 흘러 내렸다. 위가 텅 빌 때까지 히나코는 땅바닥에 엎드려 끊임없이 토했다.

현장 검증은 날이 밝을 때까지 이어졌다. 양치질을 하고 수건으로 얼굴을 닦은 뒤, 히나코는 감식작업이 끝나는 것을 아쓰타와 함께 차 안에서 기다렸다.

"어때, 조금은 진정이 됐나?"

그렇게 말하며 아쓰타가 내민 페퍼민트 껌을, 히나코는 손을 들어 거절했다.

"안 되겠어요……, 죄송합니다."

쇼크가 사라지지 않는 것은 시체를 봤기 때문만은 아니었다. 리스트를 암기할 때마다, 히나코는 처참한 현장 사진을 수도 없이 보았다. 그렇지만 처음 본 시체 발견 현장에는 뭔가 표현할 길 없는 악의가 응어리져 있어서, 그것이 히나코를 초췌하게 만들었던 것이다. 그건 대체 무엇일까. 나는 무엇을 본 것일까. 인간이 저렇게 끔찍한 방법으로 죽다니. 히나코를 초췌하게 만든 것은 인간의 존엄 그 자체를 죽이려는 듯한, 오만하며 피도 눈물도 없는, 속이 메슥거릴 정도의 광기에 찬 냄새였다.

지금 사건 현장은 눈부신 서치라이트에 휩싸인 가운데, 블루시트로 덮인 앞마당 주위에 요란한 경찰차 불빛이 점멸 중이었다.

"3년 전쯤 하치오지 니시 인터체인지 아래서 여자 고등학생의 강간살인사건이 있었는데 말이야."

대시보드에서 꺼낸 수건으로 벗겨진 머리를 닦으면서 아쓰타가 입을 열었다.

"그건 정말, 잊히지 않는 비열한 사건이었어……. 왠지 모르게 그 일이 떠오르는군."

"콜라병 말씀인가요?"

아쓰타는 깜짝 놀란 듯 히나코를 보았다.

"꼼꼼히 공부하고 있구먼."

"미야하라의 시신에도."

"그래……. 하지만 선입견은 금물이야. 첫인상은 중요하지만, 수사에 있어서 선입견은 금물이지. 잘 기억해둬."

"네, 알겠습니다. 하지만 첫인상이라고 하면……."

"뭔데?"

"시신을 봤을 때, 아쓰타 경부보님은 '교살인가?'라고 중얼거린 뒤에 '하지만'이라고 말씀하셨죠. 그건 무슨 의미였나요?"

"그냥 간 씨라고 부르도록 해."

아쓰타는 살짝 웃은 뒤에 중얼거리듯 대답했다. "그 목에 난 졸린 흔적 말이야, 기묘하더란 말이지."

그는 조수석의 히나코 쪽으로 시선을 옮기더니, 히나토의 목에 손을 대는 시늉을 했다.

"알겠나? 범인과 피해자가 마주 보며 상대를 목 졸라 죽일 경우, 손 모양은 이렇지. 피해자의 목 한가운데에 두 엄지손가락이 오게 돼. 하지만 시체의 목에 있던 흔적은 그렇지 않았어. 이렇게."

그는 히나코를 향한 두 손을 안쪽으로 향하고, 자신의 목을 꽉 쥐었다. 엄지는 목의 좌우 경동맥을 각각 압박하는 형태가 되었다.

"그건, 등 뒤에서 끌어안듯이 하며 목을 졸랐다는 말씀인가요?"

"그렇겠지? 하지만 그래서는 시체의 상황과 맞지 않아."

히나코는 자신도 간 씨의 손동작을 따라 해보았다. 스스로 자신의 목을 조르는 형태가 딱 그것이었다.

"……아니면, 스스로 자기 목을 졸랐다든가?"

"흐음. 어느 쪽이라 하더라도 이상한 사건이야."

간 씨는 운전석 의자를 젖히더니, 가느다랗게 뜬 눈으로 서치라이트가 비치는 삼나무숲을 바라보았다.

"도도. 조금 전에 너에게 선입견은 금물이라고 했는데 말이야, 나는 예전에 저 송장 녀석을 여자 고등학생 살해사건으로 조사한 적이 있어."

"어……, 미야하라는 수사 대상이었나요?"

"그래, 지금까지도 요주의 대상이었지. 그 녀석은 성범죄 상습범 리스트에 이름이 올라 있고 사건 현장도 행동 범위 안에 있어. 그 녀석은 말이지, 일을 마치고 귀가할 때면 반드시 하치오지 니시 인터체인지 아래에 차를 세우고 소변을 보곤 했다고."

"살인사건 현장에서? 사건이 일어난 뒤에도 말인가요?"

어떻게 그런 인간이 있을 수 있을까. 처참한 사건 현장에서 태연히 용변을 보다니. 히나코의 마음에서 혐오감인지 분노인지, 알 수 없는 감정이 술렁였다.

"그 사람이 범인이었을까요? 이건 보복살인이라고 생각하시나요?"

"모르겠어. 피해자의 시신에서는 정액이 검출되지 않아서 DNA 감정도 불가능했고, 상황증거 외에는 그 녀석을 추궁할 증거가 없었어. 하지만 아무리 복수라고 해도…… 저런 식으로 죽인 사건은 나도 좀처럼 본 적이 없어."

간 씨는 몸을 일으켜서 대시보드에서 껌을 꺼내더니 또 한 개를 입에 넣었다.

"금연 중이거든."

"저도 하나 주세요."

히나코는 껌을 받아 포장지를 벗기고는 새빨갛게 될 정도로 고추양념을 뿌렸다.

"이봐, 그거 대체 뭐 하는 거야?"

"젠코지 명물 야와타야이소고로의 고추양념이에요."

그리고 껌을 돌돌 말아서 입에 넣은 히나코는, 매운맛에 혀를 내밀고는 두 손으로 입에 부채질을 했다.

"으으윽……. 이게 제 의욕의, 모토라고요."

"……요즘 젊은 친구들의 미각은 좀 이상하구먼."

"간 씨, 이제부터 어떡하실 건가요? 미야하라에게 피해를 입은 사람들로부터 다시 한 번 이야기를 들어볼까요? 그거라면 저에게 맡겨주세요. 성범죄의 경우 피해자는 상대방이 여자인 편이 이야기하기 쉬울 거예요."

"그렇겠지……."

간 씨가 그렇게 말했을 때, 감식작업에 입회한 쇼지 형사가 차창을 두드렸다. 현장에 남겨진 스마트폰에 동영상이 있다는 모양이었다.

감식작업을 마친 실내는 눈부신 조명에 싸여 있었다. 미야하라의 시신은 들것에 실려 시체 안치소로 운반 중이었다.

"어떻습니까, 선생님?"

간 씨는 감찰의와 함께 있는, 백의를 입은 초로의 여자에게 물었다. 비쩍 마른 은테 안경의 여자는 익숙한 손놀림으로 고무장갑을 벗으면서 킁 하고 작게 코를 울렸다.

"확실히 찾아봐야겠지만, 이런 상태의 시신 중에 남자는 처음 보네. 마치 강간살인 같아. 목이 졸린 흔적도 그렇지만, 멍이 말이지……. 묘하단 말씀이야."

"멍이라는 건 가슴에 나 있는 깨문 자국 말이군요."

"그렇지. 그것도 있지만, 여러 가지로."

그녀는 시신이 운반되는 것을 눈으로 쫓으면서 재빨리 이야기를 마무리했다.

"어쨌든 조사를 좀 해봐야 해. 이렇게 말하면 불성실하게 들릴지 모르겠는데, 나로서는 피가 끓어. 꼼꼼히 조사해서 가능한 한 자세히 보고서를 써서 보내줄게. 그럼 이만."

"잘 부탁드립니다."

고개를 숙이는 간 씨를 따라, 히나코도 깊이 머리 숙여 인사했다. 백의를 입은 여자는 소중한 사람을 따라가듯 시신에 바짝 붙어서 현장을 나갔다. 그 가벼운 발걸음은 어쩐지 기뻐 보인다는 생각이 들 정도였다.

"역시 사신여사의 식욕이 동하셨구먼."

여자의 뒷모습을 배웅하면서 간 씨가 중얼거렸다. 그는 히나코를 흘끗 보더니 설명했다.

"방금 전 사람은 도쿄대학의 법의학부 교수인데, 사법 해부의 프로페셔널이야. 검시관이지. 이름은 타에코, 성은 그 뭐냐, 뭐였더라……. 어쨌든 우리들 사이에서는 '사신여사'로 통하고 있어. 엽기시체를 끔찍이 좋아하는 괴짜야."

"이시가미야. 이시가미 타에코 박사. 무슨 일이 있더라도 본인 앞에서 사신이라고 부르지는 말라고." 옆에 있던 베테랑 감식과장이 히나코에게 말했다.

히나코는 고개를 크게 끄덕였다.

"그건 그렇고, 간 씨. 참으로 기묘한 사건이야. 댁의 부하가 발견한 물건을 한번 봐. 더욱 영문을 알 수 없을걸."

감식과장은 턱으로 현장의 옆방을 가리켰다. 작고 통통한 감식과 직원이 어물거리며 현장을 살피는 가운데, 쇼지가 성큼성큼 실내를 가로질러 텔레비전 위에 놓인 스마트폰을 집어 들었다.

"굉장한 게 찍혀 있어요. 전원이 꺼져 있어서 충전해봤습니다만. 발견했을 때, 스마트폰은 여기에 녹화 상태로 고정되어 있었습니다."

"설마……, 사건 영상인가?"

쇼지가 흘끗 히나코를 엿보았다.

"저는 이제 괜찮습니다."

히나코가 그렇게 말하고 간 씨가 고개를 끄덕이는 것을 보더니, 쇼지는 스마트폰을 켰다.

동영상은 녹화가 시작된 장면부터 보여줬다. 방의 조명이 켜져 있고, 핏발선 눈의 한 남자 얼굴이 크게 비쳤다가 바로 사라졌다.

"어떻게 봐도 본인이군. 직접 녹화모드로 세팅한 거야."

감식과장이 고개를 갸웃했다.

미야하라 본인이 화면에서 사라진 직후, 무시무시한 고함소리와 뭔가가 찢어지는 소리가 들렸다. 장지문을 걷어차서 부수는 소리라고 히나코는 생각했다. 화면상에서는 고타쓰가 쓰러지고, 물건이 이리저리 날아다니고, 그다음에는 반광란 상태인 미야하라가 비쳤다. 미야하라는 빗자루를 마구 휘두르고 있었는데, 그 자루에 맞아서 조명이 깨졌다. 실내가 어두워졌기 때문에 카메라의 초점은 구석에 켜져 있는 어슴푸레한 불빛으로 이동했다. 사건이 벌어지는 앞쪽은 어두워졌다.

"그만둬, 살려줘!"

울부짖으면서 엉금엉금 기는 모습으로 화면에 들어온 미야하라의 실루엣은 작업복이 절반쯤 다리에 걸쳐진 상태로 보였다. 그는 등을 걷어차인 것처럼 고타쓰 쪽으로 쓰러졌고, 그런 뒤에 긴 비명을 질렀다. 고타쓰가 시야를 가로막았다. 이따금씩 버둥거리듯이 팔이 움직이다가, 갑자기 그가 일어섰다.

"이제 그만둬. 잘못했어, 내가 잘못했어. 살려줘! 살려줘!"

미야하라는 누군가를 향해 애원하며 안쪽 방으로 도망쳤다. 그의 모습은 그것으로 화면에서 사라졌다.

"그만, 우억…… 크억……."

이어서 그렇게 우물거리는 듯한 소리가 났다. 속옷이 벗겨지고, 그것으로 입을 막힌 것이리라. 히나코는 생각했다. 동영상의 초점은 안쪽 방에 맞춰진 채로, 쿵쾅거리는 소리가 나고, 그 뒤에는 단말마의 신음이 반복되었다. 그 소름 끼칠 정도의 생생함에 히나코는 다시 욕지기가 솟았다. 온몸의 피가 발밑으로 빠져나가는 기분과 함께 그 자리에 쿵 하고 주저앉았다. 가벼운 빈혈을 일으킨 것이었다.

"얼굴이 창백한데, 괜찮은 거야?"

말을 거는 쇼지의 안색도 좋지는 않았다. 히나코는 두 손으로 자기 뺨을 철썩 두드리고는, 주머니에 손을 집어넣어서 양념통을 꾹 쥐었다.

"괜찮습니다."

비틀거리면서 일어서서 다시 한 번 자기 뺨을 철썩 쳤다.

"역시 보복살인이 아닐까요? ……물론 미야하라가 강간살인 사건의 범인이었을 경우의 이야기입니다만. 미야하라는 사죄하고 있었습니다. 자기가 잘못했다고."

"하지만 아쉽게도 상대의 모습은 찍혀 있지 않아."

간 씨는 턱을 문질렀다.

"범인이 화면에 들어오지 않은 건 우연일까? 아니면 미야하라가 촬영한다는 것을 알고, 찍히지 않게 행동했다든가?"

"애초에 무엇을 위한 촬영이지?"

함께 영상을 보던 감식과장은 간 씨의 등에 손을 얹으면서 쇼지가 가지고 있는 스마트폰을 집어 들었다.

"그걸 조사하는 건 형사과가 할 일이지. 그러면 이건 한동안 이쪽에서 맡아두겠네."

쇼지는 목덜미를 벅벅 긁었다.

"뭔가, 교섭할 증거를 남겨두기 위해서 녹화한 게 아닐까요? 그렇지만 상대는 처음부터 죽일 생각이었고."

"쇼지, 너 텔레비전 드라마를 너무 많이 봤어. 죽이는 것만이 목적이라면 이렇게 정성 들여 죽이지는 않아. 애초에 미야하라는 인터체인지 아래에 차를 버린 뒤에 어떻게 여기까지 돌아왔지? 범인과 함께 돌아왔다면, 휴대전화를 녹화 모드로 했을 때에 범인은 어디에 있었지?"

"휴대전화가 아니라 스마트폰이라고요."

"시끄러워. 애초에 자기 집으로 돌아오는 도중에 왜 트럭을 놔두고 온 거지?"

"애초에…… 왜일까요?" 쇼지는 팔짱을 끼고 고개를 갸웃했다.

"퓨마 택배사 사장의 말로는, 미야하라는 근무한 지 10년 차 베테랑이야. 근무 태도도 성실했고 특별히 문제를 일으킨 적도 없어. 다만 인간관계를 부담스러워 해서 친한 사람은 없고, 연인이 있다는 이야기도 들은 적이 없다는군. 취미는 유흥업소 다니기였고. 하나하나 조사해나갈 수밖에 없지만, 도도가 말하는 보복살인의 가능성도 배제할 수는 없어. 쇼지, 너는 미야하라가 차를 버려두었던 하치오지 니시 인터체인지 부근에서 이곳까지 어떻게 돌아왔는지, 그 족적을 추적해줘. 날이 밝으면 미디어 쪽이 몰려올 거야. 어쨌든 절대 시체의 상태를 발설하지 말 것. 엽기사건은 녀석들의 좋은 먹잇감이야. 구경꾼 근성으로 달라붙어서 수사에 방해가 될지도 몰라."

"넵, 알겠습니다."

히나코에게는 덩치가 큰 쇼지가 과장스러운 동작으로 경례하는 모습이 불쾌했다. 너무나도 불성실한 느낌이었다. 아니면 그런 부분이 형사의 굉장함일까. 아니, 사람의 죽음에 대해 둔감해질 수밖에 없는 직업이라 일부러 그런 행동을 하는 것일까……. 이미 매운맛이 사라진 껌을, 히나코는 꿀꺽 삼켰다.

시나브로 싸리 꽃이 지기 시작했다.

하늘은 푸르고, 바람은 상쾌하고, 햇살은 그리 따갑지 않다. 처음으로 간 씨와 탐문을 하며 돌아다녔는데, 지금까지는 아무런 성과도 얻지 못했다. 미야하라가 강제외설 용의 등으로 검거된 건 세 번이었지만, 간 씨는 피해자가 모두 유흥업 종사자로 동의하에 이뤄진 매춘행위가 트러블이 된 것뿐이라고 말했다. 자기들에게 켕기는 구석이 있는 이상, 그 여자들로부터 자세한 이야기를 듣기는 어려울 거라며.

정말로 그럴까?

도로에까지 가지를 뻗은 싸리 꽃을 바라보면서, 히나코는 석연치 않은 기분을 품었다.

이제 와서 과거의 어두운 면을 들추고 다니는 건 분명 민폐겠지만, 자신의 처지를 알면서도 미야하라를 고소한 여자들에게는 나름대로 결심하게 만든 뭔가가 있을 것이다. 분명 들어줬으면 하는 어떤 사정이 있으리라.

흐드러지게 핀 싸리가 떨어뜨린 꽃은 가을바람에 휘날려, 바스락바스락 서로 몸을 붙이며 길가에 쌓여간다. 피어나는 꽃과 지는 꽃. 서로 얽히는 두 가지 꽃을 보는 동안, 히나코는 문득 떠올랐다. 그 여자들이 조서에 적힌 내용 이상의 말을 하지 않는 것은, 간 씨가 처음부터 그 여자들을 윤락녀라고 단정했기 때문이 아닐까. 깡마른 체격에 머리숱이 적은 간 씨는, 이따금씩 오싹할 정도로 날카로운 눈매로 사람을 관찰한다. 뭔가를 감추고 있는 증언자들이 그 시선에 위축된 건 아닐까.

"간 씨. 저, 조금 전에 탐문했던 곳에 다녀와도 될까요?"

작은 공원의 시계탑 아래서 간 씨는 눈을 껌뻑거리며 돌아보았다.

"음? 뭐하러?"

"특별한 이유는 없습니다만, 잠깐만요. 금방 돌아올게요."

간 씨는 시계탑을 흘끗 올려다보고는 말했다. "좋아. 그러면 나는 여기서 기다리지."

그는 벤치에 앉더니 담배를 찾듯이 양복의 가슴 쪽에 손을 댔다가, 곧바로 바지 주머니에서 껌을 꺼냈다.

"수사는 2인 1조가 철칙이야. 나하고 너하고. 그건 알지?"

"네. 알고 있어요."

히나코는 몸을 홱 돌려서 서둘러 왔던 길을 되돌아갔다.

조금 전에 이야기를 들었던 피해 여성은, 이 길 끝의 골목에서 밤에만 요릿집을 운영하고 있다. 개점 준비 중인 가게에 있던 그녀는 화려한 롱스커트를 입고 있었는데, 마린블루 바탕에 가느다란 금실로 자수가 놓인 물고기 무늬가 아주 멋졌다. 미야하라와 다툼이 있었던 7년 전에는 유흥업소의 호스티스였는데, 간 씨와 히나코가 방문하자 "이 동네에서 내 과거를 아는 사람은 아무도 없어요"라면서 작은 목소리로 먼저 못을 박았다.

"큰 소리로 유흥업이 어쩌고 하는 소린 말아요. 고지식한 사람들은, 유흥업이라면 다 똑같은 줄 아니까."

적어도 그 사람은 요릿집 여주인으로서 이 동네에서 자리 잡은 모양이었다. 간 씨처럼 전직 윤락녀로 단정하는 건 잘못된 판단이다. 그 마음에 어떻게 뛰어들어야 좋을지 히나코에게 묘안은 없었고, 무슨 이야기를 하며 무엇을 묻고 돌아올지 스스로도 잘 알 수 없었지만, 적어도 그 사람은 현재 번듯한 직업을 갖고 있다. 이대로 헤어져서는 안 된다는 기분이 들었다.

 요릿집 맞은편에는 이 동네에서 오랫동안 사랑받아온 듯한 화과자점이 있었다. 조금 전에 탐문하러 왔을 때, 오래된 유리 케이스에 진열된 경단이나 만주나 찹쌀떡 같은 것들이 눈에 들어와 먹어보고 싶다고 생각했다. 히나코는 가게로 얼른 들어가서 하얀 가루를 뿌린 소금 찹쌀떡 두 개를 샀다.

 화과자점의 비스듬한 앞쪽, 반쯤 열린 입구 안쪽에서 푸른 스커트가 움직였다. 히나코는 미닫이문 근처에서 살며시 가게 안을 들여다보았다.

 "저기, 죄송합니다."

 조미료통을 닦고 있던 여주인은 돌아보며 이맛살을 찌푸렸다.

 "뭐야. 볼일이 더 있었어?"

 히나코는 가게 안으로 들어가면서 "네, 그게 좀……" 하고 웃었다.

 "……조금 전에 물어보고 싶었던 게 있었는데요."

 여주인은 허리에 손을 대고 총채를 힘차게 테이블에 내려놓았다. 작작 좀 하라는 듯한 얼굴이었다.

"그 스커트요."

"엥?"

"그 파란 스커트, 어디서 사셨나요? 엄청 예쁜 스커트라고 생각했는데, 조금 전에는 상사랑 같이 있다 보니 사건하고 관계없는 건 물어볼 수가 없어서……, 물고기 무늬가 멋지네요."

"어, 이거?"

여주인은 자기가 입은 스커트를 내려다보았다.

"이거, 그렇게 비싼 건 아니야. '말라이카'라는 에스닉숍에서 산 건데……. 당신, 아시안 패션 좋아해?"

"좋아하죠. 하지만 그런 디자인은 처음 봤어요. '티티카카'나 '차이하네' 같은 곳은 아는데 '말라이카'는 몰랐네요. 그 가게는 어디 있나요?"

여주인은 미간을 좁히며 생각했다.

"어디 보자, 이걸 산 게…… 호리노우치였던가? 말라이카는 마치다에도 있지만, 그렇지, 호리노우치점이었을 거야."

히나코는 바닥에 무릎을 꿇고 앉아서, 수첩에 '말라이카'라고 메모했다. 여주인은 테이블 너머로 히나코의 수첩을 들여다보며, "뭐야, 온통 낙서들뿐이잖아"라며 코웃음을 쳤다.

수첩에는 ○나 ×, 병이나 스마트폰이나 트럭의 일러스트가 서투른 터치로 그려져 있었다.

히나코는 부끄럽다는 듯이 웃으면서 "저는 한자를 잘 못 쓰거든요"라고 변명했다.

"메모할 때 한자를 못 쓰면 폼이 안 나서, 글자로 안 쓰고 주로 기호나 그림으로 메모하죠. 아무튼 다행이에요. 요번 휴일에 한번 가봐야겠어요. 감사합니다."

결국 마음에 들었던 스커트에 대한 정보 외에는 아무것도 묻지 못했다. 뭐라고 더 꺼낼 말도 없었다. 히나코가 일어나서 가게를 나가려는데 갑자기 배에서 꾸르륵 소리가 크게 울려퍼졌다.

"밥도 안 먹고 돌아다니는 거야?" 여주인이 가여운 표정으로 물었다.

히나코는 자신의 얼빠진 모습이 너무 싫어졌다.

"……아침부터 계속 돌아다니다 보니 이젠 배가 고프네요. 상사는 센스가 없어서 끼니때도 챙기지 못하고……."

간식으로 먹으려고 샀던 찹쌀떡을 더 이상 아껴둘 수가 없었다.

"아, 맞다. 지금 요 앞 화과자점에서 찹쌀떡을 샀는데요, 하나 드실래요?"

히나코가 블레이저 주머니에서 작은 꾸러미를 꺼내는 것을, 여주인은 어이없다는 얼굴로 바라보았다.

"하나 드세요. 저는 단것을 엄청 좋아하거든요."

그렇게 말하면서 히나코는 꾸러미를 열고, 통통한 떡을 두 손가락으로 집어서 입에 넣었다. 하얀 가루가 입술 주위에 묻고 블레이저에도 떨어졌다.

"사양 말고 드세요. 아, 맛있어. 생각했던 대로 저런 수수한 가게는 역시 맛 하나는 확실하군요."

말하자마자 가루가 콧등에 달라붙어서, 여주인은 풋 하고 웃음을 터뜨렸다.

"당신 이상한 형사네. 가루가 묻었다고, 콧등에."

"어, 그런가요?"

히나코는 손등으로 코를 닦으면서 입안의 것을 삼키고, 나머지 절반도 덥석 물었다.

"정말 맛있게도 먹네."

여주인은 자신도 찹쌀떡을 집어 들더니 말을 이었다. "그 가게의 떡은 할아버지가 팥소부터 직접 만드니까 맛있는 거라고."

"으음, 역시 맛있어."

여주인은 입 주위에 묻은 가루를 손등으로 닦고, "형사 아가씨, 몇 살이야?"라고 히나코에게 물었다.

"스물넷이요."

"허어. 그 나이에 형사야? 젊은 여자가 할 만한 일이야?"

"형사라고 해도 부임한 지 얼마 안 된 신참이라 평소에는 내근직이에요. 오늘이 첫 탐문이어서 아직 요령 파악이 잘 안 되는데다 다리는 아프고 배는 고프고, 뭐, 그러네요."

"정말 딱 그런 느낌이야. 그래서야 형사 일을 할 수 있겠어?"

"그러게요. 아직 자신이 없어요……."

여주인은 떡을 다 먹고서는 카운터에 들어가며 말했다. "잠깐 기다려봐. 지금 차를 끓여줄게."

"괜찮으신가요?"

거기서부터는 진행이 빨랐다. 카운터 석에 앉은 히나코가 화과자 관련 이야기를 하고 있자, 여주인은 "아들이 저곳의 쑥떡을 좋아해서 말이야"라면서 미혼인 채로 자식을 키우는 어려움에 대해 말하기 시작했다. 생활비를 벌기 위해 호스티스 일을 하던 시절, 매춘을 할 생각은 없었다. 하지만 지명도를 올리려고 가게 밖에서 손님과 식사를 하는 일이 생겼고, 미야라도 그런 손님 중 하나였다고 말했다.

"그 녀석, 죽었다며? 살인이야?"

"아뇨. 아직 확실한 게 아무것도 없어요."

"그래? 나한테까지 형사가 찾아올 정도니까, 살인이라고만 생각했는데 말이야. 그 녀석은 말이지, 당시 근무하던 가게 단골이었어. 음침하긴 했지만 성실하고 얌전한 느낌이었는데, 술만 들어가면 사람이 아주 집요해지더란 말씀이야. 너무 귀찮게 굴어서 한번은 영업이 끝났을 때 내가 술에 취하지 않았다면 라면집 정도는 같이 가줄 수 있다고 했지. 그랬더니 그 녀석……."

여주인은 후루룩 소리를 내며 차를 마셨다.

"가게 뒤편에서 마냥 나를 기다렸던 거야, 글쎄. 그런 얌전한 남자인데다 기가 약해 보여서 나도 방심을 했던 거지."

"어, 갑자기 습격해온 건가요?"

"그럴 리가 없잖아. 성급하긴."

여주인은 쿡쿡 웃으면서 "같이 라면집에 갔어. 만두하고 맥주를 시켰지. 그랬더니……"라고 말하며 카운터에서 몸을 앞으로 내밀었다.

"이거 정말, 오싹해질 정도로 집요하게 불평을 해대는 거야……. 뭐라더라, 그 녀석, 여자 고등학생하고 원조교제를 했다고 나한테 말하는 거 있지? 그래서 호텔에 끌어들인 것까진 좋았는데, 혹시 불능이라고 알아? 성격이 그래 먹었으니, 잘 안 됐던 거 아닐까? 하여간 상대 애한테 호된 비방을 듣고, 리포비탄 병(우리나라 박카스와 비슷한 일본 드링크 브랜드-옮긴이) 쪽이 몇 배는 낫겠다며 비웃음을 당했다지. 얼마나 초라한 물건을 가졌는지는 모르겠지만. 어이쿠, 이거 실례했네."

"아뇨……, 정말 무시무시하네요. 요즘 고등학생은 그 정도구나."

"그렇다니까. 그게 쇼크였던 건지, 신나게 불평한 뒤에 나를 꼬드기기 시작했는데, 이게 또 완전 깨더란 말이지. '누님, 5만 엔을 줄 테니, 나하고 이 맥주병하고, 어느 쪽이 나은지 시험해 주지 않겠수?'라더라니까. 그것도 엄청 진지한 얼굴로."

미야하라의 살해 현장에 있던 피투성이 병이 머릿속에 떠올라서 히나코는 한순간 말문이 막혔다.

"우와……아. 그래서 어떻게 하셨나요?"

맞장구를 치는 자신의 목소리에 힘이 없었다. 왼손은 자연스럽게 주머니 속으로 들어가 양념통을 꾹 쥐었다.

"당연히 거절했지! 하지만 그때 그 녀석 얼굴이, 아주 집념 어린 것 같아서 오싹하더라고. 그래서 그 뒤에도 그 녀석이 가게에 올 때마다 무서워졌어. 어쩐지 내가 저 녀석의 비밀을 알아버린 것 같은? 그런 느낌이 들었던 게 아닐까. 그렇다면 처음부터 병 이야기 같은 걸 안 꺼냈으면 됐잖아. 하여간 그 뒤로 점점 집요해지기에……."

"신고를 하신 거군요."

"그랬지."

"……많이, 무서우셨겠네요." 히나코는 진심으로 동정했다.

"무서웠지."

"안 좋은 일을 기억나게 해서 죄송했습니다."

"괜찮아. 벌써 상당히 오래된 일이고, 덕분에 그쪽 일을 그만둘 결심도 했으니까."

여주인은 빙그레 웃으며 몸을 일으키고, 히나코에게 부드러운 시선을 던졌다.

"신고를 하러 갔을 때, 내가 유흥업소에서 일했던 것도 있어서 경찰에 대한 인상이 별로 안 좋았어. 하지만 당신네들도 고생이 많네. 기운 내고, 열심히 해봐."

"네, 감사합니다. 열심히 할게요."

히나코는 일어서서 경례했다.

"당신은…… 참 이상한 형사네."

여주인은 호쾌하게 "아하하" 하고 웃고는 히나코를 배웅했다.

가게를 나온 히나코는 사건이 무사히 해결되면, 간 씨와 함께 이곳에 또 마시러 오자고 다짐했다.

작은 공원에 돌아오자, 간 씨는 벤치에 길게 드러누워 낮잠을 자고 있었다. 닳아 해진 양복도 그렇고, 구겨지고 먼지투성이인 신발도 그렇고······.

'공원 벤치가 이렇게 잘 어울리는 사람이 있구나.' 히나코는 은근히 감탄했다.

"뭐가 금방 돌아온다는 거야."

자고 있는 줄로만 알았는데, 간 씨는 눈을 감은 채로 그렇게 말했다.

"어라, 자고 계셨던 거 아닌가요?"

"잤지. 느긋하게 한숨 푹 잤어."

간 씨는 몸을 일으키고서 양복에 생긴 주름을 폈다.

"그래서? 요릿집의 여주인은 뭐라고 했어?"

히나코는 수첩을 펼치고 '말라이카' 옆에 두 개의 O표를 그리고, 그중 하나에 펜으로 점들을 그렸다.

"뭐야, 그건?"

"제 수사 수첩이에요."

"그러니까 그 낙서는 뭐냐고?"

"소금 찹쌀떡하고 이쪽은 여주인의 아들이 좋아한다는 쑥떡이에요."

"뭐?" 간 씨는 어이없다는 듯한 소리를 냈다.

"이렇게 그림으로 그려두면, 보기만 해도 그때 기억이 되살아나거든요."

히나코의 말을 어떻게 받아들여야 좋을지 알 수 없는지, 간 씨는 듬성듬성한 머리숱을 쓸어 올렸다. 이어서 히나코가 한 글자 한 구절도 다르지 않게 여주인과의 대화를 재현하자, 별난 것이라도 봤다는 듯이 "허어" 하고 신음했다.

"네 머릿속은 어떻게 되어 있는 거야?"

"다음번에는 쑥떡을 먹어보려고요."

"뭐가 뭔지……."

간 씨는 자신의 수첩에 히나코의 정보를 적어 넣으면서, 탐문을 마친 여자들의 이름을 선으로 지웠다.

"마지막 한 명은 일반인 여성이야. 퓨마 택배가 자주 짐을 운반하던 마을 공장의 사무원인데, 미야하라하고는 면식이 있었어. 한번은 강간미수 고소장을 냈는데, 며칠 뒤에 취하했어. 강간은 친고죄라서 우리가 어떻게 할 방도가 없었지."

"피해자의 이름은 우타가와 사나에 씨군요. 2009년 12월 당시에는 22세. 주소는……."

"너, 정말 컴퓨터 같구나."

우타가와 사나에는 사건 후에 다니던 공장을 그만두고, 고향인 후카가와의 본가로 돌아가서 신부 수업을 하고 있다고 했다. 친고죄가 취하된 이상, 강간미수사건은 법률상으로는 없었던 일이 된다. 없었던 사건에 대해 조사한다는 것도 이상한 상황인데, 하물며 그것이 표면으로 드러나면 피해자의 불이익으로 이어지는 범죄라면 형사로서 정식으로 우타가와 사나에를 만나러 가기 망설여진다. 어찌할까 하고 의논한 결과, 사나에와 나이가 비슷한 히나코만 그녀의 본가를 방문하기로 했다.

우타가와 사나에의 본가는 오요카 강과 에이타이 도로 사이에 있는 마을에서 목재 가공공장을 하고 있었다. 우타가와 제재소는 골목길 안쪽에 위치했고, 입구가 오요카 강에 접해 있었다. 히나코가 제재소에 도착했을 무렵에는 이미 날이 저물기 시작해서 공장의 셔터는 닫혔지만, 주거지는 옆문을 통해 올라갈 수 있는 2층에 있는지 '우타가와'라는 표찰이 있는 우체통에 불이 들어와 있었다.

"여기네."

옆문에 다가갔을 때, 히나코는 '상중'이라는 벽보를 발견했다. 우타가와 집안에 불행한 일이 있는 모양이었다. 초인종을 누를까 망설이고 있는데, 2층에서 사람 목소리가 들렸다.

"아이고, 일부러 이렇게……."

"선생님, 정말 괜찮으십니까?"

우물거리며 대답하는 젊은 남자의 목소리가 들리나 싶더니, 갑자기 우당탕탕! 하는 요란한 소리가 나며 뭔가가 문으로 떨어져 내려왔다. 닫혀 있던 문이 쿵하고 흔들렸다. 히나코가 곧바로 문을 당기자 문 안쪽에서 한쪽 귀에 동그란 안경이 매달린 남자가 굴러 나왔다.

"괘, 괜찮으신가요?"

히나코가 묻자, 청년은 허둥지둥 일어나더니 안경을 고쳐 썼다. 남자의 블레이저 단추가 떨어져 나가서, 히나코의 발밑에 떨어졌다.

"괘, 괜찮습니다. 그보다…… 아야야……, 허리를, 찧어버렸네."

"선생님!"

이어서 계단 위에서 우타가와 부부로 보이는 중년 남자와 여자가 뛰어 내려왔다.

"이 계단은 미끄러지기가 쉬운데, 어쩌죠……."

좁은 입구를 청년과 히나코가 막고 있어서, 부인은 몇 계단 위에서 손을 비비고 있었다.

"아뇨, 아뇨. 괜찮습니다. 눈물로 앞이 안 보여서…… 죄송합니다."

청년은 골목길로 나와 부부에게 꾸벅 고개를 숙였다.

"저기요, 이거."

히나코가 떨어진 단추를 건네자, 청년은 "아이고, 떨어져버렸나"라면서 부끄럽다는 듯 웃으며 물었다. "이 부근에 옷핀도 떨어져 있지 않았습니까?"

"이거요?"

"아, 그겁니다. 고맙습니다."

옷핀을 받아들려고 내민 청년의 손에 어울리지 않는 두툼한 반지가 끼워져 있었다. 그는 옷핀으로 단추를 고정하고는 변명하듯 말했다. "외출하려고 하는데 단추가 떨어져서, 방법이 없더라고요."

청년은 많이 울었는지 두 눈과 코가 새빨갛게 되어서, 바라보기가 미안할 정도였다.

밖으로 나온 부인이 "선생님, 정말로 괜찮으신가요?"라고 반복하며 묻자, 그는 "괜찮습니다, 괜찮습니다"라고 거듭 대답하면서 빠른 걸음으로 떠나갔다. 그러나 골목길 모퉁이를 돌기 전에 다시 고개를 숙이려고 하다가 자전거에 부딪칠 뻔하고는 도망치듯이 시야에서 사라졌다. 그 광경을 히나코는 우타가와 부부와 함께 바라보았다.

"……정말로 괜찮을까요?"

"정말 그래. 덜렁거린다고 할지, 경박하다고 할지, 저 선생님은……"

히나코의 중얼거림에 동조하듯 말한 남편은 처음으로 히나코를 보며 물었다. "이거 실례했습니다. 그런데 누구신지요?"

"혹시 사나에의 친구인가요?" 부인도 물었다.

히나코는 꾸벅 고개를 숙였다.

문전박대를 당하는가 싶었는데, 의외로 우타가와 부부는 히나코의 정체를 알고도 집 안으로 불러들였다. 향냄새가 떠도는 실내는 침울한 분위기에 감싸여 있었다.

"불행한 일이 있으셨군요. 정말 안타깝게 되었네요."

그렇게 말하며 거실에 들어선 히나코는 새로 마련된 듯한 제단의 유골함 앞에 놓인 영정사진을 보고 깜짝 놀랐다.

"설마, 이거…… 사나에 씨인가요?"

서로 몸을 바짝 붙인 채로 우타가와 부부는 고개를 끄덕였다.

"어째서……?"

우타가와 사나에가 죽은 것은 2주 정도 전이었다고 한다. 부부는 딸의 사인을 이야기하지 않았지만, 미야하라 아키오가 변사체로 발견된 일을 뉴스로 알고 있다고 히나코에게 말했다. 그들은 그자가 딸을 능욕한 범인이라는 사실도 알고 있었다. 우타가와 사나에는 심지가 굳고 정의감에 넘치는 딸이어서, 그런 남자를 풀어두면 또 누군가가 희생될 거라며 고소장을 제출했다고 한다.

"우리는 반대했어요. 어쨌든 여자인데다 몹쓸 일을 당한 이상, 재판이 열리면 상처 입는 건 사나에 쪽이라는 걸 알고 있었으니까요."

어머니는 그렇게 말하고서 분한 듯이 고개를 끄덕였다.

사나에는 그래도 도저히 미야하라를 용서할 수 없다고 말했다고 한다.

"하지만 며칠 뒤에 고소를 취하하셨지요."

히나코가 말하자, 아버지는 너무나도 증오스럽다는 듯 입술을 떨었다.

"경찰 쪽 사람이 그럽디다. 고소장을 내지 않으면 움직일 방법이 없다고. 아주 간단히 아무 일 아닌 것처럼 말하더군요. 정말 몹쓸 일을 당했는데, 그런 상태에서 피해자 보고 더 싸우라는 소리나 마찬가지죠."

아버지의 몸에서 뭐라 표현할 수 없는 분노가 뿜어져 나오는 것을 히나코는 느꼈다. 허옇게 움켜쥔 주먹은 뼈의 실루엣이 드러날 정도였다. 이 사람은 감정을 제어할 줄 아는 훌륭한 사람이라고 히나코는 생각했다. 경찰관인 자신조차도 그의 분노를 이해할 수 있었다. 우타가와 사나에의 아버지는 자신의 딸과 별 차이 없는 나이의 히나코를 돌아보며, 옷매무새를 정리하고 존댓말로 물었다.

"그놈은 변사했다고 들었습니다만, 사실은 살인 아닙니까? 어떤 식으로 죽었는지 말씀해주세요. 만약 그놈이 아직 살아서 태평스럽게 사회생활을 하고 있다면, 딸의 1주기를 마친 뒤에 제가 그놈에게 직접 심판을 내리려던 참이었습니다."

고개를 숙이고 있던 어머니는 고개를 들고서 남편의 몸에 손을 얹으며 달래듯 말했다. "여보……."

"사나에가 고소를 취하해야 했던 이유를, 우리는 몰랐습니다. 그 애가 한 번 꺼낸 말을 취소하다니, 뭔가 이상하다고만 생각했죠. 그래도 우리는 이제 그 사건을 잊고 하루라도 빨리 원래의 씩씩한 사나에로 돌아와 주기를 바랄 뿐이었습니다. 그 이상은 무엇을 알려고도, 사나에에게 물어보려고도 하지 않았습니다."

히나코는 제단의 사진을 돌아보았다. 사나에는 크림색 칵테일드레스를 입고, 머리에 꽃 장식을 하고 있었다. 눈썹이 진하고 눈이 큰 얼굴에, 눈부시게 미소 짓는 표정이었다.

"파티에서 찍은 사진인가요. 아주 아름답고, 행복해 보이네요……."

저도 모르게 생각한 대로 말이 입 밖으로 나왔다.

어머니는 눈앞에 딸이 있는 것처럼 눈을 가느다랗게 뜨고서 사나에의 영정사진을 멍하니 바라보았다.

"저 옷은 결혼식에 입을 예정이었습니다. 4년이 지나서 사건에 대한 기억도 간신히 흐려졌고, 좋은 사람도 생겨서 조용히 결혼식을 올리게 되었는데, 간, 간신히……."

나머지는 오열 때문에 제대로 들리지 않았다. 아버지가 그 뒤를 이었다.

"형사님…… 사나에가 죽은 뒤에, 우리는 그 애의 휴대전화에서 삭제된 자료를 복원해달라고 요청했습니다. 왜 그 애가 죽어야만 했는지, 무슨 수를 써서라도 이유를 알고 싶었거든요."

"……사나에 씨는…… 자살, 이었군요?"

고개를 끄덕이는 아버지의 눈에 피눈물이 밀려 올라오는 것을 히나코는 보았다. 그건 충혈된 눈을 잘못 본 착시였는지도 모른다. 하지만 원통함과 분노로 일그러진 검붉은 얼굴에 흐르는 눈물은 확실히 생피나 다름없을 거라고 히나코는 느꼈다.

"거기에는 그 녀석이 보낸 사진들이 있었습니다. 사나에의…… 딸의…… 그때의."

히나코는 저도 모르게 입을 덮었다. 너무나 잔혹해서, 이 이상 아버지가 말을 하게 놔두고 싶지 않았다. 그렇지만 히나코는 형사이기에, 실제 증거가 없는 상태로 이야기를 마칠 수는 없었다.

"그때라는 말씀은 사건이 벌어졌을 때를 말씀하시는 건가요? 사나에 씨가 능욕당했을 때의?"

히나코는 마음을 단단히 먹고 일부러 또박또박 언급했다. 어머니는 비명 같은 소리를 질렀고, 아버지는 시뻘건 얼굴로 끄덕였다. 두 무릎을 꽉 움켜쥔 손에 눈물이 뚝뚝 떨어졌다.

"끔찍하네요……."

용서 못 해! 그건 사람이 할 짓이 아니야! 히나코는 콧속이 막힌 것처럼 지끈지끈 아팠다.

"어째서죠? 4년이나 지났는데, 이제 와서 그런 사진을 보내다니?"

"모르겠어요……. 악마 같은 놈이 짐승 같은 생각으로 한 짓이겠죠. 우리가 그놈 머릿속을 어찌 알겠어요."

그렇게 말하더니 어머니는 몸을 접듯이 굽히고 오열하기 시작했다. 아버지는 서슬 퍼런 얼굴을 들었다.

"결혼식 준비를 하러 호텔에 갔을 때, 사나에의 모습을 그놈이 봤던 겁니다. 그놈은 짐을 배달하는 일을 하고 있으니, 사나에의 개인정보를 입수해서 그런 파렴치한 방법으로 괴롭혔던 것이 틀림없습니다. 그놈은 악마입니다, 인간이 아닙니다……. 앙갚음을 해주고 싶어도, 욕설을 퍼부어주고 싶어도, 하지만 이미 이 세상에 있지 않으니 방법이 없겠지요. 그러니까 형사님, 하다못해 그놈이 어떤 식으로 죽었는지 저에게 알려주실 수 없겠습니까?"

사나에 부모의 분노와 슬픔이 히나코의 가슴을 꿰뚫었다. 강간 미수가 아니었던 것이다. 그때 그 녀석은 증거를 남겨두었던 것이다. 사나에가 고소를 취하했던 것은 사진으로 미야하라가 협박했기 때문이 아닐까. 그 사진을 결혼이 결정되자마자 또다시 보내다니. 이 얼마나 천박한가. 이 얼마나 비열한가…….

그 미야하라는 고통스럽게 죽었습니다. 정말 상상을 불허할 정도의 잔인한 수법으로, 악마 같은 누군가에게 살해당했는지도 모릅니다. 그렇게 들려주면 이 사람들의 슬픔이 조금이나마 치유될까. 그렇지만 그럴 수는 없다. 형사로서 해서는 안 될 일이다.

"죄송합니다. 그건……, 아직 사건 내용은 기밀이라 알려드릴 수 없습니다."

쿵! 커다란 소리를 내며 사나에의 아버지가 테이블을 후려쳤다.

어머니는 달래듯이 남편의 팔에 손을 얹고 사죄했다. "우리도 갑작스러운 일에 많이 혼란스럽답니다."

부모의 분노와 울분을 느끼면서도 아무것도 할 수 없는 미안함에, 히나코는 어디론가 숨고 싶었다.

"아뇨. 저야말로 사과드리고 싶습니다. 그런 사람을 풀어놓아서…… 죄송합니다. 정말로 죄송합니다. 사나에 씨에게도…… 정말 죄송합니다."

히나코는 영정을 향해서 무릎을 꿇었다.

미야하라에게는 살인 용의가 걸려 있었다. 만약 체포되었더라면 사나에 씨는 죽지 않을 수 있었다. 이건 일일 뿐이라며 자신의 감정을 제어하려 해도, 심한 분노에 마음이 떨렸다. 후회의 눈물이 밀려 올라올 것 같아서, 히나코는 두 눈을 계속 깜빡였다. 마치 사나에의 혼이 자신에게 옮겨온 것만 같았다.

고개를 들자, 사나에의 아버지는 수건으로 눈물을 쓱쓱 닦고 있었다.

"그 녀석은 살해당한 겁니까?"

"아마도요. ……그렇지만 그것도 아직 알 수 없습니다. 그래서 사건을 조사하기 위해 이렇게 말씀을 들으러 찾아뵌 겁니다."

"사나에에 관한 일로 우리가 의심받고 있는 겁니까?"

"아뇨, 그런 건 아닙니다. 다만 결국 사나에 씨의 고소가 취하되었기 때문에, 형사가 자택을 찾아와서 폐를 끼칠 수는 없다고 생각했습니다. 그래서 제가 상황만 알아보러 왔는데, 위쪽에서 남자분이 굴러 떨어져서…… 이렇게……."

사나에의 부모는 얼굴을 마주 보았다.

"정말입니다. 사나에 씨가 이렇게 된 것도 몰랐습니다. 사정도 모르고 찾아와서 정말 죄송합니다. 같이 온 상사는 한눈에 형사라는 걸 알 수 있을 정도로 날카로운 인상이라서, 저 혼자 온 거랍니다. 지금은 강가에서 대기하고 있습니다."

"어머머."

어머니는 어이없다는 듯 입가를 구부렸다.

"저기……, 조금 전에 굴러 떨어지신 분이 사나에 씨의 약혼자였던 분인가요?"

"아뇨. 그 사람은 아닙니다."

그렇게 대답한 아버지 옆에서 어머니가 말했다. "그 사람은 딸이 다니던 심료내과의 의사 선생님입니다."

"아직 정식 의사는 아니잖아. 견습이지." 아버지가 옆에서 어머니의 말을 정정했다.

"사건을 겪은 뒤에, 딸은 마음의 병이 생겨서 병원에 다니며 진료를 받고 있었습니다. 그 사람은 병원 선생님으로, 요 1년간 딸을 상담해주고 있었습니다. 아직 견습이라고 합니다만, 그 선생님은 마음이 놓인다며 딸이 마음에 들어 했어요. 장례식이 끝난 뒤에도 저희를 걱정해서 이따금씩 향을 피우러 들러주신답니다."

"아까 같은 눈치의 양반이라, 딸아이의 장례식 때는 대성통곡을 하고 아주 난리였지요. 사나에는 노비 선생님 때문에 그렇게 된 게 아닌데도 책임을 느끼는 것 같아요. 집에 오시더니 우리와 함께 울어주시고, 이야기를 들어주시고…… 아니, 그게 아니죠. 굳이 말하자면 선생님 쪽이 펑펑 울고, 우리가 위로하는 느낌으로…… 하지만 어쨌든 아주 좋은 선생님이랍니다."

"선생님 이름이 노비인가요?"

"어머나, 나도 참. 아뇨, 노비 선생님은 별명이에요. 그 왜 〈도라에몽〉에 나오는 누구였더라, 안경을 낀."

"노비, 노비타 군을 말씀하시는 건가요?"

"아, 맞아요. 그 안경 낀 애하고 느낌이 똑같거든요."

"그건 그러네요."

히나코가 말하자, 어머니는 아주 살며시 미소 지었다.

"그렇죠? 진짜 이름은…… 뭐였더라?"

"나카지마 다모쓰 선생님이야. 제대로 기억해두지 않으면 이름을 잘못 부르는 실례를 하게 될 거라고."

"어머나, 그렇죠. 저도 처음 뵀는데 노비 선생님 쪽이 왠지 모르게 자연스럽네요."

"그렇지요."

농담을 한 듯한 느낌이 들어서 히나코는 누구에게랄 것도 없이 "죄송합니다"라고 거듭 사과했다.

"하지만 그렇게 자상한 선생님이라면 저도 진찰을 받고 싶어지네요. 형사 일은 정신적으로 상당히 힘들어서……."

"아직 젊으니까요. 그렇겠지요." 어머니는 동정하듯이 히나코를 바라보며 말했다.

"긴시 초에 있는 하야사카 멘탈 클리닉. 선생님이 몇 분인가 계시는데, 환자에게 가장 어울리는 사람이 붙는다고 들었어요. 노비 선생님이 담당이 될지는 알 수 없지만, 가보시는 것도 괜찮을 거예요."

히나코는 수첩을 꺼내들고 '하야사카 멘탈 클리닉'이라고 적어 넣었다.

"아, 한자가 아니라 가타카나예요. 하야사카는 가타카나."

"그렇군요. 하, 야, 사, 카. 바로 인터넷으로 검색해볼게요. 감사합니다."

미야하라가 죽은 밤의 알리바이를 묻지도, 강간미수사건의 이야기를 되묻지도, 사나에의 휴대전화를 보여줬으면 한다고 부탁하지도 못한 채, 히나코는 우타가와 부부의 집에서 나왔다.

저녁놀이 지는 벚나무 길에서, 간 씨는 오요카 강의 보호 펜스에 기대서 강을 보고 있었다. 밖에서 우타가와 자택의 동향을 살펴볼 예정이었는데, 또다시 한 시간 정도나 간 씨를 기다리게 만들었다. 히나코는 손바닥에 고추양념을 털어서 약을 마시듯 입에 넣었다. 사나에의 이야기로 인해 밀려왔던 눈물이 아직 콧속에 남아 있었다. 산초 향이 비강을 통과하자, 가을바람의 상쾌함이 눈에 스몄다.

"너의 '금방'은 대체 얼마나 긴 거야?" 간 씨에게 달려가자, 그는 돌아보지도 않고 말했다.

"죄송합니다."

"그래서? 이번에도 착실히 물어보고 왔겠지?"

"네. 그럴 생각은 없었습니다만…… 어떻게 아셨나요?"

"멍청아. 난 말이지, 네가 태어나기 전부터 형사였다고."

히나코는 수첩을 꺼내서, 하야사카 멘탈 클리닉이라고 적힌 글자 옆에 단추와 도라에몽 그림을 그려 넣었다.

"또 그건가."

간 씨는 기가 막힌다는 듯 말했지만, 결혼식을 앞둔 우타가와 사나에가 자살했으며, 그 원인이 미야하라가 보낸 사진인 듯하다는 말에 깜짝 놀랐다.

"그 이야기가 사실이라면 우타가와 사나에의 부모와 가족, 그리고 약혼자도 만나봐야 할 필요가 있겠군. 그런데…… 미야하라 자식. 결혼식 직전에 그런 사진을 보내다니, 음험한 놈 같으니…… 그 보내온 사진이란 건 확인했나?"

"아뇨……. 하지만……."

"뭐야? 왜 갑자기 울고 그래."

"어. 어라, 왜 이런담."

울 생각은 전혀 없었다. 그렇지만 간 씨가 사진에 대해 언급하자마자 히나코의 눈에서 둑이 터지듯 눈물이 줄줄 흐르기 시작했다. 영정사진 속에서 밝게 웃는 사나에의 얼굴이 너무나 가슴 아팠다. 미야하라가 저지른 너무나도 강렬한 악의에 마음이 흔들렸다. 눈물 때문에 계단에서 굴러떨어졌던 노비 선생, 아니

나카지마 다모쓰의 기분을 뒤늦게나마 공감할 수 있었다.

"멍청하긴. 피해자에게 일일이 감정이입해서 어쩌려고 그래. 형사에게 주관은 금물이야. 그래서 수사나 제대로 할 수 있겠어?"

"네…… 알겠습니다……."

하지만, 그렇지만 너무나 분해서 눈물이 도무지 멈추지 않았다. 쓱쓱 두 눈을 비비고 하늘을 올려다보니, 단풍이 들기 시작한 벚나무 뒤로 마천루의 불빛이 반짝이고 있었다.

경찰서로 돌아오자, 쇼지도 나름대로의 성과를 가지고 돌아왔다.

미야하라 아키오가 하치오지 니시 인터체인지 아래에 운송용 트럭을 버려두었던 날 밤, 그 인근에서 미야하라의 자택까지 본인으로 여겨지는 남자를 태운 택시가 있었던 것이다.

"사진으로 확인해보니 미야하라 본인이 탔던 것이 틀림없습니다. 운전사는 그날 밤 일을 잘 기억하고 있더군요. 미야하라가 택시 앞에 뛰어들듯 해서 차를 세웠다고 합니다."

쇼지는 손가락에 침을 묻혀 수첩 페이지를 넘겼다.

"운전사는 미야하라가 누군가에게 쫓기고 있다고 생각했는지 곧바로 룸미러로 주위를 확인했지만 수상한 사람은 없었다고 합니다. 미야하라는 자택 주소를 행선지로 말하고, 뒷좌석에 몸을 숨기듯이 앉아서 떨고 있었답니다. '괜찮습니까?'라고 물어봤지만 미야하라는 주머니에서 1만 엔 지폐를 꺼내서 운전사에게 던지고는 '얼른 출발해!'라고 호통을 치고는 다시 웅크리고 있었다고……."

"수상한 차량이 뒤를 쫓아왔다든가 하는 일은 없었나?"

"없었다고 합니다. 그래서 이 녀석, 약에 취했구먼……. 이건, 운전사의 말을 그대로 옮긴 겁니다."

"됐으니까, 계속해."

"……취했다, 위험하다! 그렇게 생각하고, 그 뒤로는 한마디도 말을 걸지 않았습니다. 목적지인 자택 앞 도로에 정차하자마자 문을 열고 튀어 나가더니, 거스름돈도 받지 않고 집으로 뛰어갔다고 합니다. 참고로 그 시점에 미야하라가 현관문을 닫았는지 어땠는지는 보이지 않았다더군요. 실제 택시비는 3,800엔 정도 나왔다고 하니 이상한 일이죠. 미야하라는 빈손에 가방 등의 소지품도 없이 퓨마 택배의 제복 차림이었습니다. 차가 집에 도착한 건 밤 10시 42분으로, 그 뒤에 바로 살해되었다고 한다면 사망 추정시각과도 합치됩니다."

쇼지는 보고를 마쳤다는 듯이 동료들의 얼굴을 둘러보았다.

"어쩐지 여우에 홀린 듯한 이야기로군."

간 씨는 연필을 잡고 머리를 긁었다.

"인터체인지 아래에서 누군가에게 습격당해 자기 차를 타고 돌아갈 수 없게 되어서, 택시를 타고 도망쳤다는 이야기일까요?" 동료인 구라시마 형사가 말했다.

"그 상대가 집까지 쫓아와서 미야하라를 죽인 걸까요?" 히나코도 자기도 모르게 끼어들었다.

"그렇다면 그 휴대전화로 녹화한 동영상은 무엇을 위해서지?"

"휴대전화가 아니라 스마트폰입니다."

"시끄럽다니까."

간 씨가 집어던진 연필을 맞고 쇼지는 "아얏!" 비명을 질렀다.

"역시 상해의 증거를 찍으려고 했던 것일까요?"

"쫓기고 있었다면 녹화 같은 걸 할 짬도 없이 도망치지 않았을까? 하다못해 현관문을 잠근다든가."

"그건 그렇네요. 퓨마 택배의 사장은 현관문이 열려 있었다고 말했으니까요. 감식 쪽 사람이 조사했을 때도 툇마루나 창문에 문단속을 한 흔적은 없었다고 합니다. 애초에 차고 쪽 창문 유리는 깨진 그대로였다고 합니다. 그 집은 아버지가 세상을 떠난 뒤에 미야하라가 휘두르는 가정폭력으로 유명해서, 지금은 이웃 중 누구도 가까이 가지 않는다고 합니다."

"흠."

간 씨는 오른손으로 머리를 긁으면서 왼손으로 턱을 비볐다.

"아, 맞다. 또 한 가지."

"뭔데?"

"조금 전 운전사가 한 얘긴데 말이죠. 미야하라를 내려준 뒤에, 뒷좌석이 풀과 진흙으로 아주 더러웠다고 하더군요."

"흠…… 시일은 좀 지났지만 인터체인지 아래의 풀숲을 수색해볼까. 어쩌면 택시를 잡기 전에 거기서 누군가와 몸싸움을 벌였을지도 몰라."

간 씨의 말에 부서원들은 일제히 움직였다. 이럴 때 히나코는 아직 어떡해야 할지 모른다. 일단 차를 끓이는 건 멍청한 짓일까? 그렇게 생각하는데 전화벨이 울렸다.

"사신여사에게서 온 전화다." 전화를 받은 간 씨가 히나코에게 말했다.

"간신히 시체 조사에 질리신 모양이야. 도도, 가자."

"네!"

히나코는 간 씨를 따라서 밤의 거리로 나갔다.

해부실에서 스테인리스 받침대에 얹힌 해부 시체를 보게 되는가 했는데, 히나코와 간 씨는 해부실 2층에 있는 사신여사의 연구실로 불려갔다. 대략 두 평쯤 되는 어두컴컴한 방은 컴퓨터 책상과 책장 사이에 작은 테이블이 놓여 있고, 옆에 캠핑용 의자 두 개가 접힌 채로 세워져 있었다. 블라인드에는 해부 사진이 빼곡하게 붙어 있고, 창문은 열린 흔적조차 없었다. 컴퓨터 책상에는 담배꽁초가 산처럼 쌓인 재떨이와 초콜릿 포장지가 어지럽게 흩어져 있었다.

"여전히 방의 꼴이 말이 아니구만. 가끔씩은 환기도 좀 시키고 청소도 해야지. 안 그렇습니까, 선생?"

간 씨의 말이 들린 건지 안 들린 건지, 사신여사는 은테 안경을 고쳐 쓰고는 의자를 빙글 회전시켜서 돌아보았다.

"재미있어. 이야, 정말 재미있어."

그녀는 그렇게 말하면서 익숙한 손놀림으로 담배를 입에 물었다. 금연 중인 간 씨는 이맛살을 찌푸리며 껌을 꺼내서 입에 집어넣었다.

"어? 아직도 금연 중이구나, 대단하네. 좋아, 좋아. 담배는 백해무익이니까 안 피우는 편이 좋지."

"선생께서 말씀하셔도 아무런 설득력도 없습니다만. 그래서 뭘 알아내셨다는 겁니까?"

"이것저것 좀 알아냈어. 첫 번째는, 그렇지, 알 수 없는 것이 너무 많다는 사실을 알아냈어."

사신여사는 다시 모니터로 향하더니, 물고 있던 담배로 키보드를 두드려서 담뱃재를 백의에 떨어뜨렸다.

"아아, 위험하지 않습니까. 재떨이 정도는 좀 치워버릇하시죠."

간 씨는 양복 주머니에서 손수건을 꺼내더니, 재떨이의 산 위에 얹고 보자기처럼 꽁초들을 싸서 히나코에게 건넸다.

"문을 열고 오른편으로 쭉 가면 탕비실이 있어. 물을 끼얹어서 쓰레기통에 버리고 와줘."

사신여사는 텅 빈 재떨이에 재빨리 담배를 비벼 끄고는 돌아보지도 않고 마우스를 움직여서는 수많은 파일 중에서 사진을 불러냈다. 생생한 뭔가가 모니터에 떠오르는 것을 눈 가장자리로 포착하면서, 히나코는 도망치듯 방을 나왔다. 꽁초들을 버리고 돌아왔을 때, 히나코는 문 앞에서 손바닥에 뿌린 고추양념을 핥았다. 심장이 쿵쾅쿵쾅 울렸다. 시체 사진은 익숙하다. 그런데도 진짜 시체로 대면한 미야하라의 해부 사진을 보는 것이 두렵다. 사실은 그런 것에 익숙해져가는 자기 자신이 두려운 건지도 모른다.

실내로 돌아오자, 컴퓨터 화면에 바싹 다가선 간 씨의 등이 보였다. 히나코는 주뼛주뼛 책상에 다가가서 벗겨진 머리 뒤편으로 모니터를 엿보았다. 그곳에 비치던 것은 미야하라의 시체 사진이 아니라 젊은 여성의 전라 사진이었다. 세척해서 해부대에 얹힌 시체는 창백하게 만들어진 조각상 같았다. 사진 위에는 몇몇 군데에 붉은 마크가 붙어 있었다.

"어때?" 여사는 그렇게 묻고서 "쏙 닮았지?"라고 덧붙였다.

사진이 축소되고, 옆에 남자의 전라 사진이 나란히 놓였다. 미야하라 아키오의 사진이었다. 두 시신 모두 음부에 콜라병이 꽂혀 있었다.

"이런 건 본 적이 없다고 말했지, 남자 중에서는. 하지만 금방 딱 감이 왔어. 전에 검시한 것하고 비슷하구나 하고. 그것이 얘였어. 놀랍게도 여러 곳이 똑같았어. 다른 곳도 있지만. 예를 들면……."

여사는 사진 중 일부에 포인터를 가져갔다. 찢어진 음부가 확대되어 히나코는 자기도 모르게 눈을 돌렸다. 콜라병에 대해서는 알고 있었지만, 그것이 음부를 찢고 꽂아 넣은 것임은 몰랐던 것이다.

"이 상처는 양쪽 모두 커터나이프로 낸 것인데, 힘을 넣는 방법은 똑같지만 방향이 달라. 여자 쪽은 아래에서 위로. 남자 쪽도 아래에서 위였는데, 미묘하게 달라. 재현해보면, 칼날 부분이 새끼손가락 쪽에 오는 형태가 되지. 보통과는 반대야. 그리고 스스로 칼날을 집어넣어 찢으면, 일단은 이런 형태가 되지."

"그건 대체……?" 간 씨 등 뒤에서 히나코가 물었다.

"응. 대체 어떻게 된 걸까, 그걸 모르겠어. 하지만 목이 졸린 흔적도 확실하지, 이건." 여사는 목에 나 있는 멍을 확대했다. "어떻게 봐도, 스스로 자기 목을 조른 흔적이야."

"뭐라고요? 선생께선 피해자가 스스로 자기 목을 조르고, 그리고 그 뭐냐, 거기도 자기가 칼로 찢었다고 말씀하시는 겁니까?"

"그건 아냐." 사신여사는 단호하게 말했다.

"인간에게는 통각이란 것이 있어. 어지간히…… 약 같은 것에 취했다든가, 어딘가 맛이 갔다든가 했을 때 자해 행동을 할 수 있지만, 이 정도까지는 불가능해. 게다가 이건 우격다짐으로 한 게 아니야. 조용히, 오히려 냉정하게, 몇 번이나 넣었다 뺐다 하면서 자기 가랑이 사이를 찢었어. 말해두겠는데, 여자 쪽은 죽은 뒤에 난 상처야. 그러니 저항도 없었겠지. 하지만 남자 쪽은 생체반응이 있었으니까 분명 살아 있을 때 난 상처야. 하지만 스스로 했다고는 생각되지 않아. 혈액검사에서도 마약 성분은 고사하고 알코올조차 검출되지 않았으니까 말이 안 되지. 그런데 소변 내 노르아드레날린 농도는 비정상적으로 높았지. 그렇다면, 으으음……?"

사신여사는 그대로 뭔가 중얼거리면서 책상 위의 종잇조각들을 뒤지더니, 그 안에서 메이지 제과의 밀크초콜릿을 꺼냈다. 모니터에 수치 데이터를 불러내고는 포장을 뜯어 덥석 초콜릿을 깨물었다.

"흠. 분노의 물질, 노르아드레날린……. 그리고 베타엔도르핀도 이상 수치인가……."

"큰일이군. 자신만의 세계에 틀어박혀버렸어."

간 씨가 히나코를 바라보며 말하고는 다시 여사의 눈앞에 손바닥을 팔랑팔랑 흔들며 물었다. "그래서, 선생. 결국 어떻게 되었다는 말입니까?"

"아, 여기 있었나? 당신을 까맣게 잊어버린 참이었어."

여사는 먹던 초콜릿을 간 씨에게 내밀었다.

"먹어도 괜찮아."

"필요 없습니다."

모니터에는 다른 사진이 비치고 있었다. 사신여사는 안경을 매만지며 몸을 앞으로 내밀더니 모니터 화면을 확대했다.

"전에도 말했지만 가장 이상한 건 이 부분이야."

그것은 미야하라의 흉부를 찍은 화상이었다. 깨문 것과 비슷한 동그란 멍이 찍혀 있었다.

"이쪽도 좀 봐줬으면 하는데 말이지."

다음에 비춘 것은 소녀의 가슴이다. 둥글고 평평한 유방에는 무수하게 깨문 자국이 있었다. 간 씨는 여사의 초콜릿을 히나코에게 떠넘겼다.

"으음……, 똑같군."

"그렇지?"

"하지만 생긴 모양이 조금 다른 것 같습니다."

히나코가 말하자, 여사는 고개도 들지 않고 미야하라의 흉부 사진을 확대시켰다.

"그 말이 맞아. 소녀 쪽은 깨문 자국이야. 그 치열의 흔적과 이번 피해자의 치형도 거의 일치해. 강간하면서 가슴을 깨문 자국이겠지. 그리고 남자 쪽 말인데."

하치오지 니시 인터체인지 아래서 발생한 여자 고등학생 살인사건의 진범이 미야하라였다는 중대한 사실을 아무렇지 않게 간단히 넘겨버리고, 여사는 말을 이었다.

"이쪽은 깨물어서 생긴 상처가 아니야. 잘 봐. 피부가 벗겨지지 않았잖아?"

미야하라의 멍은 여자 고등학생의 그것과 거의 같은 형태이지만, 피하출혈이지 상처는 아니었다. 유두 주변에 수많은, 검푸른 치아 형태의 흔적이 떠올라 있을 뿐이었다.

"그러면 어떻게 낸 상처인가요? 예를 들면 틀니 같은 것으로 눌러서 낸 건가요? 애초에 무엇을 위해서……?"

"하하하. 틀니라니, 재미있는 의견이네. 재미는 있지만, 그건 아니야. 형태는 깨문 흔적에 가까워. 하지만 스탬프처럼 틀니를 눌러서 낸 상처가 아니야."

사신여사는 신음하면서 몸을 일으키고, 책상에 던져진 다른 초콜릿을 집어 들었다.

"결국 수수께끼만 남았잖아." 간 씨가 투덜거렸다.

"그렇지 않아." 여사가 받아넘기듯 말을 이었다. "수수께끼라는 걸 알았잖아?"

히나코는 저도 모르게 숨을 내뿜었다.

"아, 그리고 말이지."

여사는 초콜릿을 씹으면서 서류의 산을 헤집어서, 몇 장의 파일을 간 씨에게 건넸다.

"자, 시신에 묻어 있던 미물들의 감정서야. 이것도 꽤 재미있는데 말이지, 피해자는 살해되기 전에 강간당한 모양이야. 항문에 풀 쪼가리가 꽂혀 있어서, 조사해봤더니 '돌피'래. 어디에나 자라는 볏과 식물 잡초지. 유감스럽게도 피부 조각이나 체액은 검출되지 않았어. 그리고 풀이 항문에 꽂혀 있다는 건 도구를 사용해서 범했다는 이야기라고 생각해. 직장은 찢어지지 않았고, 다른 미물도 붙어 있지 않았으니, 도구는 빗자루라든가 파이프 같은 게 아니라 유리 같은 것으로 된 짧은 물건일 거야. 예를 들면 음료수 병 같은."

간 씨와 히나코의 뇌리에는 동시에 콜라병이 떠올랐다.

연구실을 나오자 시각은 이미 자정을 지나 있었다. 간 씨가 차로 바래다주겠다고 해서 조수석에 앉았을 때, 휴대전화가 울렸다. 지금 막 헤어진 사신여사의 전화였다.

"저기 말이지. 지금 또 연락이 들어와서 검시 쪽으로 갈 건데, 함께 가는 게 어때? 고스게 쪽에서 사형수가 변사했다고 하던데, 아무래도 조금 전 시체 케이스와 비슷하다는 느낌이 들거든."

제2장

—

독방 안의 살인자

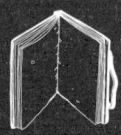

도쿄 교도소는 가쓰시카 구의 고스게에 있다. 사신여사 일행이 현장에 도착했을 때, 그 사형수의 독방에는 아무런 비품도 없이 훤히 드러난 변기와 얇은 이불만 있을 뿐이었다. 시신은 피투성이인 채로 바닥에 드러누워 있었다. 이마부터 안면이 심하게 손상되었다. 독방의 벽에 피와 살점이 달라붙어 있는데, 발견했을 당시 시신은 벽 아래에 웅크리고 있었다고 한다. 사건 직후의 생생함이 방 내부를 진하게 물들이고 있어서, 히나코는 저도 모르게 고개를 돌렸다가 문득 이불에 묻은 된장국 얼룩을 발견했다. 주변에는 토란 덩어리와 돼지고기 조각에 핏방울이 튀고 깨진 앞니가 흩어져 있었다. 가만히 보니 방 한구석에 식판이 있었고, 보리밥과 토란국과 양배추절임이 남아 있었다.

"우와, 굉장한걸."

상처에 고무장갑을 낀 손가락을 밀어 넣는 사신여사의 목소리는 환희에 차 있었다.

"이마를 벽에 찧은 건가. 하지만 어지간한 괴력이 아니라면 이렇게까지 되지 않아. 머리는 수박보다 단단하니까."

여사는 시체의 머리를 두 손으로 잡고, 얼굴을 가까이 가져가서 짧게 자른 머리카락을 헤쳤다. 히나코는 주머니의 양념통을 꾹 쥐고, 두 번 다시 수박을 먹지 않겠다고 결심했다.

"허어……이거 말이지, 머리 양쪽에 다섯 손가락이 파고 든 흔적이 있어."

"감시카메라로 이상을 발견하고 바로 달려왔습니다만, 손쓸 수가 없었습니다." 옆에서 백의의 법무관이 말했다. 교도소 의무부 소속 의사였다.

"그렇겠지, 전두엽이 함몰되어 있어."

"한 달 정도 전부터 이상행동이 눈에 띄기 시작해서 감시를 강화했습니다만……."

"이 수감자는 누구입니까?"

간 씨가 묻자, 소장이 대답했다.

"사메지마 데쓰오입니다. 슈퍼 굿라이프 강도 살인사건의."

독방 앞에는 소장과 의사와 조사관, 그리고 간수 두 명이 모여 있었다. 심야임에도 불구하고 소장이 함께 있다는 것은, 사신여사가 불려오기 전에 미리 입을 맞추었을 가능성도 있을 것이다.

"그 사건인가." 간 씨는 흘끗 히나코를 엿보았다.

"죄송합니다. 제 머리에 데이터는 없습니다. 미해결 사건밖에 체크하지 않아서요."

"7년 정도 전이었던가. 폐점 뒤의 굿라이프 우라야스 점에서 강도 살인사건이 있었어. 점장하고, 그 자리에 우연히 같이 있던 파트타임 종업원이 살해당하고 그날 매상이 사라졌지. 범인이 체포된 것은 한 달 뒤였는데, 사건은 그것으로 끝나지 않았어. 그놈이 잠복했던 고향의 어머니 집, 그리고 그 뒤에 도망쳤던 숙모의 집에서 두 구의 타살 시체가 발견되었어. 양쪽 모두 금품을 샅샅이 뒤져서 훔쳐갔더군. 구역질 나는 사건이었지."

"어머니까지…… 지독하네요."

"지독한 놈이니까 여기에 있었던 거지. 그건 그렇고, 징벌 중인 독방이라고 쳐도 실내가 너무 깔끔한 것 아닙니까? 녀석에게 이상행동이 있었다는 건 무슨 얘기죠?"

소장은 설명을 재촉하듯이 간수 중 한 명을 돌아보았다.

"사형수가 정신적으로 불안정해지는 것은 종종 있는 일입니다만, 사메지마는 그것이 자해행위였기 때문에 가구 등 위험물이 될 수 있는 물건은 전부 회수했습니다."

의사가 간수의 말을 이었다.

"실은 그 사람의 이상행동은 이것으로 네 번째였습니다. 처음에는 미친 듯이 얼굴로 변기를 들이받고 있다는 신고가 들어왔고, 다음에는 좌상에 머리를 내리찧다 혼절했죠. 두 번 다 입원 조치를 했습니다. 세 번째는 뭐였더라…….."

"운동장에서 바닥에 뒤통수를 계속 내리찧었습니다."

"사형 집행을 기다리는 것이 두려워서 자살하려고 했던 건가?"

"저희도 그렇게 생각해서 사메지마에게는 심리 카운슬러와 면담을 시켰습니다만."

"효과는 없었다······는 말이군요."

간 씨의 말에 한숨을 쉬고서 의사가 말을 이었다. "사형 집행을 기다리는 몸이니 예민해지지 않는 수감자는 없습니다. 수형자가 자살하는 경우에도 대개는 가장 편하게 죽을 수 있는 목매다는 방법을 선택하지요. 그렇지만 사메지마는 달랐습니다. 심한 자해행위를 계속했죠. 그래도 한 번 실패하면 홀린 것이 떨어져나간 것처럼 한동안은 자해행위를 멈춥니다. 그런데 사메지마는 예전에 세 번이나 같은 자해행위로 심폐정지가 되었고, 지금까지는 기적적으로 소생해왔습니다만."

"이번에는 완전히 저세상으로 가셨어. 안타깝게 됐네."

사신여사는 사메지마의 옷을 벗겨가며 조사하다가, 이내 일어서서는 고무장갑을 벗었다.

"자, 그건 그렇고. 뭐, 잘된 거 아닌가? 본인에 의한 사망이니까. 간수에 의한 폭행이라든가 하는 쪽의 수상한 부분은 없는 것 같네. 아무리 감시카메라가 있다고 해도 이런 기세로 스스로 머리를 박살내려고 하면 저지하는 것도 불가능하겠고 말이야."

여사는 털털하게 말하면서 가방에서 카메라를 꺼냈다.

"서류에 사인은 할 테니까 사진을 좀 찍을게. 그리고 이 시신, 기증해줄 수 없을까? 안 되나?"

그런 여사의 시선이 한순간 히나코와 간 씨를 향했다. 그녀는 머리와 얼굴의 사진을 찍더니, 시신 위에 다리를 벌리고 서서는 흉부에 카메라를 가져갔다. 플래시의 조명에 창백한 늑골이 떠오른다. 그곳에 뭔가가 보인 기분이 들어서, 히나코는 눈을 부릅뜨고 보았다. 발바닥 같은 형태의 검붉은 멍이 나 있었다.

여사는 새로운 장갑을 끼고는, 히나코와 간 씨에게 감시카메라 영상을 확인해보라고 말했다.

"기묘한 상황이라고는 해도 독방 내에서 일어난 일이니까 사건이 되진 않겠지. 그래도 영상을 보면 뭔가 알 수 있을지도 몰라. 나는 서류 작업을 하러 갈 건데, 그쪽 일이 먼저 끝나더라도 차에서 기다려줘. 이런 시간에 택시를 부르기는 싫거든."

홀로 말없이 서 있던 초로의 간수가 히나코와 간 씨를 다른 방으로 안내해주었다. 방의 내부는 고요했다. 세 명의 발소리만이 공허하게 울렸다. 사무실에 들어가자 간수는 조용히 입을 열었다.

"사형수는 언제 사형을 집행할지 알지 못하니까 소리에 대단히 민감합니다. 언제 자신의 방 앞에서 발소리가 멈추는가에 신경을 곤두세우죠. 그래서 평소와 다른 소리는 되도록 내지 않으려 합니다. 살을 깎아내는 심정으로 그때를 기다리는 자도 있으니까요. 그러면 잠시 여기서 기다려주세요……."

간수는 방을 잠그고서 영상을 가지러 나갔다. 마치 학교의 교실 같은 넓고 살풍경한 방에, 간 씨와 히나코가 남겨졌다.

"고추양념을 뿌려서 껌이라도 씹겠나?" 하품을 하면서 간 씨가 물었다.

"아뇨……지금은 전혀 식욕이 없네요. 그런데 방금 전의 그거, 보셨나요?"

"봤어."

간 씨는 말하고서 손수건으로 이마의 땀을 닦았다. 사신여사의 연구실에서 담배꽁초를 감쌌던 터라, 이마에 하얀 재가 묻었다.

"발자국처럼 보였지요."

"그래. 나도 그렇게 보였어. 도쿄대학의 시체 마니아가 차를 타고 돌아가는 동안 설명해주겠지. 젠장, 이젠 눈이 감기는군."

"저는 아주 눈이 번쩍 뜨였어요."

"젊구먼."

간 씨가 긴 하품을 했을 때에 발소리가 들렸다. 이어서 문 여는 소리와 함께 간수가 영상을 가지고 돌아왔다.

"운동장의 영상은 없습니다. 독방의 감시카메라에 찍힌 것뿐입니다. 그리고 변기에 머리를 들이받았던 최초의 영상도 없습니다. 보시겠습니까?"

"네. 부탁합니다."

"……좋은 시대로군요. 이런 작은 물건에 녹화 영상을 남길 수 있다니. 옛날에는 비디오데크가 필요했습니다만……."

간수는 책상 한쪽에 놓인 데스크톱 컴퓨터에 낡은 USB 메모리를 삽입했다. 사메지마의 독방이 모니터 화면에 비치고, 작은 좌상에 책 두 권이 놓인 것이 보였다. 좌상은 다리가 굵은 목제였는데, 만듦새가 튼튼했다. 책 두 권을 얹으면 가득 차는 작은 크기였다. 수감자는 여기서 편지를 쓰거나 봉투 붙이기 같은 일을 한다고 한다. 변기 앞에 칸막이는 없지만 책장이 있다. 컵에는 칫솔과 수건과 비누가 있다. 사메지마는 좌탁 앞에 앉아 책을 읽고 있었는데, 머리에 붕대가 감겨 있었다.

"낮입니까?"

"그렇습니다."

이야기하는 사이, 사메지마의 몸이 파르르 앞뒤로 움직이기 시작했다. 그는 갑자기 책을 집어던지고 벌떡 일어서더니, 겁에 질린 듯이 벽 쪽까지 물러서며 "뭐야! 또냐!"라고 누군가에게 소리쳤다.

"저리 가! 가, 가라고!"

두 손으로 뭔가를 뿌리치며 카메라 쪽으로 도망 와서, 정수리 아래쪽이 보이지 않게 되었다.

"부탁이니까 용서해줘. 이제 그만둬!"

그러고는 좌상으로 달려가더니 다리를 잡아 들고는 붕대를 감은 자신의 측두부로 좌상의 모서리를 힘껏 들이받았다. "아악!" 하는 날카로운 비명이 울려 퍼지고, "남 25호!"라고 외치는 소리가 들렸다. 철창 너머에서 그림자가 드리우고, 문을 여는 소리가 났다. 그러나 바닥에 쓰러진 사메지마의 팔만이, 마치 살아 있는 것처럼 몇 번이나 좌상을 얼굴에 내리쳤다. 사메지마의 비명과 고함이 교대로 울리는 동안, 문이 열리고 교도관이 달려와서 사메지마로부터 좌상을 빼앗았다. 하지만 그 뒤에도 사메지마는 몇 번인가 같은 동작을 계속한 뒤에 축 늘어져버렸다.

"뭐야, 이건……."

히나코는 온몸에 찬물을 뒤집어쓴 기분이 들었다. 마치 독방 안에 또 한 사람, 사메지마의 팔을 조종하는 보이지 않는 누군가가 있는 것만 같았다.

간 씨도 작게 신음했다. 모니터를 바라보는 간수의 얼굴에 창백한 빛이 비추고 있었다.

"이것도 봐주셨으면 합니다. 열흘 정도 전일까요. 경찰병원에서 퇴원한 직후의 남 25호입니다."

간수가 불러온 영상에서는 사메지마의 독방에 좌상도 책장도 이미 사라져 있었다. 그는 두 무릎을 안고 이부자리 위에 앉아서, 무릎에 턱을 얹고 엄지손톱을 깨물고 있다. 검푸른색으로 부은 얼굴에 눈구멍은 푹 들어가고, 계속해서 움직이는 두 눈동자는 이상한 빛을 발하고 있었다. 히나코는 이미 미친 것이 아닐까 생각했다.

"온다…… 온다니까…… 어떡하지……."

사메지마가 중얼거리는 목소리를, 카메라는 드문드문 녹음했다.

"……그만두게 해줘……앞으로 한 번 더, 그 녀석이 올 텐데……살려달라고, 그만두게 해, 뭐든지 할게요, 뭐든지 할게요, 뭐든지…….."

"뭐지? '그 녀석'이라니?"

히나코의 목소리가 들리지 않은 것처럼, 간수는 대답 없이 다음 동영상을 불러냈다.

"이게 오늘 밤 영상입니다."

보이지 않는 누군가가 독방에 있다. 영상을 본 히나코의 인상은 딱 그것이었다. 식사 중이던 사메지마는 갑자기 국그릇을 떨어뜨리더니 누군가에게 가슴을 걷어차인 것처럼 바닥에 쓰러졌고, 벽 쪽으로 질질 끌려가서 얼굴을 벽에 부딪쳤다. 두 손으로 자기 머리를 움켜쥐고, 혼신의 힘을 다해 벽을 들이받는다. 마치 괴력을 지닌 뭔가가 사메지마의 팔에 깃들어 있는 듯했다.

"그만…… 살려…….."

사메지마의 애원하는 목소리가 무시무시한 폭력 사이사이에서 작게 들린다. 앞니가 빠져서 이부자리로 튀었다. 이윽고 사메지마는 고개를 푹 떨구었다. 그 뒤에도 자기 머리를 움켜쥔 팔만은 움찔움찔 경련하면서 폭행을 계속 이어가고 있었다.

"이건 뭐야, 대체 뭐가 어떻게 된 거야?"

간 씨의 목소리에는 두려움이 섞여 있었다.

"저는 말입니다, 이런 생각이 들었습니다. 저놈에게 죽은 피해자들의 망령이, 순서대로 복수하러 온 것 같다고 말이죠." 간수는 표정 하나 바꾸지 않고 말했다.

"허튼소리를 하는 양반이시구먼."

간 씨의 목소리가 어색해진다.

간수는 깊이 숨을 들이쉬고, 긴 한숨을 내쉬었다.

"달리 어떻게 생각할 수 있겠습니까. 남 25호는 이미 한 번 왔다고 말했습니다. 그 사람은 자기가 죽을 때를 예상했던 게 아닐까요? 수감자도 여러 부류가 있습니다만, 사람을 몇 명이나 죽이든 사형이 집행되어 자신이 죽는 것은 단 한 번뿐입니다. 자살할 수 없으니까 사형당하고 싶다는 바보 같은 논리로 무차별 살인을 저지르더라도, 죽는 건 한 번뿐이라니 참으로 불공평한 이야기지요……. 여기서만 하는 얘깁니다만, 남 25호도 반성 따윈 하지 않았습니다. 저는 내년 봄에 정년을 맞습니다만, 사형수들을 오랫동안 지켜봐왔기 때문에 알 수 있습니다. 남 25호는 만일, 만에 하나라도 가석방된다면, 같은 짓을 저지르고 돌아올 인간입니다. 그놈이 반성하는 것처럼 보이는 건, 실수를 저지른 자신을 후회하는 것입니다. 뭐라고 해야 할까요…… 세상에는 천성적으로 구제할 방법이 없는 인간이라는 것이 실제로……."

간수의 낡은 제복에 모니터의 빛이 비치고 있었다. 히나코에게는 그 피곤해 보이는 밋밋한 등에 묵직한 슬픔이 쌓인 것처럼 보였다.

"……이거, 쓸데없는 소릴 했군요. 잊어주세요."

"저기요."

문득 사메지마의 이불에 엎어진 된장국이 떠올랐다.

"오늘 저녁으로 된장국이 나왔지요?"

"나왔습니다."

간수는 처음으로 모니터에서 눈을 들어 히나코를 바라봤다.

"돼지고기 토란국이었죠. 남 25호의 고향은 야마가타라서, 가을은 감자찜의 계절입니다. 지역에 따라서 쇠고기를 사용한 간장 베이스의 국물이 있고, 돼지고기를 사용한 된장 베이스의 국물이 있다더군요. 남 25호의 고향에서는 쇠고기 간장 국물이었는지, 교도소 된장국에 아주 불평이 많았습니다. 바깥세상에서는 남의 돈으로 뭐든지 마음대로 사 먹었겠지만, 여기서는 그렇게는 안 되니까요."

"혹시 오늘도 불평을 했나요?"

"글쎄요, 어땠을까요. 요 한 달간은 입원과 퇴원을 반복했고, 우리도 다른 방에 급식을 하고 있어서 특별히 신경 쓰지는 못했습니다만."

"토란국이 어쨌는데?"

"아뇨…… 왠지 모르게……."

그때 방에 노크 소리가 났다. 형무관과 함께 사신여사가 돌아와서, 세 사람은 서류에 사인을 하고 도쿄 교도소를 뒤로 했다.

차가 달리기 시작하자, 으쓱거리는 얼굴로 여사가 말했다.

"소장은 이래저래 투덜거렸지만, 그 시신, 잠깐 조사해볼 수 있게 되었어."

"아이고, 배고파라. 밥 좀 먹고 돌아가자."

"어…… 시체를 만지고 온 참이잖습니까. 바로 밥을 먹겠다고요?" 간 씨가 질색하듯 말했다.

"괜찮아, 괜찮아. 제대로 장갑도 꼈고, 부패하기 전이라 아직 그렇게 냄새도 안 나."

사신여사는 킁킁 하고 자기 몸의 냄새를 맡았다.

"응, 괜찮아. 저기 말이지, 요 앞에 심야영업 하는 불고깃집이 있거든. 거기 좀 들러줘."

핏방울이 떨어질 듯한 말고기 회를 안주로, 사신여사는 커다란 피처잔으로 맥주를 들이켰다.

"아, 좀 살 것 같네. 시체를 조사한 후에 마시는 한 잔은 정말 끝내주지."

"큰 소리로 시체 같은 소리 좀 하지 마시죠."

간 씨는 진지한 얼굴로 제지했다. 새빨간 갈비가 불판 위에 구워지며 마늘과 생강 향기가 풍겨나도, 히나코는 밀려올라오는 위액을 억누르는 것이 고작이었다. 기분 좋게 맥주와 고기를 맛보는 것은 여사뿐이었다. 간 씨는 우롱차와 냉면을, 히나코는 안미쓰(팥과 흑설탕을 이용하여 만든 일본식 디저트-옮긴이)를 깨작거리고 있었다. 미야하라 사건이 일어난 뒤로 고추양념 소비량이 어마어마하다. 히나코는 안미쓰에 고추양념을 뿌렸다.

"어라. 그건 뭐야?" 갈비를 입에 넣으면서 여사가 물었다.

"고추양념이에요. 젠코지 브랜드의."

"젠코지라면, 그 국보 젠코지 사찰을 말하는 거야?"

"네. 저는 나가노 현이 고향이라서요. 젠코지 정문에 있는 야와타야이소고로라는 유명한 가게의 양념이에요."

"어디, 어디."

여사는 히나코의 고추양념통을 집어 들어서 소스에 호쾌하게 뿌리더니 갓 구운 갈비를 찍어서 먹었다.

"우왓, 매워! 하지만 향기가 엄청 좋네."

텅 빈 고추양념통을 히나코에게 돌려주더니 여사는 꿀꺽꿀꺽 맥주를 마셨다.

"왜 나가노 현 경찰이 아니라 이쪽에 취직한 거야?" 여사는 히나코에게 물었다.

'아버지가 재혼하셔서 고향에는 돌아갈 곳이 없어요.' 그렇게 마음속으로 생각하면서, 히나코는 무난한 대답을 찾았다.

"대학이 하치오지여서, 친구가 이쪽에 많거든요."

"흐음, 그래?"

히나코의 무난한 대답에 여사는 말을 끊고 갑자기 화제를 바꾸었다.

"너 말이야, 우선은 현장에 익숙해지는 게 좋겠어. 시체를 봤다고 밥을 못 먹게 되다니, 이 장사를 어떻게 하려고 그래? 죽은 사람은 말이 없어. 어떤 현장에도 눈을 돌리지 않고 꼼꼼히 이쪽에서 먼저 물어봐줘야 한다고."

여사는 불판의 고기를 집어 들어서 히나코의 접시에 톡 떨어뜨렸다.

"먹어, 딱 좋게 익은 거야."

바짝 구워지지 않아서 불그스름한 부분이, 독방의 혈흔과 겹쳐 보였다. 벽에 달라붙어 있던 살점과 뇌장의 세세한 부분들이 떠올랐다. 히나코는 속에서 올라오는 것을 꾹 삼키고, 고기를 덥석 입에 넣었다. 하지만 도무지 목구멍으로 넘길 수가 없었다. 히나코는 눈을 크게 뜨고 일어서서는 여사의 맥주잔을 빼앗아서 맥주와 함께 고기를 꿀꺽 삼켰다. 목구멍과 머리가 욱신욱신했다. 눈물이 배어 나왔다.

"어허, 그렇게 못 살게 굴지 마시죠."

간 씨의 말을 듣는 둥 마는 둥 사신여사는 씩 웃었다.

"좋은데, 마음에 들었어. 저기요, 여기에 맥주 두 잔 더 갖다 주세요. 피처로."

히나코의 잔이 비자, 사신여사는 불판의 불을 끄고 히나코를 자기 옆자리로 부르더니 가방에서 디지털카메라를 꺼냈다.

"고스게에서 연락이 왔을 때는 아직 반신반의했는데 말이지, 이거 좀 봐."

화면을 조작해서 사진을 불러냈다. 그것은 사형수 사메지마의 가슴에 난 멍이었다.

"아마도, 저 시체와 같은 멍이야."

"같은 멍이라니 무슨 말입니까. 저쪽은 깨문 상처고, 이쪽은 발자국처럼 보입니다만?"

화면을 조작하는 사신여사의 눈이 기쁜 듯 빛났다. 화면의 사진이 점점 확대되더니, 모공뿐만 아니라 피부의 고랑까지 똑똑히 보였다.

"법의학의 최신기술을 얕보면 곤란하지. 아직 개발 중인 물건인데, 이건 특수 카메라라서 사진만으로도 상당히 정밀한 데이터를 얻을 수 있어. 적어도 검체를 현미경으로 보는 정도로 조사할 수 있지. 봐봐, 찰과상이 없지? 아마도…… 지금으로서는 추측일 뿐이지만, 특수한 조성으로 나타난 멍이 아닐까 싶어."

"뭡니까, 특수한 조성이라니? 전혀 모르겠군요."

간 씨는 껌을 씹기 시작했다.

"저기. 혹시 유령이 낸 멍인가요?"

사신여사는 놀란 듯이 고개를 들고는 눈을 크게 떠 히나코를 바라보았다.

"아쓰타 경부보……, 이 아가씨…… 괜찮은 거 맞아?"

"아뇨, 그게 아니라……."

간 씨는 머리를 긁으면서 교도소에서 본 비디오에 대해 여사에게 설명했다. 망령설은 간수가 꺼낸 것이지만, 간 씨조차도 그것을 믿고 싶을 정도로 이상한 광경이었다고.

"호오. 이거 점점 더 재밌어지기 시작하네."

여사는 그렇게 말하고는 카메라 전원을 껐다.

"시체를 빼앗아두기를 잘했어. 시신이 오면 MRI를 찍고, 두개골을 열어서 뇌도 조사해봐야지. 이거 참, 뭐가 나올지 기대가 크네."

"뇌를 조사할 수 있어서 기대가 크다니······."

간 씨가 허옇게 흐려진 냉면 국물을 내려다보는 동안, 사신여사는 물수건으로 입을 닦고 맥주를 마저 비우고는 계산서를 들었다.

"아무리 머리가 망가지더라도 인간이란 존재는 스스로 자신을 죽일 수는 없다고. 약을 먹는다, 열차에 뛰어든다, 목을 맨다, 손목을 긋는다, 높은 곳에서 몸을 던진다 등등 자살이라고 이야기되는 행위는, 거의 100퍼센트 기세와 흐름으로 인해 죽음이 달성되는 거야. 그런데 조금 전의 송장께서는 말 그대로 스스로 자신을 죽였어. 이건 완전히 새로운 현상이잖아. 흥미가 솟는 게 당연하지 않겠어? 자, 그럼."

그녀는 상쾌하게 일어서면서 간 씨의 가슴에 계산서를 안겼다.

"잘 먹었습니다. 고마워."

"어, 내가 계산하는 거야?"

간 씨가 금액을 확인하는 동안, 여사는 벌써 가방을 가슴에 안고 가게를 나서는 중이었다.

"또 한 가지 정보를 이야기해줄게."

뒷좌석에서 술에 취한 히나코의 머리를 어깨에 얹고, 사신여사는 간 씨에게 담배 연기를 뿜었다.

"실은 검시관 동료들에게 연락을 해서, 비슷한 시신을 검시한 적 없냐고 정보를 모아봤어. 그랬더니 재미있는 걸 알게 되었지."

"선생, 뜸들이지 좀 마시죠."

간 씨의 눈이 룸미러 너머로 여사를 바라봤다. 한가득 마신 맥주 때문인지, 히나코는 쿨쿨 자고 있었다. 여사는 히나코의 머리를 살짝 자기 무릎 위에 올리고는 창문 틈새로 담배 연기를 토해냈다.

"반년 정도 전 일인데, 초등학생 무차별 살인사건으로 수감된 가시와기라는 수감자의 형이 자살한 일이 있었잖아, 기억나?"

"기억하고 있습니다. 범인은 지적 장애가 있어서, 자백의 신빙성 여부로 매스컴이 들끓었던 사건입니다. 학원에서 귀가하던 초등학생 세 명을 도랑으로 끌어들여 찔러 죽인 끔찍한 사건이었죠."

"형 쪽이 진범이 아닌가 하는 의견도 있었지."

"그랬죠. 자살해서 더욱 화제가 되었고 말이죠."

"그 형이 어떤 식으로 죽었는지 들었어?"

"아뇨."

사신여사는 창문을 열었다. 도회지의 밤기운이 차 안으로 밀려든다.

"칼로 자기 심장을 찔렀대. 그것도 세 번이나."

"흠……. 그래서요? 그게 이번 사건과 어떻게 이어진다는 겁니까?"

"여전히 둔감한 남자네. 조금 전에 내가 말했잖아? 인간이 말이야, 자기 심장을. 알겠어? 세 번이나 찌를 수 있을 리가 없잖아?"

"앗!"

사신여사에게 무릎베개를 하고 있던 히나코가 엉뚱한 소리를 냈다. 히나코는 벌떡 몸을 일으키더니 앞좌석의 헤드레스트에 달라붙었다.

"간 씨, 조금 전에 형무소에서 죽은 사형수는 피해자들을 어떻게 살해했나요?"

"어떻게라니……. 슈퍼마켓 점장은 둔기로 살해했지. 사용된 물건은 휴대용 금고였어. 파트타임 종업원은 묶인 채로 달아나려던 것을 붙잡아서, 화장실 변기에 머리를 찧어서……. 이봐, 끔찍한 소리 하게 만들지 마. 그리고 그 어머니하고 숙모는…… 이것도 같은 방법이었군."

사신여사는 히나코에게 빙그레 미소를 지었다.

"너, 깨어 있었구나."

"아뇨, 자고 있다가 갑자기 눈이 떠졌어요. 간 씨, 그러면 방금 전 이야기의 세 초등학생들은요? 심장을 한 번 찔려서 죽은 거 아닌가요?"

"바보 같은 소리 하지……, 어……?"

"그 말이 맞아." 사신여사가 동의했다.

"내 쪽에서도 조사를 해봤는데 말이지, 초등학생은 세 명 모두 몸 위에 걸터앉은 범인에게 심장을 한 번에 찔려서 죽었어. 흉기에 찔려 죽었다는 사실 외에는 뉴스에 나오지 않았지만."

"이건 무슨 뜻일까요? 과거에 살인을 저지른 사람이 같은 수법으로 죽었다? 그것도 살인이 아니라 자살?"

간 씨는 다시 낮게 신음할 뿐이었다.

차가 도쿄대학의 후문에 도착하자, 사신여사는 발밑에 놓아두었던 자기 가방을 끌어안았다.

"아, 맞다. 교도소에 있었을 때 감식과장에게 연락이 있었어. 그 왜, 당신들은 교도소의 통화 불능 구역에 있었잖아? 하치오지 니시 인터체인지 아래에서 혈흔과 지문이 묻은 콜라병이 발견되었대. 강간의 도구는 콜라병이었다는 이야기지. 그것하고 제1현장의 지문 조회가 간신히 끝났다고 했어."

"에엑? 왜 그걸 식사 전에 이야기하지 않은 겁니까?"

사신여사는 차 밖으로 나와서 태연하게 말했다. "배가 고팠거든."

"그리고 지금 맡고 있는 미야하라라는 강간범의 시신도 말이지, 뇌를 보고 싶으니까 앞으로 이삼일은 돌려주지 않을 거야. 그럼 나중에 봐. 재미있는 걸 알게 되면 이쪽에서도 보고할게."

최후의 말은 히나코를 향했다. 뭐라고 대답할 새도 없이 여사는 힘차게 문을 닫았고, 동시에 간 씨는 차를 몰았다. 창 너머로 돌아보니, 소중한 듯 가방을 안고 걸어가는 여사의 유령처럼 가느다란 몸이 캠퍼스 숲으로 사라져갔다. 히나코는 수첩을 꺼내서, 초콜릿과 토란과 맥주와 초등학생용 가방과 뇌의 일러스트를 그려 넣었다.

"지문 말이야."

심야임에도 불구하고 경찰서에서는 감식과장이 기다리고 있었다. 그는 서류를 간 씨에게 건네주고, 형사과의 전기 포트로 차를 끓였다.

"미키가 특급으로 조사해주었는데, 전부 미야하라의 것이었어."

형사과의 긴 의자에서는 쇼지가 자고 있었다. 어두운 실내에서는 차를 끓이는 구역과 간 씨의 책상 위에만 불이 켜져 있었다.

"어라, 놀라지 않네?"

감식과장은 찻잔을 들고 간 씨 곁으로 가서는, 옆에서 서류를 들여다보았다. 히나코는 자판기 코너에서 코코아를 사오고 싶었지만, 두 사람에게 눈을 뗄 수 없어서 어두운 자신의 책상에 앉아 있었다.

"음부에 꽂혀 있던 병의 지문도?"
"미야하라 본인의 것이었어."
"커터 나이프도?"

감식과장은 고개를 끄덕이더니 후루룩 소리를 내며 차를 마셨다.

"인터체인지 아래서 발견되었다는 콜라병은 어때?"

"그쪽 감정은 이제부터 해야겠지만, 그건 직접적인 사인이 아니야."

어이가 없다는 듯 한숨 쉬는 목소리로 간 씨가 물었다. "요컨대…… 무슨 얘기야?"

"상황적으로는 한없이 자살이 의심스럽다는 이야기야. 정말 납득이 안 되지만."

"도도."

"네."

"미안하지만 차 한 잔 갖다 주겠나……."

간 씨는 서류를 쥐고 응접용 소파에 주저앉았다. 다리가 탁 풀린 듯한 움직임이었다. 히나코는 주전자에 축 늘어진 찻가루를 털어낸 뒤 새 찻잎을 넣고 뜨거운 물을 부었다.

자살이란 건 무슨 뜻일까. 우타가와 사나에 부모의 비참한 얼굴이 떠올랐다. 단순히 미야하라가 자살이었다는 사실만을 듣는다면 사나에의 아버지는 울분을 주체할 수 없을 것이다. 그도 그럴 것이, 미야하라가 얼마나 괴로워하며 죽었는지 알지 못할 테니까…….

"차, 너무 우리면 떫어진다고."

"아, 죄송합니다."

감식과장의 재촉을 받고 히나코는 간 씨의 찻잔에 차를 따랐다.

"납득을 못 하겠군. 정말 납득이 안 돼."

간 씨는 찻잔을 받아 들고도 염불처럼 되뇌었다.

"이시카미 박사님은 뭐라고 했어? 사신여사 말이야."

"그런 식으로 죽는 건, 자기가 직접 하는 건 불가능하다더군. 인간에게는……뭐였더라, 뭐였지, 도도?"

"인간에게는 통각이란 것이 있어. 어지간히…… 약 같은 것에 취했다든가, 어딘가 맛이 갔다든가 했을 때 자해 행동을 할 수 있지만, 이 정도까지는 불가능해. 게다가 이건 우격다짐으로 한 게 아니야. 조용히, 오히려 냉정하게, 몇 번이나 넣었다 뺐다 하면서 찢었어……라고 말씀하셨습니다. 들은 그대로입니다."

"뭐라고?"

"놀랐지? 이 친구의 머릿속에는 녹음기가 들어 있는 모양이야. 들은 것을 그대로 기억할 수 있는 모양이더라고. ……뭐, 3년 전에 일어난 여자 고등학생 살해사건의 범인과 미야하라의 치열 형태가 합치한다는 것을 알아낸 것도 공적이라면 공적인가."

"타액 보존 샘플과 미야하라의 DNA를 비교한 감정 결과도 곧 나올 거야. 그 건에서는 말이야, 우리 쪽 에이스인 미키가 미야하라의 컴퓨터에서 외설적인 화상 자료를 다수 압수했어. 미야하라가 그전에도 범죄를 저질렀던 건 틀림없을 거야. 그놈은 부녀폭행 상습범이었던 모양이니까. 어머니가 여동생과 함께

집을 나간 것도 그게 진짜 이유일지도 몰라. 녀석은 스마트폰으로 범행을 촬영해서, 피해자를 위협하거나 입막음했던 것 같아. 여죄는 많겠지만 본인이 죽어서…… 더 이상 책임을 지게 할 수가 없네."

히나코의 머릿속에 홀끗 뭔가가 번뜩였다. 뭔가, 뭔가…… 하지만 그것을 더듬어가려고 해도, 지친 뇌는 더는 작동하지 않았다. 의지하는 양념통은 텅 비었고, 여분은 자취방의 냉장고 속에 있었다.

"간 씨, 저, 자판기에서 코코아 좀 사 올게요."

"응. 이제 됐어, 오늘은 이만 퇴근해. 그렇다고 해도, 이제 곧 날이 새려나."

등 뒤에서 간 씨의 목소리를 들으면서 복도로 나갔다. 비상등만 들어온 흡연실의 자판기 불빛이 눈을 찌르는 것만 같았다. 히나코는 벤치에 앉아서 고추양념이 없는 코코아를 천천히 마셨다. 코코아의 순수한 달콤함이 마음에 스몄다.

풀숲에 여고생이 죽어 있다. 우타가와 사나에의 부모가 신부 차림의 딸을 안고서 통곡하고 있다. 된장국의 토란이나, 낯선 사메지마의 어머니나, 모니터의 불빛에 비춰진 간수의 옆얼굴이 차례차례 겹쳐지며 눈앞을 스친다. 무섭고, 춥고, 슬퍼서, 마음이 갈라져서 아픔을 느꼈다. 커다란 단추가 손바닥 안에 있었다. 그것을 움켜쥐었을 때, 노비 선생의 새빨갛게 부은 자상한 눈이 히나코에게 살며시 미소 지었다.

"저기……." 사나에 씨의 원한을 누군가가 풀어주었어요. 그렇게 말하고 싶었다. 자기 목소리에 히나코는 눈을 떴다.

자판기 옆의 작은 창문에서 비스듬히 아침 햇살이 비쳐들고 있다. 히나코는 흡연실의 벤치에 비스듬히 누워서 그대로 잠들어버렸던 것이다. 부스럭하고 뭔가가 떨어졌다. 그건 자기 몸 위에 덮여 있던 간 씨의 구겨진 양복 상의였다.

―원한을 누군가가 풀어주었습니다―

꿈속에서 한 말이 어젯밤 뇌리에 번뜩인 뭔가를 데려왔다. 히나코는 사형수 사메지마가 범한 사건과 초등학생 살인사건의 개요를 조사해봐야겠다고 생각했다.

데이터베이스를 검색하고 있는데, 히토미가 코코아를 뽑아다 주었다. 오늘도 빈틈없이 붙인 눈썹이다. 고추양념 없는 설탕 증량 코코아를, 히나코는 고맙게 받아 마셨다.

"히나코, 머리가 부스스하네. 밤새 뭔가 조사했어?"

화면을 들여다보며 히토미가 물었다.

"인터체인지 아래의 방치차량 말이야, 역시 수사과의 일이 되어버렸구나. 하지만 자살이었잖아? 살인이 아니라."

"음……, 아직 몰라."

코코아를 호록 마시면서 탭을 누르자, 사형수 사메지마의 수사 자료가 모니터에 표시되었다. 히토미는 그것에는 흥미가 없는지, 꾸물꾸물하며 히나코의 등에 엉덩이를 갖다 댔다.

"자살로 해결된 거라면 이번 주말에는 시간이 있겠네?"

"글쎄, 어떠려나……."

히나코는 자료를 클릭했다.

"미팅 같은 거, 흥미 있어?"

"음……, 그래."

"반응이 이래서는 글렀네. 흥미가 있으면 연락 줘."

히토미는 메모지에 뭔가를 적더니 그것을 놓고 나갔다. 히나코는 아직 화면을 잡아먹을 듯이 보고 있었다.

"찾았다……. 역시 있었잖아."

보고 싶지 않은 것을 보아버린 듯한 목소리로 히나코는 중얼거렸다. 모니터에 비친 것은 사메지마가 저지른 마지막 살인 현장의 사진이었다.

고향에서 어머니를 살해한 사메지마는 숙모를 찾아가서 기타카타 시에 잠복해 있었다. 후쿠시마에 시집을 간 숙모의 토란국은 된장 국물이었다. 현장 사진에는 엎어진 냄비와 흘러나온 토란이 찍혀 있고, 개수대에 이마를 찧어 죽은 숙모의 시신에는 갈비뼈가 부러질 정도로 짓밟힌 발자국 멍이 남아 있었다.

히나코는 이어서 초등학생 연쇄 살인사건의 자료도 확인했다. 피해자는 남자뿐으로, 도랑의 물속에서 가방을 멘 채 드러누운 상태로 죽어 있었다고 한다. 검시를 마치고 전라가 된 시신 사진에는 정말이지 눈을 감고 싶어졌다.

"사망자는 세 명. 심장을 세 번······. 네 명을 살해한 사형수 사메지마의 이상행동도 네 번."

······미야하라도 마찬가지다. 미야하라는 성교하면서 유방을 깨무는 버릇이 있었다. 스마트폰을 동영상 촬영 모드로 한 것도 그것이 강간할 때의 습관이었기 때문이다. 방에는 커다란 술병과 콜라병이 준비되어 있었으니, 미야하라는 그날 밤에 누군가를 강간할 생각이었던 건가······. 그런데 누구를? 아니, 그건 이상해. 강간당해서 자택으로 도망친 미야하라가 또 누군가를 강간하려고 하다니······?

히나코는 벅벅 머리를 긁었다. 토란······ 초등학생······ 콜라병······.

―사나에 씨의 원한을 누군가가 풀어주었어요―

꿈속의 말이 뇌리를 스친다. 강간당하고 살해된 여고생의 원한, 소년들의 원한, 사메지마에게 살해당한 사람들의 원한도 누군가가 해소했다? 누군가가, 누가, 유령이?

"좋았어!"

히나코는 일어섰다.

"다시 한 번, 고스게의 간수를 만나러 가자."

히나코가 방을 나섰다. 책상 위에는 히토미의 메모가 그대로 남아 있었다.

그날 중에 히나코는 혼자서 도쿄 교도소에 찾아갔다. 그런데 그날 밤 만난 간수가 돌연히 퇴직했다는 말을 들었다. 내년 3월에 정년을 맞이할 간수가 어째서 갑작스럽게 그만두었는가를 물어봐도, 명확한 답은 돌아오지 않았다. 석연치 않은 기분으로 교도소를 나올 때, 고꾸라질 듯한 기세로 접수처로 달려가는 청년과 지나쳤다. 우타가와 사나에의 집에서 만났던 노비 선생이었다. 그가 서류에 사인을 하고 교도소 안으로 사라진 뒤, 히나코는 접수처로 돌아가 수위에게 물었다.

"방금 전에 들어가신 분은 누구인가요?"

"수감자의 심리임상과 관련된 외부 스태프 중 한 명입니다만."

히나코가 형사임을 아는 수위는 '하야사카 멘탈 클리닉 나카지마 다모쓰'라고 적힌 서류를 가리켰다. 히나코는 사형수 사메지마가 변사했을 때 소장이, 그에게 심리 카운슬러와 면담을 시키고 있다고 말한 것을 떠올렸다.

"이쪽에는 자주 오시나요?"

"그렇지요. 일주일에 두 번, 한 시간 정도입니다만, 무료 봉사로 수감자들의 면담을 해주고 있습니다. 저 선생님하고 원장 선생님…… 뭐, 대개 그 두 분이 보는 경우가 많지요."

"상당히 서두르던 모양이던데, 교도소 내에 무슨 일이라도 있나요?"

수위는 "하하" 하고 작게 웃었다. "아뇨, 저 선생님은 늘 저런 느낌입니다. 출랑거린다고 할지, 덜렁이라고 할지, 매번 지각 직전에 달려오지요."

히나코는 시간을 확인했다. 한 시간 정도라면 기다려보자. 사나에를 위해서 눈이 부을 때까지 울고 있던 나카지마 다모쓰에게 친근감을 느꼈던 것이다.

한 시간 정도라고 들었는데, 다모쓰는 두 시간이 걸려도 교도소에서 나오지 않았다. 가을햇살에 그을리면서, 히나코는 교도소 벽에 기대어 다모쓰를 기다렸다.

범죄 피해자의 멘탈 케어를 하는 의사가, 교도소에서는 수감자의 심리상담도 행한다. 언뜻 보기에는 모순된 것 같지만, 이치에는 맞는 일이라고 생각했다. 사건은 범인을 잡아 가두면 끝나는 일이 아니다. 사나에 부모의 슬픔을 목도하고, 범죄자를 가족으로 두게 된 사람들이나, 살해된 초등학생들의 부모에 대한 배려 같은 것도 분명 필요한 일이다. 범죄자의 교화 역시 마찬가지다. 사나에의 부모를 떠올리자 히나코는 자신의 무력함이 분해서 견딜 수 없었다. 대체 무엇을 어떻게 해야 비열한 범죄에 휘말려 슬픔에 빠지는 사람들을 줄일 수 있을까. 편안한 가을바람을 맞고 있으려니, 교도소 정원에 심어진 은행나무 잎이 노랗게 물들어서 발밑에 흩어졌다.

"저기, 저에게 뭔가 볼일이 있으십니까?"

갑자기 누군가가 말을 걸어와서, 히나코는 깜짝 놀라 고개를 들었다. 동그란 검은 테 안경을 살짝 밀어 올리는, 〈도라에몽〉의 노비타 군이 어른이 된 것 같은 청년이 서 있었다. 데크 슈즈에 면바지를 입고, 사나에의 집 앞에서도 입었던 블레이저에 검은 단추가 채워져 있었다. 아래쪽 단추가 떨어져 있는 건 아직도 옷핀으로 채우고 있기 때문일까.

"수위 아저씨에게 저를 기다리는 사람이 있다는 말씀을 들어서요. 저기, 뭔가……."

"단추."

"네?"

"아직도 옷핀으로 채우고 있네요."

히나코는 쿡 웃었다.

"어, 에엑?"

다모쓰는 허둥거리며 귀까지 빨갛게 물들였다. 블레이저를 뒤적이는 중지에 은색 반지가 빛났다. 투박한 디자인의 반지만이 노비타 군의 이미지에서 벗어나 있었다.

"어떻게 그걸 알고 계시죠?"

"전에 우타가와 사나에 씨 댁 앞에서 만났어요."

그렇게 말하고 인사를 하자, 다모쓰는 중지로 안경을 밀어 올리고 히나코의 얼굴을 빤히 바라보았다.

"아, 그때의."

"도도 히나코라고 합니다."

"예, 압니다. 당신, 하치오지 니시 경찰서의 형사님이죠?"

히나코는 나카지마 다모쓰를 교도소 근처의 찻집으로 안내했다. 그리고 자신은 커피를, 다모쓰에게는 그가 좋아한다는 크림 안미쓰를 주문했다. 그는 안고 있던 교도소의 갈색 봉투를 옆자리에 내려놓다가, "잊어버리려나?"라고 중얼거리며 블레이저 안쪽에 집어넣었다.

"항상 맨손이시네요. 요전에도."

다모쓰는 웃으며 머리를 긁적였다.

"저는 물건을 잘 잊어버려서, 스마트폰과 잔돈 외에는 되도록 가지고 다니지 않으려고 합니다."

그렇게 말하며 부끄러워하는 다모쓰를, 정말로 만화 속 노비타 군과 똑같다고 히나코는 생각했다.

"제가 형사라는 걸 들킨 모양이네요."

"네, 우타가와 씨의 어머니에게 들었습니다."

"클리닉에 젊은 여형사가 갈지도 모르니까, 그런 일이 있으면 담당해주었으면 한다고 말씀하시더라고요. 그 애를 위해서 눈물을 흘려준 자상한 사람이라고 하셨습니다."

코끝이 찡했다. 깊은 슬픔 속에 있으면서도 다른 사람 걱정까지 해주는 우타가와 집안사람들이 그런 불행한 일을 겪은 것을 도저히 용서할 수 없었다.

"그래서, 하실 말씀이라는 게?"

"아죠, 저기, 할 이야기는…… 말이죠."

히나코는 고개를 갸웃하며 머리를 긁었다.

"저기서 우연히 선생님을 발견해서, 그랬더니 왠지 모르게 이야기를 해보고 싶어졌다고 할까요."

"괜찮습니다. 무슨 이야기를 할까요?"

다모쓰는 자상한 미소를 지으면서 테이블 위에 맞잡은 두 손을 얹었다. 그렇게 진지한 시선을 받으니 무슨 이야기를 해야 할지 모르겠다. 히나코는 우선 수위의 말을 떠올렸다.

"저기, 말이죠. 선생님은 그곳에서 수감자의 면담을 하고 있다고 들었습니다. 실제로는 어떤 일을 하고 계신가요?"

"이야기를 들으러 갑니다. 대부분은 본인에게 의뢰가 들어올 경우에 면담을 합니다만, 교도소의 요청을 받고 가는 경우도 있습니다."

"얼마 전에 돌아가신, 사메지마 데쓰오 씨를 알고 계신가요?"

"네."

커피와 크림 안미쓰가 나와서 대화가 잠시 중단되었다. 다모쓰는 안미쓰 접시를 가까이 끌어당기더니, 곁들여진 흑밀 소스를 전부 크림에 끼얹었다.

"⋯⋯저도 그걸로 할 걸 그랬네요."

히나코가 안미쓰를 바라보면서 침을 꿀꺽 삼켰다.

"조금 드셔보시겠습니까?"

"아뇨, 아뇨."

히나코는 설탕을 수북이 떠서 커피에 네 스푼 넣고, 빙빙 휘젓고 나서 우유를 부었다. 하얀 소용돌이가 컵 안에서 돌았다.

"어쩐지 이런 장면에는 커피가 어울리겠다는 생각이 들어서요."

"이해합니다."

안미쓰의 찹쌀덩이를 입에 넣으면서 다모쓰가 웃었다.

"저기, 뭐였더라. 사메지마 씨를 알고 계셨지요?"

"네."

알아서 이야기를 시작할 거라 기대했는데, 다모쓰는 대답한 뒤에 아무런 이야기를 하지 않았다. 무엇을 어떻게 물어봐야 좋을지 히나코는 난처해졌다.

"그러면……, 사메지마 씨는 스스로 선생님에게 면담을 요청했나요? 아니면 교도소의 의뢰로 만난 건가요?"

"이건 수사입니까?"

"아뇨……. 지금으로서는 아직……."

다모쓰는 안미쓰를 뒤적이다가 앵두를 옆으로 치우고는 갑자기 똑바로 히나코를 바라보았다.

"사메지마의 경우에는 특수한 입장에 있는 사람을 위한 정기 프로그램으로 면담하고 있었습니다. 요구받은 것이 아니라요. 한 달에 한 번꼴로, 그 사람의 경우에는 10분 정도였습니다만……."

"그 사람이 사형수였기 때문이군요. 어떤 이야기를 하셨나요?"

"기본적으로는 이쪽에서 이야기를 하지 않습니다. 대부분 이야기를 듣는 편이죠. 사메지마 씨의 경우에는 식사에 대한 불만이 많았어요. 야채가 덜 익었다든가, 냉동 디저트가 맛이 없다든가."

"토란 이야기도 했었나요?"

"그렇습니다." 다모쓰는 바짝 당기듯 입술을 깨물었다. 그는 사메지마가 야마가타 출신이란 것을 알고 있었으며, 진짜 토란 전골은 고급 요네자와 쇠고기를 사용해서 간장 베이스로 만드는 호화로운 음식이라고 말했다고 했다.

"그런데도 된장 베이스에 돼지고기로 끓인 토란국을 나에게 먹이려고 했던 녀석이 있었다고, 그런 말을 한 적이 있었습니다."

다모쓰는 반쯤 남긴 안미쓰 그릇에 스푼을 꽂아 넣고, 그 뒤로 먹기를 그만두었다. 된장 베이스의 돼지고기 토란국을 먹이려고 했던 녀석……. 아마도 다모쓰는 사메지마가 숙모를 죽인 사건의 상세한 내용을 알고 있으리라.

"사메지마 씨는 자살했다더군요. 그 사람이 의무부 병원에 입원한 뒤로는 한 번도 면담하지 않았습니다만, 네 번째 자해행위로 죽었다고 미부 씨에게 들었습니다."

"미부 씨라면 교도소 남쪽 동에 있던 간수님 말씀이군요. 실은 저, 오늘은 그분과 만나고 싶어서 고스게에 갔던 거예요. 사메지마 씨에 대해서 자세히 물어보려고."

"미부 씨는 퇴직하셨습니다."

"저도 그렇게 들었습니다. 하지만 내년 3월이 정년이라고 말씀하셨는데, 갑자기 그만두신 건 이상하지 않나요?"

"미부 씨를 의심하시는 건가요? 조금도 이상할 것 없습니다. 미부 씨는……."

다모쓰는 슬픈 표정을 지으면서 블레이저 아래에서 안고 있던 갈색 봉투를 꺼냈다.

"이건 도쿄 교도소의 회보입니다. 미부 씨가 저에게 남기고 가신 물건이죠. 편지도 들어 있다면서 조금 전에 동료 간수분이 건네주셨어요."

다모쓰는 갈색 봉투에서 클립으로 집혀 있는 미부의 편지를 꺼내서 읽어주었다. 편지에는 길지 않은 기간이었지만 다모쓰와 알고 지낼 수 있어서 감사한다는 인사와 함께 갑작스럽게 교도소를 그만두는 이유가 적혀 있었다.

"미부 씨는 간암입니다. 그 문제로 저도 이따금씩 상담을 했었습니다만, 최근에 의사에게도 이식수술 외에는 달리 방법이 없다는 말을 들었다고 합니다. 편지에도 적혀 있듯이, 남은 시간을 줄곧 외롭게 살아왔던 부인과 지내기로 마음먹으신 모양입니다. 미부 씨는 퇴직하면 시골에서 사는 것이 꿈이었다더군요. 나가노 현의 고마가네 지방에 오래된 농가를 사서, 공기가 좋은 곳에서 장기 기증자를 기다리면서 농사나 지으시겠다고 합니다."

"선생님도 한번 놀러오시라고 적혀 있네요……."

"그랬군요."

히나코는 커피를 꿀꺽 마셨다.

"보세요, 조금도 이상할 것 없지요? 하지만 왜 미부 씨에게 이야기를 들으려고 생각하셨습니까? 사메지마 씨의 자살에 수상한 점이라도?"

안미쓰 접시 위에 아이스크림이 녹고 있었다. 히나코는 한동안 망설이다가 결심을 굳히고 물어보았다.

"선생님…… 예를 들어 말인데, 자신의 의사와 관계없이 팔다리가 멋대로 움직이는 경우가 있나요?"

―그건 피해자의 망령입니다―

간수 미부의 옆얼굴이 떠올랐다.

"그야, 있겠지요."

다모쓰는 아주 간단히 긍정했다.

"어, 있나요?"

"도도 씨가 어떠한 상황을 상정하는지는 알 수 없습니다만, 예를 들어 경기나 경련 같은 것은 본인의 의사와 관계없이 일어나는 발작이니까요."

"그런 게 아니라, 죽어 있다고 할지, 거의 죽었다고 할지, 그런 상황에서는요? 예를 들면 사람이 자기 심장을 직접 칼로 세 번 찌른다든가."

"네? 뭔가요, 그건…… 오컬트 쪽 이야기입니까?"

다모쓰는 눈 밑을 움찔 떨면서 겁먹은 듯 몸을 뒤로 젖혔다.

"아뇨, 오컬트가 아니라 실제로요. 그런 일이 있을 수 있다고 생각하시나요?"

"으음. 죽은 말벌이 계속 침으로 찌르는 것 같은?"

"무슨 말씀인가요?"

"근육의 수축반사입니다. 말벌 같은 생물은, 개체가 죽은 뒤에 24시간 안에는 건드리면 침을 쏘는 경우가 있다는 모양입니다. 인간도 화장할 때 근육이 수축해서 움직이는 것처럼 보이지 않습니까? 뭐, 저도 본 적은 없고 말로만 들었을 뿐입니다만. 하지만 그런 것과는 다르겠군요. 스스로 심장을 찌른 것이라면."

히나코는 미야하라 아키오에 관한 건은 빼고, 초등학생 살인사건 범인의 형과 사형수 사메지마에 대해서 이야기했다.

"미부 씨에게 감시카메라 영상을 보여달라고 했는데, 사메지마 씨는 명백히 축 늘어져 있었는데도 팔만이, 마치 다른 생물처럼 좌상을 들어 올리고 있었어요."

"으음……, 어느 정도의 시간이었죠?"

"뭐, 몇 초라고 할 수도 있지만, 십여 초 정도일까요?"

다모쓰는 팔짱을 끼고서 생각에 잠겼다.

"독방 내의 좌상이면, 상당히 무거울 텐데……."

"뭔가 짚이는 거라도 있나요?"

"……."

잠시 동안 침묵한 뒤에 다모쓰는 다시 입을 열었다.

"예를 들자면……, 아, 아까부터 예시만 들고 있네요." 잠시 웃은 뒤에 말을 이었다.

"무거운 좌상은 어떨지 몰라도, 심장 쪽은 불가능한 일은 아닐지도 모르겠군요."

그렇게 말하며 스마트폰을 꺼내더니, '뇌 조건반사'라고 입력한 화면을 히나코에게 보여줬다.

"조건반사라면, '파블로프의 개' 같은 건가요?"

"네. 개에게 종소리를 들려준 뒤 밥을 주기를 계속하다 보면, 개는 종소리를 듣기만 해도 침을 흘리게 된다는 거죠. 도도 씨의 명함 주소에 URL을 보낼 테니 나중에 읽어보세요. 뇌와 몸의 관계에 대해서는 아직 해명되지 않은 것들이 많습니다. 적어도 일정 조건하에서는 뇌내 기억이 몸을 좌우한다는 사실이 알려져 있고, 인간의 신경회로라는 것은 상당히 복잡하게 이루어져서……, 으음, 쉽게 말하면 싸움 직전에 몸에 전율이 이는 것에 가까울까요? 죽느냐 사느냐 하는 극한상황에 처하면 인간은 덜덜 떨지 않습니까? 그것은 아드레날린을 방출해서 아픔이나 출혈을 억제하거나, 순식간에 평소에는 불가능한 움직임을 가능하게 만들어서 목숨을 지키는 뇌내 프로그램입니다. 인간의 뇌에는 원래부터 방어프로그램이 장비되어 있어서, 자율신경이라든가 불수의신경 등의 스위치를 온(ON)하면, 그런 반응이 일어나는 거죠."

"자율신경……, 아드레날린……?"

히나코는 사신여사의 연구실을 방문했을 때에 비슷한 말을 들었던 것을 떠올렸다. 여사는 뭐라고 했더라.

"아드레날린과 베타엔도르핀……, 아니, 아니야. 노르아드레날린과 베타엔도르핀이 이상 수치라고 말했었어."

"노르아드레날린은 분노의 호르몬이라고 불리는 물질입니다. 그것에 대해 베타엔도르핀은 쾌감물질. 상반되는 존재입니다만, 갑자기 그게 왜요?"

"아……."

히나코는 두 손으로 머리를 마구 긁고 나서, 수첩을 꺼내서 안미쓰 그림을 그렸다.

"그게 뭔가요?"

"이건 노비 선생님이에요. 아, 실례."

고개를 들자 안경 안의 부드러운 눈동자와 시선이 맞았다. 히나코는 한순간 고향의 맑은 겨울 하늘을 떠올렸다.

"노비 선생님이라니……, 그렇네요, 그 호칭은. 돌아가신 우타가와 씨가 저를 그렇게 불렀지요."

"죄송합니다. 나카지마 선생님, 성함은 제대로 기억하고 있습니다."

"아뇨, 괜찮습니다. 노비 선생님이든 노비타 군이든."

다모쓰는 그렇게 말하고 나서 물었다. "그런데 그 호르몬이 왜요?"

히나코는 미야하라 사건에 대해서도 상담을 하고 싶다고 생각했다. 하지만 미야하라 사건은 아직 정식으로 자살이라 결론 난 일이 아니다. 현재 진행 중인 사건인 것이다. 나카지마 다모쓰에게 협력을 의뢰한다고 해도, 우선 간 씨의 지시를 받아야 한다.

"나카지마 선생님. 선생님은 심리학이 전문이신가요?"

"노비 선생이라 부르셔도 됩니다. 그런데 저는 아직 진짜 선생님이 아니라, 유급 임상실무 중인 견습 의사입니다. 지금의 전문은 뇌과학과 임상심리학이고, 교정심리 전문직이라고 할까, 감별관을 목표로 하고 있습니다. 그건 수험 자격이 30세 미만이라 앞으로 노력을 좀 해야 합니다. 이제 곧 스물일곱이 되거든요."

"감별기관이라면, 소년 감별소 같은 곳에서 심리검사를 하는?"

"그렇습니다. 저는 방치행위가 마음에 미치는 영향에 대해서 연구하고 있습니다. 비행을 저지르는 소년들은 마음을 의지할 곳이 없어 불안정하다는 공통점이 있다고 봅니다. 가능하면 그 애들의 힘이 되어 범죄의 싹을 어릴 때 없애고 싶다고 할까요……." 다모쓰는 진지한 얼굴로 말을 이었다.

"실은 지금 신세를 지고 있는 클리닉의 원장님이 같은 고등학교의 대선배님이거든요. 제가 대학에 갓 입학했을 무렵부터 원장님은 이미 감별관을 하고 계셨죠. 저는 그때 봤던 비디오에 큰 충격을 받았습니다. 이른바 '형광등 베이비'였던 소년이었는데, 열다섯 살에 야구배트로 어머니를 때려죽이고 소년원에 있었습니다. 그 아이와의 면담 비디오를 보여주셨을 때, 뒷모습과 목소리밖에 알 수 없는 소년에게 전율했습니다. 그 애 같은 소년을 만들어서는 절대 안 된다고 생각했죠. 그것이 계기입니다."

"형광등 베이비란 게 뭔가요?"

"방치된 아기에게 가끔씩 보이는 현상입니다. 오랫동안 방치된 아기가 부모를 부르기도 포기하고, 그래도 자극을 원하니까 형광등 빛을 바라보며 자라는 경우가 있습니다. 그렇게 자란 아이는 유아기에 사람의 목소리나 동작보다 불빛에 강하게 반응을 하죠."

"너무하네요……. 그렇게 양육된 아이는 장래에 어떻게 될까요. 평범하게 자란 아이들보다 범죄를 일으키기 쉽다고 생각하시나요?"

"오해하지 마세요. 그러니까 범죄를 일으킨다는 것은 매우 잘못된 생각입니다. 사람은 성장하고 여러 사람과 관계하며 많은 것을 배우고 다양하게 변합니다. 태생이 불행한 아이는 범죄자가 된다니, 그런 편견은 용납할 수 없습니다. 저의 진의는 그게 아니에요. 오히려 부모들에 대해, 부모로서의 각오에 대해 이야기하고 싶습니다."

다모쓰의 마음이 이해되었다. 히나코 역시 육아를 방치하는 어머니 쪽에 분노를 느꼈다. 그렇지만 다모쓰가 이야기한 열다섯 살 소년의 경우, 어머니는 소년을 사랑하지 않았고, 그 결과 소년이 어머니를 죽였다는 걸까?

―뭐라고 해야 할까요…… 세상에는, 천성적으로 구제할 방

법이 없는 인간이라는 것이—

그날 밤 미부 씨가 중얼거리던 말이 머릿속에 남아 있었다. 토란국의 맛이 다르다는 이유로 분노해서 숙모를 죽인 사메지마가 떠올랐다.

"선생님, 실은 조금 전에 하던 이야기 말인데요. 예를 들면 그 사람의 뇌내 프로그램을 어떠한 방법으로 조작한다고 할까, 작동시킨다고 할까. 그런 일이 가능하다고 생각하시나요?"

"음, 무슨 말씀이죠? 뇌내 프로그램을 조작한다니, 의식적으로 심장의 고동이나 발한이나 신체기능을 조종한다는 건가요? 가능할 수도 있겠죠. 씨름 선수가 씨름판에 오르면 몸이 전투태세가 되는 것하고 마찬가지입니다. 조건이 갖춰지면 가능하지 않을까요?"

"심장을 세 번 찌르는 일이라도?"

"그건 글쎄요. 생물에게는 자기방어 본능이 있으니까요. 한 번이라면 몰라도 세 번 찌르는 건 무리라고 봅니다."

"저기요."

히나코는 일어섰다. 미야하라와 사메지마에게 관찰되었던 기묘한 멍도, 다모쓰라면 설명할 수 있을지도 모른다는 근거 없는 확신이 들었다.

"부탁이 있습니다. 제가 상사에게 이야기해서, 만약 허가가 내려진다면 수사에 협력해주실 수 있을까요? 저는 뇌 같은 것은 전혀 몰라서……, 그게, 저기, 선생님에게는 어떻게 연락을 해야……."

"♪엄청나게 맛있다네, 나가노 포크♪"

그때 히나코의 스마트폰에서 멜로디가 울렸다. 착신자는 나카지마 다모쓰였고, 뇌와 조건반사에 관한 URL이 수신되어 있었다.

"그게 제 주소입니다. 전화번호도 첨부해두었습니다."

다모쓰는 생글거리며 말하고는 스마트폰의 수신이력을 확인하다가 "우왓!" 소리를 질렀다.

"이런! 벌써 시간이 이렇게 됐네!"

그는 황급히 자리에서 일어서다가 갈색 봉투를 떨어뜨려 다시 줍고, 달려가려다가 히나코 곁으로 다시 돌아왔다.

"크림 안미쓰가 얼마였죠?"

"아뇨, 여기는, 제가 오자고 했으니까요."

"어, 하지만 안미쓰 쪽이 커피보다 비싸다고요."

"괜찮습니다. 경비니까요."

히나코가 말하자 다모쓰는 고개를 꾸벅 숙이고는 쏜살같이 찻집에서 뛰어나갔다. 테이블에 굴러떨어진 앵두를 바라보면서, 히나코는 간 씨에게 다모쓰에 대해 뭐라고 설명하면 좋을까 고민했다.

제3장

―

파블로프의 개

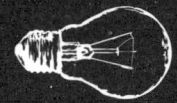

'그러면, 너는 잘 할 수 없었던 거구나? 어머니가 말하는 것처럼은 할 수 없었어.'

'그래요.'

'왜 할 수 없었을까? 상대가 어머니여서?'

'그것도 있지만…… 그것만은 아니에요.'

'평소부터 발기가 안 됐어? 스스로도?'

'……대답하고 싶지 않아요.'

'그러면 질문을 바꿀게. 어머니는 좋아했어?'

'……그것도요.'

'대답하고 싶지 않은 건가. 하지만 계속 어머니와 둘이 살고 있었지.'

'남자가 없을 때는.'

'없을 때는 어떻게 했니? 네가 어머니의 상대를 했어?'

'……거……, 거스를 수, 없, 으니까.'

'거스를 수 없다니, 누구에게? 어머니에게?'

'그, 래요.'

'혹시 거스르면 어떻게 되는데?'

'어떻게라뇨…….'

'때렸어?'

'때렸죠. 그리고 밥을 안 줘요. 이불도…….'

'이부자리에서 못 자게 했어? 이불이 없으면 춥잖아.'

'추워요. 베란다로 쫓아내거든요.'

'그럴 때, 너는 어떻게 하니? 소리치거나 창문을 두드리거나 하지 않았어?'

'안 해요……. 그렇다기보다, 안 했어요. 그때까지는.'

야윈 소년이 등을 보이며 앉아 있다. 정면에는 하야사카 멘탈 클리닉의 원장인 하야사카 마사오미가 감별관으로서 마주앉아 조용한 목소리로 이야기를 나누고 있다. 아마도 나카지마 다모쓰가 보았을 비디오테이프를, 히나코는 쇼지에게 부탁해 입수했던 것이다.

다모쓰가 대학에 입학했을 무렵 소년원에 있던 소년. 사건은 소년이 열다섯 살 때 야구배트로 어머니를 때려죽인 사건이다. 이 조건에 부합되는 가해자는 '오토모 쇼'라는 소년이었다. 오토모 쇼의 어머니는 열여섯 살에 쇼를 낳았고, 자신도, 자신의 어머니도 호스티스였다. 히나코는 경찰서의 컴퓨터로 오토모 쇼의 면담 기록을 조사하고 있었다.

'그때의 일을, 조금 더 자세히 들려줄 수 있을까?'

'딱히.'

소년은 맨발에 샌들을 신고, 두 손을 넓적다리 아래에 집어넣은 채로 몸을 앞으로 구부정하게 기울인 자세로 테이블을 향하고 있다. 앳된 기운이 남은 목소리에 억양은 없고, 꿈을 꾸면서 잠꼬대를 하는 듯한 말투였다.

'어머니는 자주 너에게 그런 일을 시켰어? 그런 일이란 요컨대 성관계 상대라는 의미인데.'

'자주는 아니에요. 가끔씩.'

'어느 정도로 가끔?'

'남자가 없을 때.'

'그럴 때, 너는 어떤 일을 하게 되니?'

'……대답하고 싶지 않아요.'

'옷을 다 벗니?'

'그렇죠.'

'어머니도.'

'네.'

'어떤 느낌이 들어? 기분이 좋아? 아니면.'

'딱히……, 아무 생각 없어요.'

'아무 생각이 없구나.'

'네.'

'그러면 그때도 마찬가지였던 거 아니야? 아무 생각 없다면.'

'그때는 달랐어요.'

소년은 넓적다리 아래에 두었던 두 손을, 더욱 깊이 밀어 넣었다. 몸이 앞으로 기울어졌고, 이번에는 소년 쪽이 먼저 입을 열었다. 목소리 톤이 변해 있었다.

'그때는, 달랐어요. 술에 취해서, 나를 매도했어요.'

'매도했다? 어떤 식으로?'

'도움이 안 된다, 너는 정말로 도움이 안 된다고. 그래서는 평생 결혼할 수 없을 거라고. 아무리 얼굴이 반반해도 서지 않는 남자는 남자가 아니라고, 너 같은 건 키워봤자 손해라고.'

소년의 몸이 천천히 흔들렸다. 감별관의 얼굴에 긴장이 퍼지고, 히나코는 소년의 등에서 뭉글하고 김이 피어오르는 듯한 기분이 들었다.

'그 말을 듣고 화가 났니?'

공허할 정도로 차분한 목소리로, 감별관은 물었다.

'화, 가 났어요. 폭발했어요.'

'그래서 어떻게 했어?'

'옆에, 있, 던 야구배트로, 엄마를 때렸어요.'

소년은 몸을 앞뒤로 흔들기 시작했다.

'때리니까, 엄마는 무서운 것을 본 듯이 나를 봤어요. 그리고 울면서, 미안하다고 말했어요, 나에게, 처음, 으로 사과, 했어요.'

'엄마를 용서해주지 않았어?'

'용서해주지 않았어요……. 엄마도, 나를 용서한 적이 없으니까.'

소년은 두 손을 넓적다리 아래에 둔 채로, 더욱 크게 몸을 흔들기 시작했다. 리드미컬하게, 격하게.

 '도망치려, 고, 해서, 더 때렸어요. 손가락이 부러진 것을 알고서, 흥분, 해서, 더 때렸어요. 몇 번이고, 몇 번이고, 몇 번이고, 몇 번이고, 몇 번이고……'

 '왜 그런 짓을 했어? 왜 그랬다고 생각하니?'

 소년의 말 사이에 섞이던 말더듬는 소리가, 갑자기 뚝 끊어졌다. 소년은 천천히 움직임을 멈추고, 감별관의 얼굴을 올려다보았다. 그 표정은 보이지 않았지만, 히나코는 왠지 상상이 되어서 머리꼭대기부터 핏기가 사라지는 기분이 들었다.

 '……기분 좋았으니까.'

 모니터 안에서 흐릿하게 감별관의 얼굴이 일그러졌다. 나카지마 다모쓰가 전율했던 것도 무리는 아니다. 히나코는 영상을 정지시켰다.

 "으어, 소름 끼치네. 뭐야, 이놈. 완전 괴물이잖아."

 갑작스런 목소리에 놀라서 히나코는 펄쩍 뛰어올랐다. 어깨너머로 쇼지가 모니터를 들여다보던 것을 전혀 깨닫지 못했던 것이다.

 "쇼지 선배, 언제부터 거기 있었어요?"

 "언제부터냐니, 베란다로 쫓겨난다는 때부터였던가."

 "전혀 몰랐어요. 사람 놀라게 하지 마세요."

 "그럴 생각은 없었는데 말이지, 이 비디오는 뭐야? 진짜 소름 끼친다고."

히나코는 수첩을 꺼내서, 그곳에 야구배트 그림을 그렸다.

"복사해두고 싶은데 복사 방지가 되어 있네요."

"당연하지."

"알아요. 하지만 일단 머리에 복사했으니까 됐어요. 도와주셔서 감사합니다."

"미야하라 사건하고 뭔가 관계가 있는 거지? 좀 알려줘 봐."

"……아직은 수수께끼예요. 테이프에 나온 감별관은 현재 긴시 초에서 멘탈 클리닉 원장을 하고 있어요. 그곳에서 일하는 선생님에게서 전율할 만한 청취 비디오가 있다는 말을 듣고, 뭔가……, 이번 사건의 참고가 될 만한 영상이 찍혀 있지 않을까 싶어서."

"그래서? 뭔가 있어?"

히나코는 양념통을 꾹 쥐었다.

"……선배, 보셨어요? 저 소년은 어머니를 살해한 것에 대해 이야기할 때는 그때까지와 명백히 분위기가 달랐죠? 저건 어떤 것일까요? 저런 사람이 저렇게 되면, 더 이상 스스로는 자신을 억제할 수 없는 걸까요?"

"저런 사람이 저렇게라니……? 무슨 소릴 하는지 전혀 모르겠어."

쇼지는 훌쩍 책상 위에 걸터앉았다.

"도도, 너 말이야, 무슨 생각을 하는 거야?"

"어쩐지 저, 봐서는 안 될 것을 보고 말았다는 기분이 들어요."

"흠. 뭐, 그야, 나도 확실히 오싹했지."

"소년이 이야기한 그건, 충동일까요, 흥분일까요. 아니면······."

"으음, 글쎄······."

팔짱을 끼고 내려다보는 쇼지에게, 히나코는 아른거리듯 머릿속에 남아 있는 생각을 이야기해보기로 했다. 미야하라의 죽은 모습은 몇 가지 점에서 미야하라 자신이 일으킨 범죄와 흡사하다. 미야하라는 여자 고등학생을 하치오지 니시 인터체인지 아래 풀숲에서 강간했다. 그가 스마트폰 동영상 촬영기능을 사용한 것은 강간할 때마다 그래왔기 때문이다. 그날 밤, 미야하라는 누군가를 강간할 생각으로 스마트폰을 켰고, 그 뒤에 자신이 강간당한 게 아닐까?

"그래서 뭐가? 점점 더 모르겠네. 피해자와 가해자 1인 2역이라도 했다는 거야?"

바보 취급하듯이 쇼지가 웃었다. 그렇지만 그 한마디가 히나코의 머릿속을 번뜩이게 했다.

"1인 2역. 그렇구나, 선배. 비슷한지도 모르겠어요."

히나코는 일어서더니 쇼지의 가슴팍에 손을 대고, 스스로를 향해서 중얼거렸다.

"사메지마 데쓰오도 그랬어. 스스로 자기 머리를 잡고 벽을 들이받고 있었어. 가시와기의 형은 자기 심장을 스스로 찔렀고.

그 사람들 내부에 살인귀가 있었다고 한다면……. 갈망한 나머지 손쉽게, 가장 가까이에 있던 자기 자신을 습격했다고 한다면……. 아니, 습격하게 만드는 방법이 있다고 한다면……?"

"잠깐, 이봐, 좀 알아듣게 설명해줘."

히나코의 손을 뿌리치고 쇼지는 헛기침을 했다.

"선배, 감사합니다. 저, 간 씨하고 사신여사가 있는 곳에 다녀 올게요."

"그건 됐고, 내 말, 듣고 있는 거야? 저기…… 고맙다고 하니까 말인데……."

하지만 히나코는 쇼지가 하는 말을 듣지도 않고 그대로 방을 뛰어나갔다.

"앗, 그냥 가버렸어!"

쇼지는 히토미가 히나코 앞으로 남겨둔 미팅 메모를 흘끗 보고는, 맥없이 감별 비디오를 회수했다.

"오, 도도냐. 마침 잘 왔어."

형사부에 들어가자마자 간 씨가 히나코를 불러 세웠다.

"간 씨, 저 말이죠."

"인터체인지 아래에서 발견된 콜라병에서 미야하라가 아닌 사람의 지문이 나왔어."

"정말인가요?"

"그래. 하지만 처음에 콜라를 사 마신 녀석의 지문인지 전과는 없어. 아무래도 미야하라 사건은 기묘한 자살로 마무리될 것 같아."

"간 씨, 그 얘기 말인데요."

히나코는 자신의 생각을 감추지 않고 그대로 간 씨에게 이야기했다. 그 사람들은 과거에 저지른 범죄를 본뜬 것처럼 1인 2역으로 자기 자신을 죽인 것이 아닐까 하고. 그렇게 생각하면 사메지마가 세 번 자살 시도를 했다가 네 번째에 죽은 것도, 미야하라가 스마트폰으로 동영상 촬영을 하고 있던 것도, 콜라병에 대한 문제도 설명이 된다. 초등학생 살해의 경우에 한해서는 진범이 형이었다는 조건이 붙지만.

"사메지마가 말했던 '그 녀석이 온다'의 '그 녀석'이 자기 자신이라면 어떨까요? 사메지마는 네 명을 죽였으니까, 앞으로 한 번 더 같은 꼴을 당하리란 걸 알고 있었던 게 아닐까요?"

"잠깐만 좀 있어봐, 도도. 이건 그 뭐냐, ……뭐였더라."

"오컬트 같은?"

"그래, 그거야. 그런 설명을 하는 건 좀……."

"간 씨, 파블로프의 개라는 거 아세요? 조건반사의 예시인데요."

"응. 개가 침을 흘린다느니 하는 그거 말이지?"

"그 문제에 대해서 문의해보고 싶은 사람이 있어요. 우타가와 사나에 씨가 다녔던 클리닉의……."

"하야사카 어쩌고 하는 병원 원장 말이구만. 쇼지가 감별소의 비디오를 빌려왔다고 했던가."

'아니, 그 사람이 아니라요'라고 히나코는 생각했지만, 어째서인지 나카지마 다모쓰의 이름을 간 씨에게 말할 수가 없었다. 하야사카 멘탈 클리닉을 방문하면 어차피 나카지마 다모쓰는 그곳에 있다. 굳이 덧붙일 필요가 있을까…….

"비디오 쪽은? 수확은 있었나?"

"이 일에 직접적인 관계가 있다고는 생각되지 않지만, 고스게의 간수가 말했던 부류의 소년이 찍혀 있었습니다."

"간수가 무슨 말을 했지? 어떤 부류의?"

히나코는 수첩을 펼치고 그림을 보았다.

"25호는 만일, 만에 하나라도 가석방된다면, 같은 짓을 저지르고 돌아올 인간입니다. 그놈이 반성하는 것처럼 보이는 건, 실수를 저지른 자신을 후회하는 것뿐입니다. 뭐라고 해야 할까요……세상에는 천성적으로 구제할 방법이 없는 인간이라는 것이 실제로……, 정확히는 이렇게 말했습니다."

"그 말은 나도 들었어. 과연 똑같군."

"비디오를 보고 깨달았습니다. 범죄자 중에는 자기 안에 스스로 통제할 수 없는 다른 인격을 가지고 있는 사람이 있지 않을까 하고요. 그래서 사신여사를 찾아가서 물어보고 싶은 게 있습니다. 계속 마음에 걸려요, 그 멍 자국이."

간 씨는 "흠" 하고 중얼거리며 시계를 보았다.

"나는 네가 무슨 생각을 하는지 잘 모르겠지만……. 뭐, 괜찮겠지. 갔다 와. 나는 이제부터 수사회의를 해야 해. 미야하라 쪽 일을 자살로 처리할지 어떨지 논의해야 해. 나 역시 하다못해 그 멍에 대한 수수께끼를 알 때까지는 자살로 끝내고 싶지는 않아. 어이, 쇼지!"

마침 그 자리에 비디오테이프를 든 쇼지가 나타나서, 간 씨는 비디오를 감별소에 반납한 뒤에 히나코를 도쿄대학 법의학부에 데려다주라고 명령했다.

"네에? 그 기분 나쁜 아줌마가 있는 곳에요?"

쇼지는 투덜거리듯 말하면서도 히나코를 데리고 하치오지 니시 경찰서를 나섰다. 히나코는 도중에 슈퍼마켓에 들러서 사신여사를 위해 메이지 제과의 밀크초콜릿을 한 박스 샀다.

"뭐야, 그거. 뇌물?"

"아니에요. 두뇌를 사용하면 단것이 먹고 싶어지는 법이거든요. 뇌에는 포도당이 필요하니까."

"흐음."

쇼지는 별 관심 없다는 듯이 대답하더니 빨간 신호에서 정차하고는 물었다. "참고로 너, 주말 미팅에는 갈 거지?"

"미팅이요?"

"엥, 교통과의 히토미가 주선한 미팅에 갈 예정 아니었어? 역 앞 이탈리안 레스토랑에서."

"네?"

히나코는 과거의 범죄 데이터를 검색하고 있을 때, 히토미가 뭐라고 말했던 것을 떠올렸다.

"그게 미팅 이야기였구나……. 아니, 근데 어떻게 그걸 쇼지 선배가 알고 있나요?"

"자료실의 모니터 데스크에 메모가 놓여 있었거든."

"멋대로 본 건가요! 어떻게 그럴 수가 있죠!"

"멋대로 본 건 아니야. 그런 곳에 놔두니까 어쩔 수 없잖아."

신호가 바뀌자 쇼지는 입술을 비쭉 내밀며 차를 급발진시켰다. 그 말이 맞다. 히토미가 뭔가 건네주던 것을 까맣게 잊고 있었다.

"그 메모는?"

"아직 데스크에 놓여 있어."

"아이고, 어떡한담. 히토미 같은 미인이 예쁜 얼굴로 화를 내면 박력이 장난 아닌데……."

히나코는 이마를 누르며 조수석에 몸을 푹 뉘었다. 이제 와서 쇼지에게 사적인 일로 경찰서로 돌아가자고 말할 수는 없다. 게다가 이미 주말이다.

히나코가 끙끙거리자, 쇼지는 앞을 본 채 혼잣말처럼 중얼거렸다.

"난 말이야, 우연히 비는데 말이야. 내일 밤은."

"무슨 소린가요, 그건……? 아하, 쇼지 선배는 히토미를 노리는 건가요?"

"바보 같은 소리." 쇼지는 뺨을 붉게 물들였다.

뭐지, 이 느긋한 대화는? 히나코는 생각했다. 일상의 소중함을 까맣게 잊고 있었다. 미야하라의 현장에 입회하고 난 뒤로 나는 어딘가 다른 세계에 갇혀버린 듯했다. 말라이카에서 바다빛깔 스커트를 사서 미팅에 입고 나가볼까 생각해본다. 그러면 현실세계로 돌아갈 수 있을까……. 하지만 모든 건 사건을 해결하고 나서다.

도쿄대학에 도착해보니 사신여사는 강의 중이어서 히나코와 쇼지는 2층의 연구실에서 기다렸다. 어두컴컴한 실내는 여전히 지저분했고, 재떨이에는 꽁초가 또 산더미처럼 쌓여 있었다. 히나코가 탕비실에 가서 꽁초를 버리고 깨끗하게 씻어서 방에 돌아오자, 쇼지가 블라인드에 붙은 끔찍한 시체 사진들을 잡아먹을 듯이 바라보고 있었다. 가슴을 깨물린 소녀의 전라 사진이 애처로워서, 뭔가로 덮어주고 싶다고 히나코는 생각했다. 능욕당하고 살해당하고, 시신마저 우롱당한 끝에 제3자에게 알몸을 보이게 되다니, 너무 불쌍하다.

"정말 말도 안 돼, 사람을 해부하는 직업이라니."

"말도 안 되는 건 직업이 아니라, 해부해야만 하는 시신으로 만든 가해자죠. 사신여사는 말을 할 수 없게 된 시신으로부터 이야기를 들어주시는 거라고요."

"호오. 누가 사신이라고?"

그 순간 철컥 문이 열리면서 사신여사가 물었다. 히나코는 심장이 멎는 줄 알았다.

"어? 초콜릿을 사왔구나. 고마워, 센스가 꽤 괜찮은데?"

야단을 맞는 줄 알았는데, 여사는 그 이상 아무 말도 하지 않고 테이블에 놓인 초콜릿 박스를 북북 찢더니 초콜릿 하나를 꺼냈다.

"난 말이지, 초콜릿은 메이지 제과 것밖에 안 먹어. 이것저것 다 먹어봤는데, 이게 제일이야."

여사는 초콜릿을 뒤집어서 포장지 한가운데에 칼집을 내더니, 능숙하게 은박지까지 찢어서 베어 물었다. 어이가 없다는 듯 보고 있던 쇼지에게, 여사는 먹던 초콜릿을 뚝 잘라서 건넸다.

"먹고 싶어? 자."

씹던 초콜릿 조각을 받아든 쇼지는 먹지도 못하고 딱 굳어버렸다.

"그래서? 오늘은 무슨 볼일이야? 새로운 견해가 나왔어?"

여사는 초콜릿을 물고 컴퓨터 책상에 앉더니, 곧바로 담배에 불을 붙였다.

"미야하라 아키오에 대한 건입니다. 간 씨에게 어디까지 들으셨는지 모르겠습니다만, 자택에서는 본인 이외의 지문이 나오지 않았다고 합니다. 다만 인터체인지 아래에서 발견된 콜라병에서는 다른 지문이 나왔다고 합니다. 지문이 묻은 상황을 보아, 맨 처음에 콜라를 산 사람의 지문일지도 모른다고 하지요."

"흐음."

여사는 초콜릿 사이로 능숙하게 담배연기를 토해내고는 컴퓨터를 껐다.

"인터체인지 아래서 병에 든 콜라 같은 것도 살 수 있나?"

"고가도로 아래의 쉼터에 자판기가 있습니다만, 거기서 살 수 있는 콜라는 페트병이지 유리병이 아닙니다."

"그러면 역시 다른 곳에서 가지고 왔겠군. 그래서?"

히나코는 숨을 삼키고 주머니 속의 양념통을 주물렀다.

"가설이 있어서 상담하러 찾아뵈었습니다. 미야하라와 사메지마의 시신에 있던 멍에 대해서입니다."

여사는 담배를 비벼 끄더니, 빙글 의자를 돌려 히나코를 올려다보았다. 백발이 섞인 보브컷이 사라락 흔들리고, 은테 안경 속 가느다란 눈이 매섭게 빛났다.

"좋아, 한번 들어볼까?"

히나코는 자신의 견해를 설명했다. 어떠한 이유로 범죄자들은 자신이 저질렀던 행위를 스스로에게 재현한 것이 아닐까. 그리고 그 멍은 뇌가 자신이 저지른 행위의 기억을 자신의 육체에 표출시킨 결과가 아닐까 하고.

"전에 선생님은 미야하라의 소변에서 노르아드레날린과 베타엔도르핀이라는 상반된 호르몬이 이상 수치로 검출되었다고 말씀하셨습니다. 즉 그자들은 공포를 느끼면서도 동시에 엑스터시도 느끼고 있었다는 이야기죠? 그 점 말인데, 예를 들면 1인 2역이라는 생각은 어떨까요?"

"1인 2역? 무슨 소리야?"

"저는 이쪽 방면 지식이 부족해서 잘은 모릅니다만, 다중인격이라는 게 있잖아요? 그런 사람은 다른 인격이 된 동안에는 기본인격이 아무것도 기억하지 못한다고 들었습니다. 나이, 성별, 성격, 능력까지 전혀 다른 인격이 되는 경우가 있다고. 기본인격이 모르는 언어를 사용하거나, 그림을 그릴 줄 모르는 사람이 그림을 그릴 수 있다거나."

"해리성 인격장애 말이구나. 다른 인격이 다른 능력을 발휘하는 이유는, 각각의 인격이 각자 배웠다는 사실을 기본인격이 인식하지 않고 있을 뿐이지. 초자연현상 같은 게 아니야."

"초자연현상은 아니더라도, 다중인격자라면 자신에 대한 자기방어 본능이 동작하지 않는 경우가 있지 않을까요? 살인충동을 가진 다른 인격이 기본인격과 분리되어서 기본인격을 습격했다고 생각하는 건 어떨까요. 그자들 안의 살인귀가 본체를 상대로 과거의 범행을 재현했다는 것은……. 간 씨에게는 이런 오컬트 같은 이야기는 설득력이 없다는 말을 들었습니다만. 하지만 그런 일이 전혀 없다고도 할 수 없을 것 같은데……, 어떨까요?"

우뚝 선 채로 멍하니 대화를 듣고 있는 쇼지에게, 사신여사의 시선이 향했다.

"그렇군……. 흠, 잠깐. 거기 있는 목석 친구."

"어, 저 말입니까?"

"너 말이야, 이름이 뭐지?"

"하치오지 니시 경찰서 형사, 조직범죄 대책과 쇼지 야스히사입니다."

"저기 말이야, 그 커다란 덩치에 어울리는 부탁이 하나 있는데."

사신여사는 일어서서 연구실 구석으로 가더니, 커다란 사전을 세 권 정도 쌓은 크기의 튼튼해 보이는 상자를 가지고 돌아왔다. 쇼지와 히나코 앞에 새까만 상자를 놓은 그녀는 얇은 고무장갑을 끼더니 그 위에 하얀 장갑을 하나 더 끼었다.

"이 상자, 좀 열어줄래?"

쇼지와 히나코는 얼굴을 마주보았다.

"말해두겠는데, 안에 들어있는 건 위험물이야. 열더라도 건드려서는 안 돼. 엄중하게 보관하느라 뚜껑을 꽉 덮어두었거든"

"……내용물이, 뭡니까?"

"위험물이라고 말했잖아. 뭐, 건드리지만 않으면 별일 없을 거야."

"혹시 건드리면 어떻게 되나요?"

사신여사는 이맛살을 좁혔다.

"피부가 심하게 짓무르기 시작하겠지. 화상처럼 물집이 생기면서 피부가 벗겨질 거야. 무서운 일이 벌어질 테니, 절대 맨손으로 건드려서는 안 돼."

"그런 위험물을……."

"그러니까 건드리지 않으면 된다고 말했잖아."

쇼지는 침을 꿀꺽 삼키고는 초콜릿 조각을 히나코에게 건넸다.

"쇼지 선배, 안 하는 게 좋겠어요. 그런 위험물을…… 괜찮으신가요?"

"괜찮아, 괜찮아. 하지만 아가씨는 좀 떨어져. 여자가 얼굴에 화상이라도 입으면 큰일이니까." 히나코의 걱정에 사신여사가 먼저 나서서 말했다.

"에엑? 만지지 않으면 괜찮다는 말은 거짓말인가요? 설마 방사성 물질이라든가?"

"거 참, 쫑알쫑알 말 많은 친구네. 조금 짓무른다고 큰일 날 얼굴도 아니잖아."

여사가 위협하는 듯한 눈으로 노려보자, 쇼지는 할 수 없이 검은 상자로 향했다. 뚜껑에 손을 대자 사신여사는 재빨리 뒤로 물러섰다. 히나코 역시 여사를 따라 뒤로 물러났다.

쇼지는 긴장한 얼굴로 상자를 열었다. 상자는 놀랄 정도로 간단히 열려서 혼신의 힘을 담아 상자를 열던 쇼지는 그 반동으로 그만 상자를 뒤엎어버렸다. 우수수 튀어나온 은색 물체가 그의 손등 위로 떨어졌다.

"으아악!" 쇼지가 비명을 질렀다.

"이런!"

사신여사는 당황하며 장갑 낀 손으로 쇼지의 손을 꽉 눌렀다.

"닿았어! 손에! 닿았다구요!"

"뜨거웠겠네, 저기, 뜨거웠지? 미안해, 이걸 어쩐다."

"뜨거워요. 근데, 내 손은 이제 어떻게 되는 건가요?"

"큰일이네, 이거. 어떡하지, 어떡해야 좋을까."

여사는 쇼지의 손을 쥔 채로 당황하며 주위를 둘러보았다. 냉정하고 쿨한 사신여사의 흐트러진 모습을 보고, 불안해진 히나코가 말했다. "구, 구급차를 부를까요?"

쇼지는 이미 얼굴이 창백해져버렸다. 위험물은 상자에서 튀어나와, 몇 개인가가 테이블에서 굴러떨어졌다.

'저쪽을 먼저 주워야겠어. 아니, 쇼지 선배를 탕비실로 데리고 가서 손등을 물로 식힐까……'

"위험물은 어디에 있어? 어서 주워, 그 아래에 떨어졌으니까!"

여사가 호통을 치자, 히나코는 책상 아래를 보았다. 여사의 발밑으로 은색 물체가 굴러갔다. 큰일이다! 당황하며 주우려고 하다가, 응? 이상하다는 생각이 들었다.

'어서 주우라니, 위험물을 어떻게……그것보다 쇼지 선배는……'

혼란스런 와중에 쭈그려서 수수께끼의 물체에 초점을 맞췄다.

"어라?"

히나코는 그것을 집어 들고서 일어섰다.

"……선생님, 이건?"

쇼지의 손을 잡은 채로 사신여사는 씩 웃었다. 히나코가 주워 든 것은 은색 샤프펜슬이었다. '제15회 법의학교실 골프대회 개

최 기념'이라고 각인된 문구는, 어디를 어떻게 봐도 위험물이라는 느낌이 없다. 차분히 관찰해보니, 상자에서 떨어진 다른 물체도 분해된 샤프펜슬의 부품에 지나지 않았다.

"어라. 내가 이런 실수를 하다니. 미안해, 이건 그냥 잡동사니였어."

"에에엑!"

쇼지는 한심한 소리를 내며 다리가 풀린 듯 비틀비틀 바닥에 주저앉았다.

"어쨌든 손이 무사해서 다행이잖아. 어디 보자."

사신여사는 쇼지의 손을 잡고는, 핥을 것처럼 얼굴을 바짝 붙이고 관찰했다. 쇼지의 손에는 새빨갛고 또렷하게 샤프펜슬 자국이 나 있었다.

"아이고, 화상을 입었잖아요."

울 것 같은 표정의 쇼지는 털어내듯이 손등을 비볐다.

"진짜 아프다고요. 정말로 샤프였나요? 뭔가 위험한 도구 아니에요?"

"정말로 샤프야. 그냥 샤프."

여사는 장갑을 벗고는, 히나코가 주운 펜을 맨손으로 잡고 옆에 있는 종이에 '대성공!'이라고 적었다.

"이건 대체……."

"이 정도로 잘될 거라고는 생각하지 않았는데 말이야. 상대가 성격 꼬인 아쓰타 경부였다면 이렇게는 안 되겠지. 너는 척 보기에도 단순해 보여. 자율신경과 불수의기능이 직결된 타입이지."

"자율신경과 불수……, 뭔가요, 그게?"

여사가 샤프펜슬을 가까이 들이밀자, 쇼지는 움찔하며 뒤로 물러났다.

"봐, 괜찮다니까. 안 뜨거워."

쇼지는 주뼛주뼛 손을 뻗어서 손끝으로 톡톡 펜을 건드리고서 손에 집어 들었다.

"정말이네. 정말로 그냥 샤프잖아."

"나는 심리학이나 뇌과학 쪽 전문이 아니지만, 1인 2역이라는 아가씨의 가설을 무조건 부정할 생각은 없어. 오히려 가능성이 있을 수 있다고 생각하지. 우리 덩치 큰 형사 친구의 손에 화상이 생긴 것도, 육체와 정신이 괴리된 결과 같은 것이니까. 너희들도 최면이라는 거 알고 있지?"

"당신은 점점 잠이 온다, 잠이 온다, 하는 그거죠?"

"뭐, 최면술이라고 하면 수상쩍은 이미지가 강하지만, 마음과 몸은 밀접한 관계가 있지. '병은 마음에서부터'라는 말도 있잖아."

"네." 히나코는 고개를 끄덕였다.

"요전에 말이야, 사메지마라는 사형수의 멍을 특수 카메라로 찍었잖아? 그것하고 미야하라의 멍을 비교해봤더니, 놀랄 정도로 조성이 비슷했어. 외부압력에 의한 멍이 아니라, 내부압력에 의한 멍이더라고. 그러니까 스트레스성으로 생긴 거라고 표현하는 게 가까울까. 우리 목석 친구에게 생긴 화상처럼 말이지."

사신여사는 말을 끊고 허공을 보았다. 어떻게 말해야 히나코와 쇼지가 납득할 수 있을까 생각하는 듯했다.

"최면술은 원래 의술이었어. 암시에 의해 자기치유력을 높이기 위한 것이었지. 사람이란 말이야 생각이 행동에 영향을 줘. 피험자에게 '이건 새빨갛게 달군 철봉이다'라는 암시를 건 뒤에 연필을 건드리면 화상을 입는다는 실제 사례도 있고. 그러니까 이것을 정신의료에 응용한 거지. 뇌를 직접 조작해서 성격이나 행동을 제어한다는 연구를……, 음, 그게 누구의 연구논문이었더라……. 최근에 건망증이 심해져서 말이야. 바로 떠오르지가 않네. 분명 우리 공학부도 기술 협력을 했던 것 같은데……. 뭐, 좋아. 나중에 조사해두지, 뭐."

"요컨대, 저는 왜 샤프로 화상을 입은 건가요?" 쇼지가 입술을 비쭉 내밀며 물었다.

"네가 그걸 위험물이라고 믿었기 때문이야. 자율신경이 불수의기능에 작용해서, 세동맥에 신호를 보내고, 뜨거운 것이 닿았을 때 일어나는 피부반응을 일으킨 거지."

"……시신의 멍도 같은 건가요?"

사신여사는 테이블에 놓인 먹던 초콜릿을 입에 넣었다.

"간단하게 '네, 그렇습니다'라고 말할 수는 없겠지. 하지만 사메지마나 미야하라가 자신이 저지른 사건을 아주 꼼꼼하게 기억하고, 나중에 몇 번이나 상상하며 즐기는 망할 놈들이라면 가능할지도 몰라. 자신에게도 완전히 같은 상황이 일어났을 때, 이런 경우에는 이런 꼴을 당한다며 사건 상황이 오버랩되어서 피부반응처럼 일어나는 느낌일까. 왜냐하면 자율신경은 혈관을 수축시켜서 피부의 온도를 내릴 수도 있고, 사람은 스트레스로 인해 위궤양이 생기기도 하니까. 다만 그 정도로 격렬한 신체반응이 나오는 건 놀랄 만한 일이지만."

"그렇다는 이야기는 요컨대 최면술로……?" 히나코는 눈동자를 반짝였다.

"아니, 그것만으로는 무리야." 사신여사는 바로 부정했다.

"최면술로는 피험자 본인에게 직접 위험이 미치는 행위를 시킬 수 없어. 그럴 경우 피험자는 곧바로 최면상태에서 깨어나는 것으로 알려져 있지. 이건 생체본능에 관계되는 행동이 뇌의 편도체가 지배하기 때문이야. 편도체는 불안이나 공포 등의 감정작용과 이어져 있어. 그래서 이곳이 손상되면 위험회피 능력이 현저히 떨어져 최면의 영향을 받지 않게 된대. 사람의 몸이란 참 절묘하게 만들어져 있지? 그래서 명은 둘째 치고, 최면술로 그런 짓을 실행시키는 건 불가능해."

"하지만 사메지마는 실제로 그런 행동을 했습니다. 비디오로 봤어요. 틀림없어요."

히나코는 쇼지에게서 받은 초콜릿 조각을 입에 쏙 넣었다. 그러고는 초콜릿 상자에서 또 하나를 꺼내 고추양념을 뿌리고 우둑우둑 씹었다.

"으엑, 뭐 하는 거야?" 쇼지가 경악한 얼굴로 물었다.

"생각 중이에요. 조용히 해주세요."

초콜릿을 먹는 여자 둘 사이에 끼어서 쇼지는 머뭇거렸다. 그러다가 블라인드에 붙은 사진에 눈길을 향하더니 혼잣말처럼 중얼거렸다.

"요컨대 그거야, 도도? 넌 미야하라 본인 안에 있는 살인귀를 이용해서 누군가가 미야하라 자신을 죽이게 만들었다? 이 사건은 자살이 아니라, 그런 쓰레기 같은 살인귀 놈이 어딘가에 있다고 말하고 싶은 거야?"

"쇼지 선배, 굉장해요. 바로 그거예요!"

히나코는 처음으로 쇼지에게 존경의 시선을 보냈다.

"흐음……, 그렇군. 재미있어지기 시작했네."

사신여사는 담배를 비벼 끄고는 책상 서랍을 열고 MRI 사진을 꺼냈다.

"편도체 얘기가 나와서 하는 말인데, 사메지마의 뇌를 한번 보겠어?"

필름 관찰기의 조명을 켜자, 둥글게 잘린 뇌의 화상이 떠올랐다. 여사는 가느다란 손가락으로 샤프펜슬을 집어 들고 두 사람에게 말했다.

"여기를 봐."

쇼지와 히나코는 뇌 사진을 응시했지만, 어디가 '여기'인지 전혀 알 수 없었다. 뇌의 단편은 애매모호해서, 콜리플라워를 MRI 사진으로 보는 것 같았다.

"사메지마의 머릿속이군요."

히나코가 알 수 있는 것만 말하자, 여사는 다음 담배에 불을 붙이고는 코에서 연기를 뿜어냈다.

"편도체에 종양 같은 게 있잖아."

"종양이요?"

"그래. 뇌종양 비슷한 거지. 지금 들은 이야기로 문득 흥미가 생겼어."

사신여사는 더 이상 누구의 이야기도 듣지 않고, 누구의 반응에도 흥미가 없는 듯했다. 그녀는 잡아먹을 것처럼 사진을 쳐다보면서 은테 안경을 빛내며 혼잣말로 중얼거렸다.

"조사해보지 않으면 알 수 없겠지. MRI뿐만 아니라, 역시 두개골을 직접 열어볼까. 강간범의 뇌도 같이. 이거 찌릿찌릿한걸. 좋아, 좋았어!"

"그러니까 미안해. 다음 기회로 패스할게."

자료실에 있던 메모를 회수해서 교통과를 찾아가자, 히토미는 주머니 속의 버지니아 슬림을 확인하더니 히나코와 함께 흡연실로 이동했다. 자판기 앞에서 담배에 불을 붙이고 허공에 연기를 토했다.

"괜찮아. 어쩐지 요즘 너도 패션에 조금 신경을 쓰게 된 것 같으니까. 나는 네가 맨얼굴에 부스스한 머리로 형사 일을 하는 게 안타까웠던 것뿐이야."

히토미는 그렇게 말하고 나서 의미심장하게 미소 지었다.

"어서 불어봐. 괜찮은 남자가 생겼지?"

"설마."

어째서인지 히나코는 나카지마 다모쓰의 동그란 안경이 떠올랐다.

"아, 빨개졌네. 역시나."

"아냐, 그런 거 아냐."

히나코는 쇼지가 히토미에게 마음이 있는 눈치라고 말할까 한순간 고민했다. 히토미는 재떨이에 담배를 비벼 끄면서 마지막 연기를 뿜고는 말했다.

"실은 말이지, 나 미팅보다는 그 가게에 흥미가 있었을 뿐이야."

"무슨 소리야, 그게? 미팅이 잡힌 가게에 흥미가 있다고?"

"그게 말이지."

히토미는 함박웃음을 지으며 돌아보더니, 두 주먹을 꾹 쥐었다.

"그 이탈리안 레스토랑에 엄청 잘생긴 남자가 있다니깐. 미팅 같은 건 정말 어떻게 되건 상관없어. 예약을 잡을 때, 그 남자가 전화를 받았는데 '그러면 잠시 기다려주세요'라고 말하는데, 그 사무적인 말투, 진짜 끌리는 거 있지!"

히토미가 두 팔로 자기 몸을 끌어안는 것을 보고, 히나코는 그녀가 남자 아이돌 열성팬이었던 사실을 떠올렸다. 잘생긴 남자를 좋아하는 히토미라면, 쇼지가 나설 자리는 없어 보인다.

"뭐야. 그러면 히토미는 그 가게에 예약을 잡고 싶었던 것뿐이야? 그러면 미팅에서 만날 상대는 어디의 누군데?"

"감식과의 오타쿠 미키 씨하고, 히나코가 모르는 긴급 구명사와 경무과 쪽 아저씨. 남자랑 여자 세 명씩이야."

"감식과에 미키라는 수사관이 있었던가?"

"있잖아, 삼십 년 된 모태 솔로. 어물어물한 느낌의 사람."

"아? 아하."

히나코는 미야하라의 사건 현장에서 바닥을 기듯 찰싹 붙어 작업하고 있던 통통한 감식과 직원을 떠올렸다. 그러고 보니 감식과장은 그를 감식과의 에이스라고 불렀다.

"그 사람, 절대 웃지 않기로 유명해. 나 같은 미모에게조차 미소를 지은 적이 없어. 그런 건 용서할 수 없잖아? 그래서 청해봤던 거야. 네가 못 올 것 같아서, 접수 쪽 큰언니에게 얘길 해뒀으니까 넌 신경 쓰지 마. 그건 그렇고 나중에 둘이서 디너 먹으러 가지 않을래? 너, 단거 좋아하잖아. 그 가게는 디저트도 정말 끝내주거든."

나이에 어울리는 천진한 미소로 미팅 이야기를 하는 히토미가 부러웠다. 어서 사건을 끝내고 디저트를 먹으러 가고 싶다고 히나코는 생각했다.

"응, 알았어. 그러면 그때는 약속을 바람맞힌 것을 사과하는 뜻에서 내가 살게. 디저트만."

"좋았어. 약속이야?"

히토미는 히나코에게 등을 돌리고 몇 걸음 걸어가다가 돌아보았다.

"말해두겠는데, 그 가게에서는 젠코지 양념 금지다?"

"알았어, 알았어."

"그럼 가볼게. 히나코 형사님, 열심히 하세요!"

히토미는 날씬한 몸을 똑바로 세우며 히나코를 향해 경례했다. 히토미의 응원에 히나코는 가슴이 훈훈해졌다.

다음 날 밤. 히토미가 이탈리아 요리를 즐기고 있을 무렵, 히나코와 쇼지는 컵라면을 후룩후룩 먹으면서 자료실에서 뇌에 대해 조사하고 있었다. 최면이 범죄로 이어진 사건은 몇 가지인가 검색되었지만, 사신여사의 말처럼 자기 자신을 몇 번인가 죽을 만큼 상처 입힌 사례는 없었다. 다만 히나코는 무차별 살인을 저지른 범인의 뇌에 뇌종양이 있었다는 흥미로운 기사를 발견했다.

1966년 미국 텍사스주 오스틴에 있는 텍사스대학에서 일어난 무차별 총기난사 사건이 그것이었다. 범인인 찰스 휘트먼은 머릿속에서 '죽여라, 죽여라'라는 목소리가 정말로 들릴 정도의 살인 충동에 공포를 느끼고, 사건을 일으키기 전에 '자신이 죽으면 뇌를 조사해주었으면 한다'라는 글을 남겨두었다. 태아를 포함하여 17명의 사망자, 31명의 부상자가 발생한 처참한 사건이 있은 후, 그의 시신은 해부되었고 편도체에서 종양이 발견되었다.

"선배. 이 기사를 보세요. 사메지마의 뇌종양이 있던 부위와 똑같지 않나요?"

쇼지는 히나코의 컴퓨터를 들여다보고 기사를 읽은 뒤에 "뭐라고 해야 할지"라며 한숨을 쉬었다.

"도도, 논점이 어긋나지 않았어? 우리는 살인의 증거를 찾고 있는 거지? 뇌종양은 그냥 병이잖아? 병이 자해행위와 관계가 있다고 한다면, 역시 그건 살인이 아니라 자살이었다는 이야기가 되지 않나? 그 부분은 어떻게 생각해?"

"그게 아니라 누군가가 사메지마의 머리에 뇌종양을 집어넣었다고 하면 어떨까요? 이상행동을 하게 하려고."

"뭐? 어떻게 그런 일이 가능한데? 뇌라고, 뇌. 종양이란 말이야. 종양은 병이잖아."

"그건……, 그러니까 이제부터 조사할 거예요."

히나코는 다모쓰의 얼굴을 떠올렸다.

"아, 그러십니까요."

검색하는 것도 질렸는지, 쇼지는 모니터를 벗어나 자리에서 일어서서 원망스러운 듯 벽시계를 올려다보았다. 시각은 밤 10시를 지나 레스토랑 문 닫는 시간이 가까워졌다.

"지금쯤 히토미는 한창 재미있게 놀고 있겠네. 아니, 슬슬 2차에 갈 타이밍인가? 좋겠네, 젠장."

"그렇게 히토미가 신경 쓰이면 이제 그만 퇴근하세요. 나머지는 저 혼자 할 테니까요."

히나코는 마우스를 조작하면서 컵라면 국물을 마셨다.

"히토미를 신경 쓴다니, 무슨 소리야."

아무리 찾아봐도 그 이상은 이렇다 할 사이트가 검색되지 않았다. 쇼지가 한숨을 내쉬자, 히나코는 점점 더 자신이 없어졌다. 지금은 미야하라의 변사가 살인일 가능성조차 히나코의 단순한 착상에 지나지 않는 것이다.

그때였다. 히나코의 정장 주머니에서 진동이 느껴지더니, 히토미의 웃는 얼굴이 스마트폰에 떠올랐다.

"히토미?" 전화를 받자 쇼지가 가까이 다가왔다.

"히나코, 지금 어디야?"

"아직 경찰서에 있어. 자료실 컴퓨터 앞이야."

스마트폰에서는 웃음소리와 음악이 흘러나온다. 히토미는 아직 미팅 중인 레스토랑에 있는 듯했다.

"한창 재미있는 모양이네. 미키 수사관도 좀 웃고 있어?"

대답 없이 소음만이 서서히 멀어졌다. 아마도 히토미가 장소를 이동한 것이리라.

"그럴 리가 없잖아. 그렇다기보다, 큰일 났어. 그 미키 씨가 말이지, 조금도 대화에 끼지 않고 스마트폰만 만지작거리고 있었는데 말이지."

히토미가 "후우" 하고 숨을 내쉬었다. 아마도 담배를 피우고 있는 것 같았다.

"인터넷에서 말도 안 되는 동영상을 발견했어. 지금부터 URL을 보낼 거니까 확인해줘. 이거, 아마도 네가 조사하는 사건과 관련된 게 아닐까 싶은데……."

갑자기 긴박감이 히나코를 감쌌다. 스마트폰 너머에서는 히토미의 목소리에 누군가의 목소리가 겹쳤다.

— 손님, 여기서는 흡연이…….

— 아, 죄송합니다. 금방 나갈게요.

— 규칙, 이라, 서요…….

— 네, 알겠어요. ……알았다고 하잖아요, 일 때문이라고요, 바로 끌게요.

히토미는 전화기 너머에서 거친 목소리로 말했다.

"히토미, 히토미, 괜찮아?"

"미안, 히나코. 이젠 괜찮아. 미팅은 끝났고, 오타쿠는 경찰서로 갔고, 나도 계산을 마친 뒤에 바로 그쪽으로 갈 거니까, 어서 동영상부터 확인해봐. 신고가 들어가서 삭제당하기 전에. 그럼 나중에 봐."

통화가 끝나자마자 메일이 전송되었다.

"히토미가 뭐래?"

"듣기론 인터넷에 이상한 동영상이 올라왔다는대요."

히나코는 스마트폰을 조작해서 히토미가 보낸 URL을 통해

사이트로 들어갔다. 그곳은 동영상 투고 사이트였는데, 재생 버튼을 클릭하고 스마트폰이 데이터를 읽는 동안에도 히나코는 가슴이 뛰어서 진정할 수가 없었다. 안 좋은 예감이 든다. 정말로, 안 좋은 예감이……. 쇼지가 옆에서 들여다보는 가운데, 이윽고 화면에 외국 애니메이션이 떠올랐다. "응? 이게 뭐가 문제야?" 쇼지가 얼빠진 목소리로 말했다.

히나코가 바를 조작해서 화면을 빠르게 돌리자, 화면에서 갑자기 미야하라 아키오의 방이 비쳤다.

─그만둬, 살려줘.

그것은 미야하라가 자기 스마트폰으로 녹화했던 자기 자신의 참살 장면이었다. 그날 밤의 일이 생생히 떠올라서, 히나코는 스마트폰을 떨어뜨릴 뻔했다. 쇼지가 그것을 잡아들고 화면을 보면서 신음했다.

"어째서 이게 동영상 투고 사이트에 올라가 있는 거지?"

어째서…….

동영상은 미야하라의 스마트폰에 있고, 그 스마트폰은 증거품으로서 경찰서 안에 있다. 아무도 데이터를 반출하지 않았을 것이다. 그런데 어째서? 왜, 무엇을 위해, 대체 누가 이런 짓을?

"도도, 바로 간 씨를 불러와!"

쇼지의 명령에 히나코는 자료실을 뛰어나갔다.

한 시간 후 자료실 모니터 앞에 주요 수사진들이 모두 모였다.

쇼지는 마우스를 움직여서 동영상이 투고된 날짜를 표시했다.

"업로드된 시간을 보세요. 10월 25일 오후 11시 8분. 이건 미야하라의 사망 추정 일시 아닙니까?"

감식과장이 입을 열었다. "그렇군."

"요컨대 무슨 소리지?"

간 씨는 턱을 쥐고서 머리를 긁었다.

"어떤 놈이 이런 걸 인터넷에 올린 거야?"

"그 점 말입니다만."

쇼지는 모니터를 가리켰다. 모니터 화면의 미야하라는 이미 죽었고, 화면은 계속 더러운 방을 비추었다.

"이걸로 추정해보자면, 투고용으로 만들어진 동영상은 아니라고 생각합니다. 2차적으로 입수해서 사이트에 업로드할 생각이라면, 최소한 피해자가 죽은 뒤에는 커트하지 않겠습니까? 그런데도 동영상은 그 후로도 계속 이어지고 있죠……. 지금 감식과의 미키가 조사 중입니다만, 미야하라의 스마트폰에 뭔가 조작이 가해졌을 가능성도 있습니다."

노크 소리가 들리더니 문이 열리고, 히토미가 오타쿠라고 부르는 미키 수사관이 미야하라의 스마트폰을 가지고 들어왔다.

"쇼지 형사님이 방금 말한 대로 미야하라의 스마트폰에는 수상한 소프트웨어가 다운로드되어 있었습니다. 동영상 기능을 사용하면 자동으로 동영상 투고 사이트에 송신되는 프로세스입니다. 이메일 수신이력에 스팸메일이 남아 있었는데, 촬영자의 동영상을 엿볼 수 있는 프로그램이 심어져 있습니다. 아마도 미야하라는 무료 샘플 소프트웨어를 다운로드했던 것으로 생각됩니다."

"변태 자식. 다른 사람을 관음할 생각이었지만, 실제로는 자기 자신이 관음당하고 있었던 건가." 간 씨가 내뱉었다.

"그 메일의 발신자는 추적할 수 있나?"

"하고 있습니다. 아무래도 진짜 스팸메일은 아닌 모양이라, 의외로 간단히 추적할 수 있지 않을까 합니다."

"그 메일의 수신 날짜는 언제인가요?"

영문 모를 흥분에, 히나코의 목소리가 어색하게 높아졌다. 미야하라의 변사를 예측한 어떤 인물. 즉 진짜 살인자가 수상한 소프트웨어를 보낸 건 아닐까. 미키는 스마트폰을 확인했다.

"10월 20일의 심야 같군요. 다운로드 뒤에 미야하라가 수신했다고 여겨지는 동영상도 남아 있습니다."

미키가 동영상을 불러내자, 생생한 여성의 신음소리가 들려서 남성진들이 작은 화면으로 모여들었다. 말없이 화면을 바라보던 쇼지가 중얼거렸다.

"이거······. AV배우 가구라 교코 아냐?",

"틀림없습니다. '금지된 제복' 시리즈 3편이네요."

아무런 표정 변화 없이 미키가 대답했다.

다음날 이른 아침, 간 씨가 사 온 고기만두 냄새에 히나코는 잠에서 깨어났다. 미키와 쇼지는 밤새 스팸메일의 송신자를 추적한 듯했다. 쇼지는 모니터 책상에 엎어져 잠들었고, 그 옆에서 미키는 아직도 문자투성이의 모니터를 노려보고 있었다.

"도도, 차 좀 끓여줄 수 있겠나. 같이 아침밥 좀 먹자고."

간 씨가 편의점 봉투에서 고기만두를 꺼내는 것을 보고, 히나코는 눈을 비비며 침을 닦고 일어섰다. 이래서 형사는 화장할 짬이 없다.

"좀 어때, 미키? 송신자를 알아낼 수 있을 것 같나?"

"이제 얼마 안 남았습니다. 지금, 거의 찾아냈습니다."

미키는 그렇게 말하며 키보드를 두드리고는 화면에 문서 데이터를 띄우더니 "나왔습니다"라고 의기양양한 목소리로 말했다. 쇼지도 천천히 일어났다.

"역시 고정IP에서 송신된 메일이었습니다. 인터넷 카페 같은 곳도 사용하지 않았어요. 송신지는 중국으로, 주소 등록자는 사이토 후미타카로 되어 있습니다."

"사이토 후미타카……."

차를 끓이려 나가던 히나코가 문 앞에서 멈춰 섰다.

"뭐야. 도도, 짚이는 게 있나?"

히나코는 가슴 주머니에서 수첩을 꺼내 일러스트투성이인 페이지를 팔락팔락 넘겼다. 소금 찹쌀떡에, 쑥떡에, 단추와 도라에몽 그림을 보자마자, 그녀는 고개를 들고 간 씨에게 말했다.

"사이토 후미타카는 미야하라에게 강간당해 자살한 우시카와 사나에의 약혼자입니다."

그날은 일요일임에도 불구하고 형사과의 모두가 분주히 움직였다. 미야하라의 동영상이 인터넷에 업로드된 일로 인해 자살설 외에 사이토 후미타카에 의한 보복살인의 가능성이 급부상했기 때문이었다. 사이토는 우타가와 사나에가 죽은 후, 근무하던 소프트웨어 개발 회사에서 중국의 파견 기관으로 자리를 옮겼다.

잔업이 계속되는 히나코는, 간 씨에게 쉬라는 말을 듣고서 자취방으로 돌아가기 전에 자판기의 코코아를 마시고 있었다. 주머니에서 고추양념을 꺼낼 때, '그러고 보니 히토미는 어떻게 되었지?'라는 생각이 머리를 스쳤다.

―미안, 히나코, 괜찮아. 미팅은 끝났고, 오타쿠는 경찰서로 갔고, 나도 계산을 마친 뒤에 바로 그쪽으로 갈 거니까―

나도 경찰서에 돌아갈 거다. 어젯밤에 히토미는 그렇게 말하지 않았던가?

히나코는 교통과에 가보았다. 조용한 교통과 사무실에 히토미의 모습은 보이지 않았고, 탈의실 로커에도 히토미가 돌아온 흔적은 없었다. 사복으로 갈아입고 복도로 나오자, 쇼지가 탐문을 나가려던 참이었다.

"선배, 어젯밤에 히토미 보셨어요?"

쇼지는 의아하다는 얼굴로 발을 멈췄다.

"뭐야, 도도. 아직도 있었어? 어서 집에 돌아가서 쉬어. 조만간 나하고도 교대해야 하니까. 그런데 히토미가 왜?"

"어제 통화할 때, 히토미도 경찰서에 돌아오겠다고 했어요. 하지만 어디에도 안 보여서……."

"아니. 나도 못 봤는데."

"미팅 장소에 같이 있던 미키 씨는 금방 돌아왔잖아요. 그런데 히토미는 경찰서에 돌아오지 않은 걸까요?"

"전화해보면 되잖아. 집에 돌아갔을지도 모르고."

"네, 그럴게요."

쇼지의 뒷모습을 보며 히나코는 히토미에게 바로 전화를 했다. 호출음이 울렸지만 히토미는 받지 않았다. 히나코는 부재중 음성 메시지로 히토미에게 연락을 바란다는 말을 남기고 하치오지 니시 경찰서를 뒤로했다. 자취방으로 돌아가서 샤워를 하고, 자리에 누워서 눈을 감자마자 쇼지에게서 전화가 걸려왔다.

"도도."

지금까지 한 번도 들은 적 없는 침통한 목소리였다. "미안하지만 바로 돌아와줘. 후나모리 공원 공사 현장에서 젊은 여자의 타살 시체가 발견되었어."

"네?"

심장을 쿡 찔린 듯 한순간 눈앞이 흐물흐물 일그러졌다. 히나코는 아무것도 묻지 못했다. 쇼지도 그 이상 말하지 못했다. 후나모리 공원은 케이오 하치오지 역 근처에 있는 경찰서와 가까운 공원이다. 정장으로 갈아입고 신발을 신는 동안에도, 히나코는 온몸이 떨렸다.

바보 아냐? 쇼지 선배는 젊은 여자의 타살 시체라고 말한 것뿐이잖아. 왜 손이 떨리는 건데? 맞아, 히토미는 이미 집에 돌아간 건지도 몰라. 잘생긴 점원을 집으로 초대해서 전화를 받을 상황이 아닐지도……

히나코는 현관을 잠근 뒤에도 히토미에게 끊임없이 전화했다. 긴 호출음 뒤에, 간신히 통화모드로 전환되었다. 다행이다! 다행이야, 히토미!

"도도냐? 얼른 와."

온몸에서 핏기가 가셨다. 목소리의 주인은 간 씨였다.

한낮의 공원이 아이들이 아닌 경찰관으로 북적였다. 후나모리 공원 일대가 푸른 시트로 뒤덮이고, 조깅복 차림의 발견자와 공사 책임자가 한쪽에서 참고인 조사에 응하고 있었다. 이 공원에서는 현재 낡은 하수관 교체 공사가 진행 중이었고, 공원 일부가 가벽에 둘러싸여 출입금지 상태였다. 부자연스럽게 꺾인 가벽 옆에 간 씨와 쇼지를 필두로 하치오지 니시 경찰서의 형사들이 모여 있었다. 감식과는 한창 작업 중이었다. 히나코는 그중 한 명이 손에 든 비닐봉투에 립스틱이 묻은 버지니아 슬림 꽁초가 들어 있는 것을 보았다. 사신여사의 야윈 몸이 가벽 구석에 쭈그리고 앉아 있었다. 어떡하지……, 어떡하지……. 아직 확실한 건 아무것도 없는데도, 히나코는 온몸이 얼어붙는 기분이었다.

"늦어서 죄송합니다."

간신히 목소리를 내서 우선 인사를 하고는 "상황은요?"라고 물어보았다.

"조깅 중이던 남자가 휴대전화가 울리는 소리를 듣고 공사 현장에 들어갔다가, 여자의 시체를 발견했다." 간 씨가 조용히 말했다.

어째서 그렇게 조용히 말하는 건가요? 히나코는 동료 형사를 둘러보았지만, 쇼지도 다른 경찰서 직원들도 어두운 안색으로 입을 꾹 다물고 있었다. 잔뜩 긴장한 채 견딜 수 없다는 표정들이었다.

"······그거······ 혹시, 히토미, 인가요?"

"아직 몰라. 아직 모르지만 지갑도 휴대전화도 남아 있었고, 휴대전화는 스즈키 히토미 순경의 물건이었어. 이력을 보니, 전화를 건 사람은 너였다, 도도."

"모른다니, 모른다니, 그게 무슨 소리인가요? 히토미라면, 보면, 바······로······."

히나코는 두 손으로 입을 덮었다.

신발 커버도 씌우지 않고, 장갑도 끼지 않고, 히나코는 격정에 휩쓸려 간 씨를 떠밀고는 시신을 향해 달려가다가 쇼지의 팔에 붙잡혔다.

"진정해! 도도!" 쇼지가 호통을 쳤다.

비스듬히 기울어진 가벽 저편에 사신여사가 일어서서 히나코 쪽을 돌아봤다. 그 발밑에는 피 웅덩이가 고여 있다. 가슴부터 상체가 판별 불가능한 젊은 여성이 드러누워 있다. 핸드백과 벗겨진 펌프스가 굴러다니고, 피가 주위에 흩뿌려지고, 공사용 백열전구에도 피가 튀어 있다. 핏방울은, 이미 말라서, 전구에, 달라붙어 있다. 눈앞이 갑자기 어두워지면서 히나코는 정신을 잃었다.

나무 그늘의 벤치에 누워 쇼지의 무릎을 베고 있던 히나코가 눈을 떴다. 의식이 날아간 건 단 몇 초였지만, 그래도 히나코는 온몸이 부들부들 떨리고 속이 메스꺼렸다.

"좀 괜찮아?"

몸을 일으키자마자 부드러운 목소리로 쇼지가 물었다. 눈물이 흘러나올 것 같았지만, 울면 히토미의 죽음을 그대로 인정하는 것 같아서 울 수조차 없었다.

"얼마나 있는 거야……."

"세상에, 살인자라는 게, 얼마나 있는 거야. 어째서, 저렇게……."

―기분 좋았으니까―

기억 속에서 비디오 속 소년이 대답했다. 히나코는 두 손으로 얼굴을 감쌌다.

"어머나. 아가씨는 이제 기브 업이야?"

머리 위에서 심술궂은 목소리가 들려왔다. 눈을 뜨자 손가락 사이로 사신여사의 가느다란 다리가 보였다.

"너는 뭐야, 형사 아냐? 음? 아니었어?"

히나코는 번쩍 고개를 들고는 사신여사를 노려보았다. 은색 안경테 안에서 여사의 눈동자가 불타고 있다. 눈동자 가장자리가 벌겋게 충혈되고 괴로운 듯 입술이 일그러졌다.

이 사람은 화가 나 있구나. 히나코는 생각했다.

살해당하고, 벌거벗겨져서 해부되고, 사진을 찍혀서 데이터가 되고, 그렇게 되지 않으면 이야기조차 할 수 없게 된 피해자들 대신에, 사신여사는 화를 내고 있는 것이다. 진심으로.

"호오. 그런 눈을 할 수 있다면 걱정할 필요 없겠네. 이제 어쩔 거야? 그 애의 수사를 다른 사람에게 맡기고 거기서 팔자 좋게 쉬고 있을 거야?"

"아뇨."

히나코는 벌떡 일어섰다. 상의 주머니에서 장갑을 꺼내 끼고, 쇼지에게 부탁해서 신발 커버를 받아 신은 뒤, 접었던 손수건을 마스크 아래에 끼워 넣었다. 그리고 간 씨와 선배 형사들이 있는 살해 현장으로 곧바로 들어갔다. 시신 곁에 무릎을 꿇고 있던 간 씨가 합장하는 히나코를 올려다보았다.

"괜찮겠나?"

"괜찮습니다."

"신발하고 가방은 본 적 있나?"

"네. 양쪽 다 히토미의 물건입니다. 히토미는 키가 크니까 항상 낮은 힐의 펌프스를 신었습니다."

"어젯밤에 같이 있던 미키 수사관은 자세한 복장이 기억나지 않는 모양인데, 핑크색 정장을 입고 있었다더군. 복장은 기억나나?"

그 핑크색 정장은 스커트 외에는 전부 핏빛으로 바뀌어 있었다. 블라우스도, 재킷도 살점 범벅이 되어 걸레처럼 변해 있었다. 어디부터 얼굴이고 어디부터가 머리였는지조차 알 수 없었다. 간신히 머리카락 끝만이 아름다운 밤색을 하고 있었다. 시신을 자세히 보면 볼수록, 히나코는 몸이 부들부들 떨렸다.

"옷은, 본 적이, 없습니다. 산 지 얼마 안 된, 옷이었는지도……."

휴식 코너에서 자신을 향해 경례를 해주던 히토미의 미소가 뇌리에 떠올랐다.

"간 씨, 이거……."

시신을 조사하던 감식과장이 목에 걸린 끈을 발견했다. 그것은 홀더가 달린 스트랩이었는데, 거기서 히토미의 경찰수첩이 나왔다.

"젠장!" "빌어먹을!"

누가 먼저랄 것도 없이 동시에 외쳤다. 히나코는 눈을 질끈 감았다.

하치오지 니시 경찰서의 수사관들은 거의 땅바닥에 붙듯이 하며 미세한 증거를 계속 찾았다. 무엇을 봐도, 발견해도, 히나코는 눈물과 콧물이 멈추지 않았다. 마스크에 끼워둔 손수건이 푹 젖을 정도로 훌쩍이면서도, 겁먹지 않고, 빠진 이나 블록에 묻은 붙인 눈썹이나 달라붙어 있는 머리카락의 구석구석까지 확인했다. 그리고 시신이 운송되기 직전, 히나코는 흐릿한 얼룩에 신경이 쓰였다.

"과장님, 이시카미 박사님. 이것 좀 보세요. 뭘까요?"

거의 보이지 않았지만 자세히 살펴보면 핏방울이나 진흙 사이에 섞여, 시신의 하복부에 흐릿한 얼룩이 남아 있었다.

"용케 발견했네."

사신여사는 그렇게 말하며 감식과장에게 샘플을 채취하도록 지시했다.

"가해자의 체액일지도 몰라. 이 아이는 강간당하지 않았지만, 이런 식으로 사람을 죽이는 변태 자식은 깜빡 증거를 남기더라도 이상하지 않지."

감식작업이 종료되자 시체주머니가 닫히고, 히토미는 공원에서 운반되어 나갔다. 수사진은 침통한 얼굴로 묵도했다.

"수고했어. 정말 열심히 했네."

사신여사가 어깨를 두드리자마자 히나코는 엉엉 울기 시작했다. 부끄럽다든가 분하다든가 슬프다든가 화가 났다든가 자존심이 있다든가 하는 그런 모든 것을 초월해 그녀는 울지 않을 수 없었다. 사신여사는 야윈 몸으로 히나코를 끌어안고 등을 두드려주었다. 마치 갓난아이를 달래듯이 한동안 그렇게 토닥여주었다.

DNA 감정 결과는 금방 나왔다. 히토미의 장례식이 열렸다.
11월의 경내는 나무들이 곱게 물들고, 하늘은 빠져들 것처럼 푸르다. 어째서 지금, 그것도 갑자기 이런 작별을 해야만 하는가. 제복 차림의 영정에 손을 마주하면서, 히나코는 도무지 납득할 수 없었다. "나중에 봐"라면서 전화를 끊은 채로, 히토미는 영원히 돌아오지 않는 사람이 되고 말았다. 피해자의 유족도 이런 식으로 갑작스럽게 사랑하는 사람을 빼앗긴 것이리라. 향을 피우면서 히나코는 생각했다. 인터체인지 아래서 살해된 여고생도, 우타가와 사나에도, 사메지마의 피해자들도, 모두 일상 속의 어느 날 갑자기, 상상도 하지 못한 방법으로 목숨과 미래를 빼앗겼다. 살인을 반복하는 자들은 때때로 웃으며 그런 짓을 저지른다. 제멋대로 천박하며 가치 없는 욕망을 위해 그런 짓을 서슴없이 저지른다. 피해자의 공포와 괴로움을, 피해자 유족의 슬픔과 괴로움을 알려고도 하지 않으며, 그들은 영원히 누군가를 죽이기를 멈추지 않을 것이다.

―사람을 몇 명 죽이더라도 사형이 집행되어 자신이 죽는 것은 단 한 번뿐입니다.

도쿄 교도소의 간수, 미부 씨의 말이 떠올랐다.

여자 경찰관 살인사건은 미디어에 널리 보도되었다. 경시청에 바로 수사본부가 설치되었다. 히토미가 근무 중에 딱지를 끊은 상대부터 교우관계에 이르기까지, 수사 범위는 폭넓게 이루어졌다. 하지만 아무리 탐문이 진행되어도 히토미에게 원망을 품었으리라 생각되는 인물은 떠오르지 않았다.

"원한관계의 사건이 아닌지도 모르겠군."

수사회의가 끝난 뒤 간 씨가 중얼거렸다. 하치오지 니시 경찰서의 수사진은 형사부에서 간 씨의 책상을 둘러싸고 있었다. 히토미의 사건으로 인해 자살로 의심되는 미야하라 사건 담당 인원은 대폭 축소되어 지금은 히나코와 쇼지만 조사하게 되었다. 우타가와 사나에의 약혼자인 사이토 후미타카는 사건 당일 밤에도, 그리고 지금도 중국에 있는 것으로 확인되어 메일과 국제전화를 사용한 참고인 조사가 이루어졌다. 스팸메일로 위장해서 미야하라의 스마트폰에 바이러스를 감염시킨 것은 인정했다. 사나에가 죽은 뒤에 진실을 알리고, 미야하라의 범죄를 폭로하려고 마음먹은 것이 동기였다고 한다.

"미야하라 사건과 얽혀 있을 가능성은 없어 보이는군. 그렇다면 남은 건 성가신 무차별 살인마일 가능성인가."

"하치오지 역 주변의 수상한 인물 목격 정보에도, 현재로서는 눈에 띄는 게 없습니다."

"과거의 미해결 사건은 어떨까. 도내 전역에서 젊은 여성을 습격한 엽기 사건은 없었나?"

"엽기 사건이라고 하면, 공업단지 내에서 어린 소녀가 살해당한 사건이 있었지요."

형사 중 한 명이 얼굴을 찌푸렸다.

"그건 끔찍한 사건이었지만, 유아를 노린 변태의 소행이 아닐까?"

"다른 무차별 살인마 사건은 범인이 체포되었습니다."

"도도, 너의 컴퓨터에 뭔가 없나? 장소, 살해방법, 뭐든 괜찮아."

"앗!" 히나코는 갑자기 소리쳤다.

"뭐야, 짚이는 게 있나?"

히나코는 말없이 책장으로 달려가서 2007년의 사건 파일을 꺼냈다. 형사들이 주위에 모여드는 가운데, 팔락팔락 페이지를 넘기다가 한 곳을 열었다.

"2007년 5월 4일. 구로다 구에 있는 공원에서 편의점 파트타임 종업원 가와니시 도모코(52세)가 블록으로 머리를 얻어맞아 사망했습니다. 사건은 미해결."

"스즈키 순경은 아직 스물넷이라고. 공원에서 습격당한 것하고 살해당한 방식 외에 공통점은 없지 않나?" 피해자의 사진을 보면서 쇼지가 말했다.

히토미 때와는 달리 살해된 가와니시 도모코는 엎드려 있었고, 머리의 외상은 한 곳이었다. 그 일격이 치명상이었다.

"그게 아니에요. 계속 뭔가가 마음에 걸렸는데요, 이겁니다."

히나코는 현장 사진을 가리켰다.

당시 공원에서는 5월 초의 황금연휴 이벤트가 있어서, 공원 안에 노점이 늘어서 있었다. 가와니시 도모코는 심야에 편의점 근무를 마치고 돌아가는 길에, 통근길에 있던 공원 안에서 습격당했다. 정글짐에 노점을 비추는 백열전구가 달려 있었는데, 피해자의 시신은 그 아래에 있었다. 히나코의 손가락은 백열전구를 가리켰다.

"백열전구?"

간 씨가 한 글자 한 글자 곱씹듯이 중얼거렸다. 일제히 화이트보드에 달라붙은 히토미의 현장 사진을 확인했다. 히토미의 사건 현장에도 공사용 백열전구가 매달려 있었다.

"요즘에 백열전구는 드물다고 생각하지 않으시나요? 그리고 한 가지 더요. 전혀 관계없을지도 모르지만, 처음에 그렇게 느꼈던 것이……."

히나코는 2008년의 사건 파일을 꺼냈다.

"조금 전 이야기가 나왔던 미해결 사건, 고토구 공업단지 내의 연립주택에서 어린 소녀의 참살시체가 발견되었던 사건이요. 이것도 분명히……, 한번 보세요."

히나코가 가리킨 사진에는 어두운 방 안 벽에 다다미 한 장이 비스듬히 세워져 있고, 드러난 나무 바닥에 작은 소녀의 몸이 누워 있었다. 끔찍함에 이맛살을 찌푸리면서도 형사들은 현장 사진을 응시했다. 더러운 유리창 앞, 죽은 아이 위에는 불이 켜진 백열전구가 매달려 있었다.

"그래서 어쨌다는 거야. 백열전구하고 사건이 무슨 관계가 있다는 거야?"

"하지만 사메지마의 독방에는 토란이 있었고, 미야하라의 방에는 콜라병이 있었어요. 어쩌면 이건 파블로프의 개일지도 몰라요."

히나코가 무슨 말을 하는지 알아들을 수 없었던 형사들은 서로 얼굴을 마주보았다.

"뭐가 '파블로프의 개'냐고. 선배들의 표정 봤어? 너를 우주인 보듯 쳐다보던데. 잘 기억해두라고."

지친 다리를 끌면서 쇼지는 히나코에게 투덜거렸다. 두 사람은 긴시초 역의 북쪽, 긴시 공원에 가까운 건물로 향하고 있었다. 히토미 사건과 미야하라 사건이 분리되면서 히나코는 간 씨 곁을 떠나 쇼지와 한 팀이 되었다.

"저도 아직 뭔가 알아낸 것은 아니에요. 하지만 미야하라와 사메지마가 자살한 만한 인물이라고는 생각하지 않아요. 어쩌면 이번 사건은 빙산의 일각에 지나지 않고, 보이지 않는 곳에서 더욱 많은 사건이 자살로 처리되는지도 모르잖아요."

"처리되면 그걸로 된 거잖아. 타살 가능성이 없다면 자살이잖? 스스로 자기를 죽인 녀석보다, 타인을 죽인 녀석을 붙잡는 것이 먼저일 거 아냐."

"그러니까 자신이 스스로를 죽인 것처럼 보이도록, 타인에게 죽은 녀석이라니까요."

"흠."

쇼지는 그 누구보다 더 히토미를 죽인 범인을 붙잡고 싶을 것이다. 히나코도 마찬가지다. 하지만……

"선배는 문제를 잘못 파악하고 있어요. 저는 자살이 아니라 타살일지도 모른다고 말하는 거라고요."

히나코는 쇼지를 척척 추월하면서 몰래 눈물을 닦았다.

"알았어, 알았어. 알았다니까. 갑시다, 가요, 선생님을 뵈러 가자고."

포기하듯 말하면서 쇼지는 히나코를 따라갔다.

하야사카 멘탈 클리닉은 긴시 공원을 내려다보는 건물 최상층에 있었다. 엘리베이터 타는 곳에서 승강버튼을 누르고 잠시 기다리자, 엘리베이터가 12층에서 곧바로 내려왔다. 문이 열리자 엘리베이터 안 거울에 히나코와 쇼지가 비쳤다. 한순간 내부에 아무도 없는 듯했지만, 쇼지가 올라타려고 하자 열리던 문 뒤편에서 천천히 사람이 나타났다.

쇼지는 몸을 젖히듯이 물러섰다. 나타난 인물은 운동복 차림의 젊은 남자였다. 그를 본 순간, 히나코는 시간이 멎은 듯한 착각을 느꼈다. 웨이브진 검은 머리, 아름다운 얼굴, 동굴처럼 공허한 눈, 모든 것이 누군가가 만들어놓은 듯한 느낌이라 현실감이 전혀 없었다. 얇은 입술에 흐릿한 미소를 머금은 그 미남자는 소리도 없이 엘리베이터에서 내렸다. 지나칠 때 쇼지와 어깨가 닿을 뻔했지만, 쇼지 쪽을 쳐다보지도 않고 똑바로 앞을 향한 채 건물 밖으로 나갔다.

"저 녀석, 왠지 기분 나빠."

쇼지는 어깨를 문지르면서 작은 목소리로 내뱉었다.

이해할 수 있다. 저 사람이 지나갈 때, 자신도 어쩐지 오싹함을 느꼈다. 마음속으로 쇼지의 말에 동의하면서, 히나코는 엘리베이터 안으로 도망쳤다. 그렇지만 문이 닫히는 순간까지, 그 남자의 뒷모습에서 눈을 뗄 수 없었다.

최상층에서 엘리베이터를 내리자 관엽식물로 장식된 홀이 나왔다. 유리로 된 파티션으로 나뉘어 있었다. 그 안은 대기실이 없는 접수처로, 안내원의 안내를 받아 두 사람은 다시 문을 지났다. 접수처 안쪽은 한쪽에 방들이 늘어선 길쭉한 복도로 이루어져 있었고, 문의 반대편은 그림이나 사진으로 장식된 벽이었다. 네 번째 방을 지났을 때, "복도 맨 끝 방이 원장실입니다"라고 접수 안내원이 조용히 말했다.

쇼지의 뒤를 따라가면서, 히나코는 네 번째 문을 빤히 바라보았다. 실내에서는 아무런 소리도 들리지 않았다. 문에는 A, B, C, D의 알파벳 표기밖에 없었다. 다모쓰는 어느 방에 있을까. 히토미가 그런 일을 당하고 난 뒤, 갑자기 파도처럼 걱정이 덮쳐올 때가 있다. 슬픔이 치유되려면 어느 정도의 시간이 필요할까.

마음에 생긴 상처는 아마도 평생 사라지지 않겠지. 상처의 아픔에 전율하며 살아가는 건 너무나도 슬프고 견딜 수 없는 일이다. 일상의 곁에 뚫린 줄도 몰랐던 검은 구멍. 그곳에 갑자기 한쪽 다리가 쭉 빠진 것 같다고 히나코는 생각했다.

클리닉의 원장 하야사카 마사오미는 40대 중반의 신사였다. 수려한 이마 가장자리에 백발이 눈에 띄기 시작한 머리카락을 단정히 정리하고, 갸름한 얼굴에 온화한 미소를 짓고 있었다. 그는 두 사람의 경찰수첩을 확인하고는 넓은 진찰실 구석에 있는 서재로 청했다. 좁은 서재의 환기용 작은 창문 밖으로 마천루가 보였다. 창문 이외의 벽은 전부 책장이라, 여유 있는 구조의 병원 내부와는 완전히 이질적인 비좁은 공간이었다. 히나코는 사신여사의 연구실이 떠올랐다.

"죽은 사메지마 데쓰오 씨에 대해 할 이야기가 있으신 모양이군요?"

의자에 두 사람을 앉히고, 하야사카 원장은 자신의 책상에 앉았다.

네가 말해. 그렇게 말하듯 쇼지는 묵묵히 히나코를 바라보았다. 히나코는 감별소의 비디오로 보았던 감별관으로서의 하야사카를 떠올렸다. 온화하고 조용한 목소리는 10년 전의 영상과 조금도 달라지지 않았다.

"조건반사나 최면술, 그 밖에 다른 방법을 사용해서 제3자에게 자해행위를 시키는 게 가능할까요?"

히나코가 단도직입적으로 묻자, 하야사카는 눈을 조금 크게 뜨면서 데스크 위에 두 손을 놓았다. 전에 다모쓰가 찻집에서 했던 것과 같은 동작이었다.

"갑작스러운 질문이군요. 어떤 일 때문에 그러십니까?"

"원장님은 혹시 사메지마 씨가 자살했을 때의 상황을 알고 계십니까?"

"알고 있습니다. 첫 자살 시도 이후, 교도소의 의뢰를 받아 카운슬링을 하러 갔으니까요."

"그렇다면 사메지마 사형수에게 일어난 사건의 일체에 대해 알고 계신 건가요?"

히나코는 저도 모르게 몸을 앞으로 내밀었다.

"일체라고 할 만한 이야기는 없었습니다. 사정청취가 아니라 그저 카운슬링이니까요."

"사메지마가 무슨 이야기를 했죠? 자살하려 했다고 말했습니까?"

하야사카는 잠깐 창밖을 내다본 뒤에, 히나코와 쇼지에게 시선을 돌렸다.

"솔직히 말씀드리자면 대화가 이루어지지 않았습니다. 그 사람은 몹시 겁을 먹어서 혼란에 빠져 있었고, 게다가 아주 화가 난 상태였습니다. 카운슬링이 가능한 상태가 아니었지요."

"화가 나 있었다? 어째서죠?" 쇼지가 끼어들어 물었다.

"어째서인지는 모릅니다." 하야사카는 차가운 목소리로 말했다.

"저는 교도소에 가서 감시카메라의 영상을 봤습니다."

"그런 일이 있었기 때문이겠지요. 그 사람은 24시간, 감시하에 놓여 있었습니다."

"사형수 사메지마가 좌상을 휘둘러 자기 머리를 때리는 것을 보았습니다. 그때 본인은 분명 의식이 없는 상태인데도 팔만이 움직여서 몇 번인가 자신을 때리더군요. 아주 이상한 광경이었습니다."

히나코가 카메라 영상에 대해 설명했다.

"무슨 얘기야, 그건?"

쇼지는 히나코의 이야기를 듣고는 자기도 모르게 그렇게 중얼거렸다가, "실례했습니다"라고 하야사카를 향해 덧붙였다. 하야사카는 아무 대답도 하지 않았다.

"사메지마 사형수는 무엇에 화가 나 있던 걸까요? 어쩌면 자기 자신에게 공격당해서 화가 나 있던 게 아닐까요? 그 사람은 자신이 저질렀던 살인사건의 상황을 재현한 듯한 모습으로 죽었습니다. 그래서 저는 이런 생각을 해봤는데, 어떨까요? 예를 들면 고의로 기억을 조작하여 피해자의 망령 같은 것이 보이게 해서, 피해자가 앙갚음하러 왔다고 착각하게 만들어 스스로를 상처 입히는 행동이 벌어졌던 것이 아닐까 하고."

"흠. 기억을 조작한다라……. 하지만 그건……."

하야사카는 그렇게 말하고서 검지로 코끝을 닦았다.

"퇴행최면으로 마음속 깊은 곳에서 잊었다고 생각했던 기억을 불러내는 건 가능합니다. 하지만 사람에게는 자기방어 본능이 있습니다. 건강한 사람에게 본인의 의사와 관계없이 자해행위를 일으키는 것은 불가능합니다."

"건강한 사람이 아니라면요? 다른 사람을 상처 입히는 것에 쾌감을 느끼는 사람이라든가, 엽기사건을 일으킬 만한 이상인격자일 경우에는?"

하야사카는 책상에 놓인 팔을 모아 가슴 앞에 팔짱을 끼었다.

"엽기사건을 일으켰다고 해서 범인이 이상인격자나 사이코패스라고 단정하는 건 좋지 않다고 생각합니다. 애초에 사이코패스는 감정을 갖고 있지 않으므로 피해자를 기억에 담아두는 행위를 하지 않을 수도 있죠. 그 사람들은 감정이 있는 것처럼 행동할 수는 있습니다만, 감정을 갖고 있는 게 아닙니다. 차마 눈 뜨고 볼 수 없을 정도의 엽기사건도, 본인이 생각한 명쾌한 이유 때문에 이루어진 일에 지나지 않습니다. 갖고 싶으니까 빼앗는다, 방해되니까 죽인다, 흥미 있으니까 먹어본다는 식입니다. 그 사람들은 피해자가 존재했다는 기억은 있어도, 그 사실에 대해 우리가 느낄 만한 후회나 슬픔이나 동정이 없으므로, 사건 자체를 기억하는 방식이 우리의 상상과 완전히 동떨어져 있는 경우도 있습니다. 눈앞에 피해자의 망령이 나타났다고 해도, 애초에 죄책감이 없으니까 별로 무섭지 않을지도 모르죠.

그런 의미에서 말하면, 오히려 정상인보다 영향을 받기 쉽지 않을 거란 생각이 드는군요."

"그러면 이런 건 어떨까요?"

쇼지가 카페 테이블에 몸을 내밀면서 하야사카와 마찬가지로 팔짱을 꼈다.

"자기방어 본능이라는 방어막을, 어떻게든 풀어버릴 수는 없습니까?"

"아아, 그건."

"가능하겠지요." 하야사카는 살짝 눈만 들어서 천장을 올려다보고는 말했다.

"번지점프 같은…… 아주 안전하다는 전제로, 죽을 수 있는 가능성과 마주한 행위에 임하면 공포를 쾌감으로 변환하는 느낌이라고 할까요? 쉽게 말해 뇌의 스위치를 전환해서, 공포와 쾌감을 바꾸는 것이지요. 뇌는 경험을 통해 학습하니까 새로운 자극을 원합니다. 그러한 의미에서는 방어 본능을 오프(OFF)한 상태라고도 할 수 있겠군요."

"쾌감과 밀접히 연관되어 있을 때에 일어날 수 있는 건가요?"

'예를 들면 엽기살인범이 살인을 저지르고 있을 때, 혹은 자신이 범한 살인의 기억을 머릿속으로 반추하고 있을 때 쾌감을 느낀다든가.'

뒤쪽의 말을 히나코는 입 밖에 낼 수 없었다. 너무나도 소름 끼쳐서, 입에 담자마자 망상에 사로잡힐 것은 기분이 들었던 것이다.

"본능을 착각하게 만든다는 의미에서는 그렇겠지요. 하지만 왜 그런 번거로운 일을 하는 걸까요? 형사님의 말처럼 사메지마 데쓰오 씨의 자살이 누군가에게 조종된 것이라고 해도 말입니다. 그 사람에게는 사형이 확정되어 있습니다. 사형수는 오늘일까 내일일까 하며 마지막 순간을 두려워하면서 삽니다. 하루하루가 공포와의 싸움이죠. 그런 사람을 자살하게 만드는 것에, 이제 와서 무슨 의미가 있을까요?"

핵심을 찌르는 질문에, 히나코는 할 말을 잃고 말았다.

분명 그렇다. 사망한 상태가 비슷하기 때문에 두 사건을 결부시켜 생각해왔는데, 미야하라 살해에는 복수라는 목적이 있었다고 해도, 사메지마에게는 이미 사형이 부과되어 있었던 것이다. 그대로 말문이 막혔다.

이야기가 끝났다는 듯이 하야사카가 자리에서 일어서자, 쇼지가 곧바로 이렇게 질문했다.

"원장님. 한 가지만 더 여쭤도 될까요? 범죄 현장에 항상 같은 아이템이 발견되었을 경우, 심리학적으로 봐서 동일범의 가능성을 의심할 근거가 될까요?"

하야사카는 미간을 좁혔다.

"질문의 요지를 모르겠군요. 아이템이란 건 뭡니까? 범행 성명이라든가, 자기과시를 위한 물건 같은 겁니까?"

"아뇨. ……그런 거라면 알기 쉽겠지만, 이게 그렇지가 않네요."

쇼지는 머리를 긁으면서 히나코가 '백열전구입니다'라고 말하려는 것을 시선으로 제지했다.

"범행 현장이 항상 지하도라든가, 풀숲이라든가. 혹은 장소는 제각각이라도 정해진 아이템이 근처에 있다든가 하는 식으로요."

"특수한 기호나 성적 취향, 강박관념을 가진 사람이 장소에 구애된다는 발상이 영화나 텔레비전을 통해 널리 퍼졌는지도 모릅니다만, 실제로는 어떨까요. 범죄에는 나름대로의 리스크가 동반되니까 항상 같은 장소에서 범행이 가능한가는……. 이건 형사님들 쪽이 전문이겠군요. 다만 반대로 뭔가가 계기가 되어 범죄 심리를 유발하는 일이라면 가능하다고 생각합니다. '잭 더 리퍼' 사건처럼 창녀만을 노린다든가 하는, 그런 경우도 있을 수 있다고 생각합니다. 사람은 견디기 힘든 심적 외상을 입으면 일단 그것을 없었던 일처럼 마음속 깊은 곳에 가둬둡니다만, 어떠한 계기로 그것을 떠올리면 그 기억에 휘둘리는 경우가 있습니다. 지진이나 사고 등 극도의 공포를 경험한 이후로 PTSD(외상후 스트레스장애)로 괴로워하는 사람이 많습니다. 그와 마찬가지로 분노나 공격성이나 성욕 등도 봉인된 상태에서 갑자기 해제될 가능성은 있겠지요. 그렇지요, 확실히 있을 겁니다."

"좀 비약일지도 모르겠습니다만, 햇살이 너무 따가워서 사람을 죽이고 싶어졌다는 것과 비슷한 느낌일까요?"

"아니라고 단언할 수는 없다고 생각합니다."

히나코는 뭔가 핵심에 닿은 듯한 기분이 들어서 흐릿한 흥분을 느꼈다. 그렇지만 쇼지가 테이블 아래서 다리를 툭 차며 제지해서 바로 입을 다물었다.

"많은 참고가 되었습니다. 감사합니다."

쇼지는 그렇게 말하며 자리에서 일어섰다.

하야사카는 서재 입구 쪽으로 가서 문을 열었다.

"나카지마 군이 아직 있던가······."

쇼지와 히나코를 앞에서 걷게 하면서, 하야사카가 중얼거렸다.

"우리 병원에 나카지마 선생이라는 아주 열심인 젊은 친구가 있습니다. 도쿄 교도소의 자원봉사는 대부분 그 친구가 메인으로 활동하고, 저는 감수를 맡고 있습니다. 자세한 이야기를 듣고 싶으시다면 그 친구를 소개해드리지요."

"부탁드립니다."

쇼지가 뭔가 대답하기 전에, 히나코가 얼른 고개를 숙였다.

하야사카는 복도로 나가더니 D실의 문을 노크했다. 이 클리닉은 대합실에 환자가 대기하는 방식을 취하지 않는 듯했다. 접수 부스는 한산했고, 응대하는 여성이 조용히 컴퓨터의 자판을 두드리고 있었다. 하야사카는 쇼지와 히나코를 복도에 남기고 D실 안에 들어갔다가, 바로 나오면서 "들어가시지요"라고 불러들였다.

"나카지마 군에게 이야기해두었습니다. 그럼, 저는 이만."

꾸벅 인사하며 하야사카를 배웅했을 때, 쇼지의 가슴에서 휴대전화가 울렸다. 동시에 D실의 문이 열리고 동그란 안경의 다모쓰가 얼굴을 내밀었다. 하늘색 옷깃의 셔츠에 백의를 걸친 다모쓰는 인상 좋은 얼굴로 빙그레 웃었다. 전에 만났을 때보다 약간 야위고, 어쩐지 안색도 좋지 않아 보였다.

"어서 들어오세요."

히나코는 쇼지를 돌아보았다. 쇼지는 휴대전화를 감추듯이 하며 한 손을 들고는, 히나코와 다모쓰에게 등을 돌렸다. 먼저 들어가라는 신호였다.

다모쓰의 개별 진찰실은 너무 넓지도 좁지도 않았다. 엷은 노란색과 아이보리로 통일된 실내는 문의 반대편에 커다란 유리창이 있었고, 세로로 열리는 넓은 블라인드 사이로 긴시 공원의 잔디밭에서 공을 쫓아다니는 사람들의 모습이 엿보였다. 간접조명이 설치되었는데 전부 스위치가 꺼져 있어서, 부드러운 오후의 햇살이 실내에 세로 줄무늬를 만들었다.

"편안한 느낌의 방이네요."

"감사합니다. 정말로 수사를 하시게 되었군요."

다모쓰는 블라인드를 등진 자신의 책상에서 일어서며 말했다. 책상에는 태블릿 컴퓨터가 눕혀져 있고, 늘어진 책들 옆에 작은 액자가 세워져 있다. 연인의 사진을 장식한 것일까 생각하면서, 히나코는 밖을 보는 척하며 창가로 다가갔다. 다모쓰의 등 너머로 살짝 보았더니, 액자에 들어 있는 건 사진이 아니라 핑크색 종이였다.

"이쪽으로 오시지요."

다모쓰는 아마도 환자가 앉는 듯한 의자를 가리키며 물었다.

"바깥의 형사님은 아직 볼일이 있으신 건가요?"

"전화 중인 것 같아서요, 죄송합니다."

히나코는 그렇게 말하면서 자리에 앉았다. 그리고 백열전구에 대해 다모쓰에게 물어봐도 괜찮을지 고민했다.

"실은 조금 기대하며 기다리고 있었습니다. 도도 씨에게 전화가 오기를요."

다모쓰는 그렇게 말하면서 수줍은 듯한 얼굴을 하며 마주앉았다.

"그 뒤에 바로 블레이저의 단추는 제대로 달았습니다. 손재주가 좋지 않아서 그리 잘되지는 않았습니다만, 옷핀보다는 눈에 띄지 않게 되었죠. ……아, 그렇지. 조건반사에 대해서는 조사해보셨습니까?"

다모쓰의 얼굴선은 샤프한 편이었다. 마치 어른이 된 듯한 노비타의 분위기였다. 동그란 안경 안쪽의 맑은 눈동자를 보자 히나코는 가슴속이 따스해졌다. 아마도 나는 줄곧 이 사람과 만나고 싶었던 건 아닐까. 히나코는 이 사람과 만나서, 자신이 아직 평범한 세계에 있음을 확인하고 싶었던 것이다. 히토미를 잃은 이후 시궁창 속을 기어 다니는 듯했던 마음속에, 맑은 물이 흘러드는 듯한 기분이었다.

"도도 씨?"

"아……, 네. 그 점은 감사드립니다. 인터넷으로 조사해봤습니다. 말벌에 대한 것도요. 하지만 그 이후에 바로 다른 사건이 생기는 바람에, 전화하는 걸 깜빡해서 죄송합니다."

꾸벅 고개를 숙였다가 고개를 들자, 다모쓰는 침통한 얼굴로 변해 있었다.

"사건에 대해서는 저도 뉴스를 보고 알았습니다. 하치오지니시 경찰서의 여자 경찰관이었다더군요. 많이 힘드시겠지요."

"저와 동기인 친구였습니다."

대답하자마자 코끝이 찡해져서, 히나코는 곧바로 천장을 올려다보았다.

"그건 정말……."

다모쓰도 말이 막힌 듯했다. 가만히 보니 눈가가 벌써부터 붉다. 다모쓰를 울게 만들었다간 이쪽도 눈물을 흘리지 않을 자신이 없다. 히나코는 황급히 수첩을 꺼내 들었다.

"도쿄 교도소의 미부 씨에게서는 그 이후에 연락이 없었습니까?"

"미부 씨는 돌아가셨습니다. 부인과 고마가네에 지내기 시작한 지 한 달 정도 뒤에……."

다모쓰는 조용히 일어서서 물었다. "커피로 하시겠습니까?"

"감사합니다. 저기……."

히나코는 미부 씨에 대한 일은 유감이라고 말하고 싶었지만, 한순간 말을 잃었다. 피부에 윤기가 없고 쇠약하고 몹시 지친 간수의 모습이 떠올랐기 때문이다. 다모쓰가 기운 없어 보이는 것은 그 일 때문일까.

"설탕은 좀 많이, 우유는 듬뿍이었죠?"

"어, 어떻게 아셨나요?"

"그도 그럴 것이, 요전의 찻집에서 커피에 설탕을 네 스푼이나 넣었으니까요."

찻잔들을 세팅하고서 다모쓰는 작은 냉장고에서 우유를 꺼냈다.

이렇게 진찰실에 있는 그는 나름대로 차분하며 늠름해 보인다. 넘어질 것처럼 허둥지둥하며 교도소에 찾아왔을 때의 모습이 떠올라서, 히나코는 어쩐지 웃음이 나올 것만 같았다.

"자, 뭐든지 질문에 답해드리겠습니다."

다모쓰가 자리에 돌아와서 그렇게 말했을 때, 노크와 함께 쇼지가 방에 들어왔다. 그 얼굴에 배어 나온 긴장감을, 다모쓰 쪽이 먼저 깨닫고 "무슨 일이라도 있으셨습니까?"라고 쇼지에게 먼저 물었다.

쇼지는 깊이 고개를 숙였다.

"모처럼 시간을 내주셨는데 죄송합니다. 급한 용무가 생겨서 경찰서로 돌아가게 되었습니다. 다음 기회에 여쭙겠습니다."

쇼지는 다모쓰에게 명함을 건넸다.

"알겠습니다……. 사건인가요?"

"아뇨. 급한 용무입니다."

다모쓰는 아쉽다는 듯이 명함을 바라보더니 히나코를 바라보며 말했다.

"그러면 다음 기회에 뵙지요."

방을 나왔을 때, 안에서 "아얏!" 소리가 울렸다. 다모쓰가 또 뭔가 실수를 저지른 듯했다. 쇼지는 전혀 신경 쓰지 않고 척척 복도를 걸어가며 입을 열었다.

"일이 터졌어. '스위치를 켜는 자'라는 가명으로 세 건의 자살 장면을 텔레비전 방송국에 보낸 녀석이 있대. 한낮의 와이드쇼에서 폭로한 동영상 중에, 고스게의 사형수가 자살한 장면이 찍힌 동영상도 있었다는 모양이야. 동영상에는 '하늘은 스스로 죽이는 자를 죽인다'라는 문구가 들어 있었다지. 웃기지도 않아."

"네?"

히나코는 한순간 발을 멈췄다.

"고스게의 사형수라면……. 설마 사메지마의?"

"서둘러. 이쪽은 나하고 네 담당이야. 미키에게 조사를 부탁했더니, 동영상 세 건 중 하나는 작년 하치오지 니시 경찰서 관내에서 자살로 처리된 건이었대."

하치오지 니시 경찰서 대책실에서, 두 사람은 간 씨가 입수해온 비디오테이프의 복사본을 보았다. 방영된 것은 텔레비전 방송국이 편집한 영상이었지만, 진짜 테이프에는 자살의 경과가 전부 찍혀 있었다. 하나는 화재 현장에서 발견된 남성의 것으로, 불타고 남은 시신과 마룻바닥 틈새에 라이터 기름 성분이 검출된 것, 교제 중이던 여성이 그 남자에게 우울증 통원 경력이 있다고 증언한 것을 토대로 분신자살로 처리되었다.

하지만 동영상에는 개목걸이로 부엌 마룻바닥에 연결된 남자의 모습이 찍혀 있고, 그는 목숨을 구걸하면서도 자신의 옷에 소량의 기름을 끼얹고 불을 붙이기를 반복하다가 사망했다. 살던 낡은 임대주택이 전소된 것을 보면, 본인이 사망한 후에 집에 방화한 자가 있을 것이라고 간 씨가 말했다.

두 번째는 의사의 자살 장면이었다. 이쪽은 사건조차 되지 않아서, 자연사로 이미 장례도 매장도 끝난 상태였다. 동영상은 밤의 진찰실이 촬영되었는데, 의사는 침대 옆에 주사기를 잔뜩 늘어놓고, 자신의 몸에 무수한 바늘을 찌르고 죽었다. 다른 영상과 공통되는 점은 자기 자신을 상처 입히면서도, 큰 목소리로 목숨을 구걸하는 부분이었다.

세 번째는 도쿄 교도소의 독방에서 사메지마가 죽은 동영상이었다.

"고스게의 동영상 외에는 미야하라 때와 같은 방법으로 입수한 모양이군요."

테이프를 확인하고서 쓱쓰레하게 쇼지가 말했다. 불타 죽은 남자와 의사의 동영상에는 각각 스마트폰 앞에 놓인 잡지나 책의 화면이 찍혀 있었기 때문이다.

"하지만 이번에는 동영상 투고 사이트에 업로드된 흔적은 없어."

"송신을 개인의 컴퓨터에서 한 게 아닐까요?"

"그럴 수도 있나?"

간 씨는 턱을 문지르면서 투덜거렸다.

"정보사회라는 건 방심을 못하겠구먼. 보안이 철저한 유리로 만든 집에 벌거벗고 사는 것과 마찬가지야."

"이것도 우타가와 사나에의 약혼자인 사이토 후미타카의 짓이라고 생각하나?"

히나코는 전화로 조사했을 때 들었던 사이토의 목소리를 떠올렸다. 그는 두 번 다시 사나에 같은 피해자가 발생하지 않기를 바란다는 정의감에서 미야하라의 스마트폰에 바이러스를 집어넣었다.

"대화할 때의 느낌으로는 범인이 아닐 거라고 생각합니다. 중국에 있으니 알리바이도 확실하고요. 이 정도의 일을 벌일 생각이었다면 애초부터 쉽게 발신지가 발각되지 않도록 위장하지 않았을까요? 게다가 이런 기묘한 해킹 프로그램은 무작위로 배포하거나 감염시키거나 할 수 있습니다. 쇼지 선배 생각은 어떤가요?"

"그건 맞는 말이야. 사이토의 소프트웨어를 입수한 사람에게 간단한 지식만 있다면, 프로그램을 변경하는 건 어렵지 않겠지……. 음, 그렇다면 피해자의 스마트폰이나 PC를 조사해보면 감염원을 밝혀낼 수 있을지도 모르겠습니다."

"불가능하겠군, 그래서는."

쇼지의 말을 간 씨가 간단히 끊어버렸다.

"어째서요?"

"화재사건에서는 집이 전소된 시점에 이미 스마트폰도 불타버렸어. 의사 쪽은 장례식으로부터 이미 몇 달이 지났고. 아내가 모든 재산을 처분하고 고향인 이와테 지방으로 이사한 뒤야. 나올 게 아무것도 없지."

"1주기도 기다리지 않고 재산을 처분했다고요? 마음의 정리가 너무 빠른 거 아닙니까?"

"평판이 좋지 않던 심료내과 의사였거든. 강제외설 외에도, 환자가 급사한 세 건의 의료사건으로 분쟁 중이었지. 아내와는 이혼 소송이 한창이었다더군."

"빌어먹을, 대체 뭐냐고……."

쇼지는 그렇게 중얼거리며 목덜미를 벅벅 긁었다.

"애초에 범인이 없는 사망사건의 수사라니, 정말 못해 먹겠네요. 어떻게 봐도 전부가 자살이고, 정성스럽게 증거 영상까지 공개되어 있으니 원."

"그것보다 문제는 사형수의 감시 영상이 유출되었다는 점이야. 완벽한 관리를 자랑하는 교도소에서 어떻게 영상을 빼낸 걸까."

"미디어가 미쳐 날뛰는 것도 시간 문제겠군요."

난처하게 됐다. 간 씨의 표정이 그렇게 말하고 있었다.

동영상을 보낸 자가, 다시 인터넷에 업로드할 가능성도 있다. 번쩍거리는 카메라 플래시, 흥미 위주로 퍼져나가는 근거 없는 억측과 중상비방. 과거의 사건이 다시 부각되어 사람들이 피해자나 그 주변인들을 캐고 다닌다면 어떻게 될까. 히나코는 우타가와 사나에의 부모와 요릿집 여주인의 얼굴이 떠올랐다.

"무엇을 위해서 이런 짓을 하는 걸까요?"

"이런 비밀 동영상을 손에 넣은 나는 좀 굉장하지? 이렇게 능력을 과시하고 싶은 얼간이의 소행이 아닐까? 컴퓨터 오타쿠라든가, 해커라든가……."

"자, 그 부분 말이야."

간 씨가 조용히 입을 열었다. 박력 있는 목소리였다.

"적어도 그 얼간이에게는 영상을 찍을 수 있다는 확신이 있었다는 얘기겠지."

"어, 무슨 얘깁니까, 그게? 그 사람들이 자살할 걸 미리 알고 있었다는 말씀인가요?"

"그게 아니라면 어떻게 영상을 찍을 수 있었겠나?"

"그러니까 그건 스마트폰을 감염시킨 바이러스로……."

"그러면 선배, 고스게의 사형수는 어떤가요?"

"그건 의문이지만……."

그날 밤, 쇼지는 도쿄 교도소에 가지 않았다. 휑하니 넓은 방에서 미부가 보여준 원본 동영상을 보지 않았다. 그 장소에 없었기에, 이번 사건의 오싹함을 이해하지 못하는 것이다. 히나코의 머릿속에 표정을 잃은 미부의 옆얼굴이 떠올랐다가 사라졌다.

"간 씨. 혹시 이 의사의 병원에 환자가 급사한 건, 외설 목적의 인위적 행위에 의한 미필적 고의였던 게 아닐까요? 사망한 환자가 모두 여자뿐이라든가?"

"그래. 세 명 모두, 20대에서 30대 여성뿐이었다더군."

"……분신자살한 남자 쪽에도, 개목걸이가 채워져 감금되어 마찬가지로 살해당한 누가 있을지도……."

"잠깐 기다려봐. 아무리 그래도 그건 비약이 지나쳐. 사실은 두 사람 모두 살인범이고, 피해자와 같은 방식으로 죽었다는 소리야? 그리고 그 사실을 알고 있던 누군가가 단죄한 후 미디어에 죄를 폭로하고 있다는 거야? 옛날 옛적 텔레비전 드라마에나 나오는 일처럼?"

쇼지는 그렇게 장난스럽게 말했지만, 히나코도 간 씨도 전혀 웃지 않았다.

"어. 혹시 도도, 간 씨까지……, 진짜로 그렇다고 생각하는 건가요?"

"그래요. 확실히 그런 느낌이 들어요."

히나코의 단호한 말에 쇼지의 눈이 크게 떠졌다.

"그건 살인의 증거가 나왔을 경우에나 그렇지, 동영상으로 이미 자살의 증거가 나온 상황 아닌가? 너무 바보 같은 이야기야. 나도 생각하지 않는 건 아니지만……. 그보다 그건 애초에 범죄인가……? 그런가, 범죄인가……?"

히나코의 추리는 단 며칠 뒤에 현실감을 띠기 시작했다. 분신자살했던 남자의 교제 상대가 방화죄로 체포되었고, 전소된 가옥의 창고에서 콘크리트가 부어진 드럼통 속에서 여자의 시체가 발견된 것이었다. 시체의 목에는 대형견용 개목걸이가 채워져 있었다.

교제 상대는 타죽은 남자와 함께 그 여자를 학대해서 사망하게 만들었음을 자백했다.

"그날 밤 집에 돌아와 보니, 그 남자가 개목걸이를 하고서 그 여자와 똑같은 모습으로 죽어 있었어요. 마치 하늘에서 천벌이 내린 것 같았죠. 그래서 그 사람 목에서 개목걸이를 풀고 불을 질렀어요. 그 사람이 이상한 모습으로 죽은 것이 알려지면, 그 여자에 대한 일도 밝혀질 거라고 생각해서. 하지만 저는 그 뒤로 계속, 무서워서, 너무 무서워서……."

한번 자백을 시작하자, 그 여자는 둑이 터진 것처럼 이야기를 계속했다. 콘크리트를 부어 넣은 시신은 불타죽은 남자의 내연녀로, 도망쳐서 학대가 발각되지 않도록 개목걸이를 채워 감금했다고 한다. 숨겨졌던 살인이 밝혀지는 바람에 매스컴의 사건 보도는 폭발적으로 과열되었다. '스위치를 켜는 자'란 누구인가.

어떻게 자살 영상을 입수했는가.

간 씨가 말했던 대로, 매스컴은 엽기사건을 몹시 좋아했다. 자살자들이 죽은 방법은 대중의 이목을 잡아끌었고, 계속되는 억측이 와이드쇼나 뉴스, 호러 특집방송 등으로 재생산되었다. 새로운 정보가 근거 없이 나열되었고, 기묘한 모습으로 죽은 자살자들이 익명으로 리스트업되고, 연이어 보도되었다. 히나코와 쇼지는 그 정보들을 하나도 빠짐없이 검증하면서 공통점을 찾아보았지만, 정보 자체가 너무나도 무책임하고 억측에 차 있어서 수사는 그저 뜬구름을 잡는 것만 같았다.

한편 히토미의 사건도 암초에 부딪쳤다. 히토미의 신변을 남김없이 조사해도 전혀 용의자가 떠오르지 않았다. 히토미는 계산 때문에 마지막으로 레스토랑을 나섰다. 감식과의 미키는 먼저 경찰서로 돌아왔고, 경무과장은 교통과의 큰언니를 역까지 바래다주었다. 응급구조사는 세 번째 여성 참가자인 간호사와 의기투합해서 2차에 간 상태였다. 히토미는 걸어서 경찰서까지 오던 중 공원에서 습격당했던 것이다.

막다른 골목에 빠진 듯 수사가 정체되어버린 금요일, 히나코는 사신여사에게 전화를 걸었다.

"어머, 웬일이야? 그 뒤로 수사에 진전은 좀 있었어?"

전화기 너머에서 연기를 내뿜는 소리가 들렸다. 여사는 자신의 연구실에 있는 모양이었다.

히나코는 히토미와 마지막으로 통화했던 밤에도, 그녀가 전화기 너머에서 담배연기를 토했던 생각이 났다. 가느다란 버지니아 슬림을 손가락 사이에 끼우고 후욱 단숨에 내뱉는 히토미의 모습이 떠올라서 또다시 쓸쓸한 기분이 들었다.

"수사는 벽에 부딪쳤어요. 히토미 사건도, '스위치를 켜는 자' 쪽도."

"그래? 이쪽은 바빠서 정신이 없는데. 개목걸이가 채워진 채로 콘크리트 속에 묻힌 시신을 조사하고, 화장을 마친 뼈에서 약물을 검사하고⋯⋯. 이제 그만 적당히 좀 부려먹었으면 좋겠어. 나도 이제 좀 나이가 들어서 말이야."

"화장 후의 뼈라니, 의료 실수로 죽은 환자의 뼈인가요? 뭔가 나왔나요?"

"나왔어. 최음제에 사용하는 약물 성분이."

스마트폰을 쥔 손이 차갑게 식어갔다. 히나코 안에서 '스위치를 켜는 자'는 아주 어두운 이미지였다. 하지만 유감스럽게도 그 어둠은 히나코 자신의 어둠과 이어져 있다. 자살 장면이 까발려진 것은 모두 비열한 살인자들이다. 꼴좋다는 기분이 마음속 한구석에 있었다. 히토미가 죽은 모습이 머리에서 떠나지 않는다. 그 무참한 모습을 봐버렸기 때문인지 지금은 생전의 히토미를 떠올릴 수 없었다. 히토미의 웃는 얼굴을 떠올리려고 하면 공사 현장의 피 웅덩이와 그 시신이 먼저 떠오른다. 범인은 추억마저도 빼앗아갔다. 교수형 따윈 미적지근한 형벌이다. 사랑하는 자를 그런 끔찍한 꼴로 만든 녀석은, 자신도 똑같은 모습으로 죽어야만 한다. 같은 모습으로 죽어 마땅한 것이다.

"여보세요, 여보세요. 너 괜찮아?"

"아……, 네."

히나코는 당황하며 마음에 열려 있던 어둠을 닫았다.

"그래서 말인데요, 선생님. 잠깐 만나 뵐 수 있을까요? 역 앞에 맛있는 이탈리안 레스토랑이 있는데, 같이 식사라도? 아, 물론 더치페이로."

"여전히 꼼꼼하구나." 사신여사는 웃으며 말했다.

"좋아. 마침 이쪽도 할 이야기가 있던 참이야. 아쓰타 경부보도 같이 있어? 아, 그렇다면 더치페이란 소린 안 하려나?"

"유감스럽게도 저뿐이에요. 그 가게, 디저트가 아주 맛있대요."

두 시간 뒤, 히나코와 사신여사는 주말 밤을 즐기는 사람들 사이에 섞여 레스토랑에 앉아 있었다. 전채로 샐러드에 파스타, 피자와 스테이크까지 늘어놓고서 두 사람은 와인을 병째로 주문해서 마셨다.

"정말 호쾌하게 먹는구나."

"선생님이야말로."

그렇게 이야기를 나누면서 히나코는 디저트 메뉴를 고르기 시작했다.

"잠깐, 더 먹을 거야?"

"왜냐하면 오늘은 디저트를 먹으러 왔으니까요. 선생님은 뭐로 하실래요?"

"나는 커피. 그것 말곤 이제 필요 없어."

히나코는 커피 두 잔과 디저트로 판나코타 두 개를 주문했다.

"난 못 먹는다니깐."

"아뇨, 선생님 게 아니에요." 사신여사의 말에 히나코가 대답했다.

"히토미하고 이 가게에 같이 디너를 먹으러 오겠다고 약속했거든요. 그날 밤에 있을 미팅을 거절한 걸 사죄하며 제가 디저트를 사겠다고요."

판나코타가 나오자 히나코는 그것을 아무도 없는 테이블에 놓고, 준비해 온 작은 꽃다발을 옆에 얹었다.

"사실은 미야하라 사건이 정리되면 같이 오자는 약속이었죠. 그래도 선생님이 이렇게 같이 와주셔서 기뻐요."

사신여사는 글라스에 남은 와인을 쭉 비우고는 이탈리안 커피를 몸 가까이로 끌어왔다.

"별 상관없어. 나는 독신이거든. 살아 있는 인간하고 정식 디너를 먹는 것도 오래간만이고."

"살아 있는 인간이라는 말씀은…… 선생님, 결혼은요?"

"했었지, 옛날에. 그건 참 귀찮았어."

"……평소에는 어디에서 저녁을 드시나요?"

"연구실."

"연구실이라니……. 선생님, 그곳에서 사시나요?"

"일단 집은 있어. 목욕할 때 돌아가는 정도지만."

"에에엑!"

히나코는 자기도 모르게 큰 소리를 냈다. 다행히 그 소리는 주위의 시끄러움에 덮여버렸다.

"어째서요? 검시관 일이 그렇게 바쁜가요?"

"그것도 있지만 난 말이지, 검시가 시작되었을 때는 대개 연구실에서 묵어. 그도 그럴 것이 쓸쓸하잖아? 내 쪽으로 오는 시신은 말이지, 대부분 오랫동안 물속에 있거나 아무도 모르는 산속에 있거나, 끔찍한 일을 당한 시신들뿐이거든. 간신히 햇살을 보게 되었나 싶었는데 해부까지 당하게 된 셈이지. 그 뒤에도 다시 외톨이라니, 너무 괴롭잖아?"

콘크리트와 금속으로 만들어진 좁은 방에서 백의의 여사가 홀로 작업하는 모습이 머리에 떠올랐다. 이런 그녀를 사람들은 왜 사신이라 부르는 걸까.

"……무섭지 않으세요?"

"뭐가?"

"유령이라든가……."

사신여사는 소리 내어 웃었다.

"그야, 가끔씩 나왔구나, 싶은 경우가 있지."

"정말 있나요?"

"있지. 하지만 무섭지는 않아. 난 더욱 무서운 것을 보고 있는 몸이라 초자연 현상 따윈 귀여운 수준이야. 그 사람들을 그런 모습으로 만든 건 유령이 아니라 인간이니까. 그 악의는 치가 떨릴 정도로 시신에 그대로 투영되어 있어서, 보는 사람을 감염시킬 만큼 강력해. 그래서 만약 네가 여린 여자애였다면, 나는 아쓰타 경부보에게 조언해서 너를 수사에서 빼줘야겠다고 생각하고 있었어. 잡아먹혀버릴 테니까."

여사는 자신의 가방을 가까이 가져와서는 안에서 파일을 꺼냈다.

"나도 너하고 이야기를 하고 싶었고, 건네주고 싶은 물건도 있었거든. 딱 좋은 타이밍이었지, 뭐."

그것은 자료와 논문 복사본이었다.

"어디 보자……. 우선 이야기하고 싶은 것부터 시작할까. 스즈키 히토미 순경의 살인 현장에서, 네가 발견한 미량의 얼룩에 대해서인데. 예상대로 그건 인간의 정액이었어."

"에……?"

손에 든 자료를 히나코는 자기도 모르게 꾹 쥐었다. 그렇지 않을까 예상은 했다. 그래도 확실히 그렇다고 알게 되니, 너무나도 비정하고 불쾌하게 느껴졌다. 범인은 히토미를 그런 꼴로 만들면서 절정을 느끼고 사정했다는 이야기다. 맛있게 먹었던 오늘의 요리가 위장을 틀어막은 듯 답답하게 느껴져서, 히나코는 꿀꺽 침을 삼켰다.

"감식에서 과거의 데이터와 비교해달라고 했는데, 해당자는 나오지 않았어. 하지만 너의 노력으로 DNA를 입수할 수 있었지. 그걸 헛수고로 만들 수는 없으니까."

사신여사는 단호하게 말했다.

"그다음으로, 자료 아래에 있는 논문이, 너에게 건네주고 싶은 물건이야. 네가 덩치 큰 녀석하고 같이 연구실에 왔을 때, 뇌가 육체에 주는 영향을 연구했던 누군가가 있다고 말했잖아? 그때는 기억이 애매했지만, 나중에 조사해두겠다고 약속했지. 그게 이거야. 몇 년인가 전이었는데, 무사시노 대학에서 심리학을 가르치던 외부 강사 중에 현역 감별관이 있었거든. 이건 그 사람이 우리 대학의 전자공학과 학생과 공동 연구했던 미발표 논문이야. 주로 방치와 뇌에 대한 연구지. 감정이나 감각이 발달하는 유아기에 방치로 인해 뇌가 발달되지 않았던 인간이 사춘기 이후에 행동장애를 일으킬 경우, 그 치료법으로 뇌세포에 자극을 주어 부족한 부모의 애정을 체험하게 보완할 수 있는가. 이게 연구 주제야."

"어, 어려운 내용이라 잘 모르겠네요."

사신여사는 한숨을 내쉬었다.

"네가 원하던 정보잖아? 뇌에 손을 대서 의사체험시킨다는 얘기야. 여기까지는 이해하겠어?"

"이해할 것 같아요……. 왠지 모르게."

"아기라는 존재는, 요컨대 아무것도 다운로드 되지 않은 컴퓨터야. 냄새, 촉감, 소리, 빛. 그 밖에도 오감 전부를 사용해서 세계의 개념을 구축해가지. 이걸 다운로드라 할 수 있겠지? 그 시기에 엄마에게 안기고, 부드러운 목소리를 듣고, 젖을 먹으며 세상이 안심할 수 있는 따뜻한 곳임을 아는 것은, 요컨대 어떠한 컴퓨터가 될지 어느 정도까지 결정하는 프로세스지. 뇌의 발달 과정에는 다운로드하는 곳에 타이머가 달려 있어서, 나중에 다운로드하기는 어려워. 사춘기가 되어도 발기할 수 없는 것도 그중 하나지, 수사 자료를 읽으면 미야하라는 이 케이스, 도구를 사용하는 것으로 성교가 가능해지는 타입이었던 모양이야. 그거야 어쨌든, 이 논문은 그런 개인의 뇌의 일부, 주로 기억중추와 대뇌변연계를 조작해서, 결여된 유아 체험, 주로 오감의 발달을 보충할 수 있을까 하는 연구로 이루어져 있어. 사춘기 이후에 행동장애가 나타났을 경우에도, 어머니가 같이 자주거나 모유를 주는 등의 유아 체험을 보충하면 상황이 개선되는 것이 입증되었는데, 그것을 뇌내 레벨에서 하자는 것이 이 연구야."

"뇌를 조작해서 어머니에게 사랑받았다는 가짜 기억을 준다는 건가요?"

"뭐야, 잘 이해하고 있잖아."

"그래서, 연구 결과는 어떻게 되었나요?"

"논문을 읽어보면 알겠지만, 연구 자체는 중단된 모양이야. 애초에 사람이 사람의 뇌를 조작한다니, 설령 그것이 의료행위의 범주라고 해도 감정 조작을 위해서 살아 있는 인간의 뇌를 조작한다는 행위가 윤리적으로 허락될 리가 없지. 이런 걸 탁상

공론이라고 해. 하여간 논문은 퇴행최면에 의한 경험의 보충이라는 어중간한 상태로 마무리되어 있어."

"그런가요……."

히나코는 건네받은 논문을 팔락팔락 넘기다가, 자료에 있는 대화문의 기록에 눈길을 멎었다. 히나코는 그것을 대충 읽어보고, 쇼지가 빌려온 감별 비디오와 동일하다는 것을 깨달았다.

"이건……?"

사신여사는 고개를 죽 내밀어서 자료를 들여다보았다.

"응. 그건 첫 피험자였던 소년의 감정기록이야. 그 연구의 계기라고 말해도 되겠지. 소년은 2003년 열다섯 살이던 해에 어머니를 야구배트로 때려죽이고 감별소에 갔고, 이후에 소년원에 송치되었어."

"오토모 쇼로군요."

"어라. 알고 있었어?"

"그러면 이 논문을 쓴 건 하야사카 마사오미라는 사람인가요?"

"맞아. 지금은 긴시 초에서……."

"하야사카 멘탈 클리닉 원장을 하고 있지요."

사신여사는 다시 자기 자리에 앉아서 블랙커피를 비웠다.

"딱히 새로운 정보도 아니었나?"

"아뇨, 아뇨. 그렇지는 않아요, 그런 게 아니에요."

히나코는 사신여사를 바라보면서, 사메지마 사건 이후에 도쿄 교도소에서 하야사카 멘탈 클리닉 의사를 만난 것과, 그에게서 오토모 쇼 사건을 듣고 흥미가 생겨서 감별 영상을 확인한 것 등을 설명했다. 그러면서도 히나코의 머릿속은 어지러이 회전하고 있었다. 완전히 별개라고 생각했던 자살사건들의 공통점은 하야사카 마사오미에 있을지도 모른다. 미야하라는 피해자였던 우타가와 사나에를 통해서, 사메지마는 도쿄 교도소의 교정 심리상담으로서, 하야사카 원장과 연결되어 있다. 미디어에 영상이 공개된 자살자 중에 분신자살을 한 남자에게는 우울증 치료 경력이 있다. 다른 한 명은 심료내과 의사였다. 초등학생 연속살인범의 형은……. 그 남자에 대해서는 알 수 없지만, 범인으로 지목된 남동생에게 지적장애가 있었다고 한다. 히나코는 바로 쇼지에게 전화를 걸어서, 분신자살한 남자가 다닌 병원을 조사해달라고 요청했다.

"그리고 말이야."

사신여사는 지갑을 꺼내기 위해 가방을 뒤지면서 덧붙였다.

"미야하라라는 강간범의 뇌를 진단했는데, 역시 사형수와 완전히 동일한 편도체 부분에 종양이 있었어."

"네?"

"장소도 크기도 거의 같은 뇌종양이야."

좋았어! 히나코는 마음속으로 쾌재를 불렀다. 하지만 곧 자신의 가설이 어디로 향하는지도 모른 채 흥분했던 스스로를 부끄러워했다.

"그건 무슨 말씀인가요? 두 사람은 동일한 병을 앓고 있었다? 그런 일이 있을 수 있나요?"

"극히 특수한 상황이라고 생각해. 하지만 거의 동일하다는 점은 틀림없어. 근데 말이지, 뇌라는 장기는 조심스럽게 냉동하고 신경 써서 해동하지 않으면 흐물흐물 녹아버리거든. 그러니까 양쪽 뇌 모두 얼린 채로 슬라이스해서, 사진을 찍어 데이터로 만들지. 그걸 3D프린터로 재생해봤어. 그게 바로 이거야."

사신여사는 가방에서 스마트폰을 꺼내더니 사진을 불러와서 히나코에게 보여주었다. 투명한 플라스틱으로 만들어진 뇌 모형의 일부에, 새끼손가락 한 마디 정도의 붉은 마커가 붙어 있었다.

"이게 뇌종양이야."

여사는 또 한 장의 사진을 불러내서는, 그 사진도 히나코에게 보여주었다. 둘째장의 뇌에도 전두엽에 손상이 있는 것을 보면 아마도 사메지마의 것으로 생각된다. 어느 쪽 뇌든 편도체 일부에 같은 크기, 같은 형상의 종양 같은 것이 생겨나 있었다.

"이건 정말로 뇌종양인가요? 완전히 똑같아 보이는데요?"

"유감스럽게도 검체의 열화가 현저해서 이 이상은 알 수 없어. 하지만 나는 인공적으로 만들어진 뇌종양이 아닐까 의심하고 있어."

"인공적으로 뇌종양 같은 걸 만들 수 있나요?"

"불가능하지. 하지만 뇌종양이 아니라 뇌가 부은 것이라면 어떨까. 어쩌면 가능할지도 몰라. 지금으로서는 방법을 알 수 없지만 말이야. 물론 다시 신선한 시체가 생기게 된다면, 이번에는 곧바로 두개골을 열어볼 거야. 뭔가 알아내면 바로 연락해 줄게. 그러면 슬슬 바빠지겠는걸."

사신여사는 희희낙락하며 일어서서는 야윈 몸에 코트를 걸쳤다.

"약속대로 더치페이야. 그리고 디저트는 그쪽이 내는 거지?"

"물론이죠."

히나코는 손대지 않은 판나코타 옆에 꽃다발을 남기고 자리에서 일어나 그 자리에서 가게 안을 둘러보았다.

"음? 누군가 아는 사람이 와 있어?"

사신여사는 잔돈까지 정확히 꺼내서 계산대 위에 올려놓으며 물었다.

"그런 건 아니지만······."

히나코는 여사에게 다가가서 작은 목소리로 귓속말을 했다.

"히토미 얘기로는 이 가게에 엄청 잘생긴 남자 직원이 있대요. 그날 저녁에 히토미가 이 레스토랑에서 미팅을 한 건, 그 남자를 보고 싶었기 때문이었죠. 하지만 그렇게 보이는 사람은 없지 않나요?"

여사는 고개를 들고 가게 안을 빙 둘러보았다.

"그런 건 좀 더 빨리 알려주지 그랬어. 나도 눈 호강 좀 할 수 있었을 텐데."

자리를 일어서는 사람, 가게에 들어오는 사람, 평화롭게 담소를 나누며 식사하는 사람들 사이를 검은 옷을 입은 점원들이 바삐 오가고 있다. 히나코도 사신여사도 그 한 명 한 명을 바라보았지만, 히토미가 좋아할 만한 미남의 모습은 어디에도 없었다.

"엄청 곱상한 녀석은 안 보이네. 안 그래?"

"오늘은 쉬는 날일지도 모르겠네요. 어떤 남자인지 보고 싶었는데, 근무 시간도 알 수 없으니 무리인가……."

히나코는 자신도 코트를 걸치고 계산서를 집어 들었다. 그것을 가지고 계산대에 줄을 섰다. 가게 안이 혼잡해서인지, 계산하러 나온 것은 나이 든 이탈리아인 셰프였다.

"정말 맛있었어요, 잘 먹습니다."

사신여사는 히나코의 어깨너머로 칭찬을 늘어놓았다.

"그라치에, 밀레! 감사합니다. 또 찾아주세요."

그는 계산을 하면서 명랑하게 웃었다.

"그런데 말이죠, 그 잘생긴 점원, 오늘 밤에는 없네요. 쉬는 날인가요?"

사신여사가 선뜻 물었다. 마치 단골인 듯한 말투로 대화를 나누면서, 히나코를 향해 찡긋 눈신호를 했다.

"아, 많은 고객 분들이 묻고 계십니다. 그 직원은 그만두었습니다. 유감입니다."

"그만뒤요? 언제요?"

계산서를 주면서 셰프가 공손히 말했다. "요전에 무서운 사건이 있었죠. 그 무렵입니다."

히나코와 여사는 얼굴을 마주보았다.

몇 분 뒤, 두 사람은 레스토랑의 스태프 룸에서 지배인과 마주하고 있었다. 아직 젊은 지배인은 히나코의 경찰수첩을 확인하고는, 살피는 듯한 신중한 눈으로 말을 고르면서 이렇게 답했다.
"그만두었다고 할지, 오지 않게 되었다고 할지……. 이쪽에 연락도 없어서 말이지요."
"그건 언제인가요? 정확히는."
히나코의 질문에, 그는 컴퓨터를 켰다.
"어디 보자……. 타임카드에 표시가 없는 게, 11월 9일부터군요."
"사건이 있던 다음 날이잖아."
사신여사는 작게 신음했다.
"당신, 경찰이 그날 탐문하러 왔을 텐데? 그때 그 이야기는 하지 않았어?"
지배인은 책망당한다고 생각했는지, 변호하듯 손을 들었다.
"그야 다음 날 바로 경찰이 모습을 보였죠. 하지만 그때는 아직 무단결근으로 빠진 게 아니었으니까요. 원래부터 그 친구는 금요일과 토요일의 야간 타임과 일요일 주간만 근무했고, 경찰이 온 건 토요일 낮이라서 그 친구가 출근하기 전이었거든요."
지배인은 거기서 말을 끊고는 물었다. "고바야시 군이 뭔가 문제라도 있습니까?"

"그 점원을 고용했을 때의 이력서를 볼 수 있겠지요? 복사해 주실 수 있겠습니까?"

"별 상관은 없습니다만……. 적혀 있는 내용이 진짜인지는 알 수 없습니다. 가게에 오지 않아서 전화를 해봤더니, 휴대전화는 수신이 거부되어 있고……, 어째서인지 주소도 엉터리였던 모양이라……."

지배인은 컴퓨터에서 점원 명부를 불러내 출력했다. 요란한 소리를 내면서 간이 프린터가 이력서를 뱉었다. 고바야시 쇼타(25세)의 이력서에는 미남 배우 같은 아름다운 얼굴이 찍혀 있었다.

"호오. 소문대로 미남이네. 하지만 내 취향은 아니야. 나는 대머리를 좋아하거든."

사신여사가 코웃음을 쳤다.

"이 사람……?" 히나코는 거기서 말을 끊었다.

"……그 친구가 오지 않게 된 건 토요일부터라고 하셨죠. 정확한 상황은 어떻습니까? 근무 시간이 되어도 오지 않았던 건가요?"

"아뇨, 정확히는…… 금요일 밤에 없어졌다고 할지……. 매장이 몹시 붐빌 때라 잘 기억이 안 납니다만. 폐점하고 홀을 정리할 때, 그러고 보니 고바야시 군은 어딨지? 하고 이야기가 나왔던 정도였지요. 타임카드도 찍지 않아서 주의를 줘야겠다고 생각했는데, 다음 날 밤부터는 더 이상 가게에 오지 않아서……."

"……그 사람은 그런 일이 자주 있었습니까?"

"아뇨, 처음이었지요. 그렇다기보다, 고용한 지 반년 정도밖에 안 되었습니다만. 그때는 자기 팬인 손님을 배웅하느라 밖에서 이야기라도 나누고 있겠거니 생각했습니다. 고바야시 군은 외모도 뛰어나고 독특한 분위기가 있어서, 여자 손님들 사이에 팬이 많았거든요. 그런 의미에서 우리 가게에는 고마운 존재였지요."

"일솜씨는요?"

"그냥 보통이었습니다."

히나코는 사신여사와 하치오지 역까지 걸으면서, 고바야시 쇼타의 이력서를 계속 쥐고 있었다.

"그 녀석을 본 적이 있구나?"

여사는 그렇게 말하며 담배를 물었다가 도로 주머니에 집어넣었다.

"아, 걸으면서 피우는 건 법 위반이었던가. 이거 참……."

그 몸짓을 봤을 때, 히나코의 뇌리에 히토미와 나눈 마지막 통화가 떠올랐다가 사라졌다. 그때 뭔가 위화감이 느껴졌다. 뭔가……, 뭔가…….

"기억이, 있는 거야, 없는 거야. 어느 쪽이야?"

사신여사는 말끝을 거칠게 했다.

"있어요. ……있는데……, 하지만……."

히나코는 주머니에서 양념통을 꺼내서 손바닥에 고추양념을 털어서 할짝거리고는 "매워!"라고 중얼거렸다.

"맞다! 기억났어요. 긴시 초에서 만났어요."

히나코는 빠른 걸음으로 밝은 장소까지 이동하더니, 이력서를 펼쳐서 사진을 보았다.

"하야사카 멘탈 클리닉에 탐문하러 갔을 때 봤어요. 엘리베이터에서 내려오는 그 사람과 지나쳤죠. 맞아요, 그때였어요. 부스스한 머리에 운동복 차림이어서 인상이 전혀 달랐어요. 하지만 틀림없어요. 이 오싹할 정도로 예쁜 얼굴은……. 이 사람이 틀림없어요."

"고바야시 쇼타라는 것도 가명일까……."

중얼거리는 듯한 낮은 목소리로 여사가 그렇게 말했을 때, 히나코는 똑똑히, 신경 쓰이던 '뭔가'의 정체를 깨달았다.

—손님, 여기서는 흡연이……

—아, 죄송합니다. 금방 나갈게요.

—규칙, 이라, 서요…….

말 더듬는 소리?

히나코는 이력서를 여사에게 쥐어주고, 수사 수첩을 꺼냈다. 페이지를 넘기다가 야구배트 일러스트를 보자마자, 머릿속에서 감별 비디오의 대화가 재생되었다.

—도망치려, 고, 해서, 더 때렸어요. 손가락이 부러진 것을 알고서, 흥분, 해서, 더 때렸어요. 몇 번이고, 몇 번이고, 몇 번이고

몇 번이고 몇 번이고……

"말 더듬는 소리에요!"

"뭐?"

"고바야시 쇼타와 오토모 쇼. 두 사람의 더듬는 소리가 같아요. 마지막 날 밤에 히토미가 전화를 걸어왔을 때, 그 애는 담배를 피우고 있다가 등 뒤에서 흡연에 대해 주의를 주는 점원 목소리를 들었어요. 처음에는 온화했지만 히토미가 말을 듣지 않자, 점원의 목소리에 점점 말 더듬는 소리가 섞였어요. 그것이 감별 비디오에서 들었던 오토모 쇼의 것과 똑같았어요. 그때 오토모는 '아무리 얼굴이 잘생겨도, 서지 않는 남자는 남자가 아니다'라고 어머니에게 비난을 듣고 격앙했다고 말했죠. 요컨대 오토모도 아주 잘생긴 소년이었던 게 아닐까요?"

"말 더듬는 소리라……."

여사는 불이 붙지 않은 담배를 입에 물었다.

"흥분했을 때 말 더듬는 소리를 내는 것도 행동장애라고 말하지 못할 것도 없어. 이제부터 어떡할 거지? 하야사카 마사오미의 클리닉을 조사하겠어?"

"네. 그리고 오토모 쇼, 혹은 고바야시 쇼타의 행방을 추적하겠어요."

히나코가 고개를 숙이고 헤어질 때, 사신여사가 엄지를 세워 보였다.

"디저트와 꽃다발, 친구에게 잘 전해진 모양이네."

제4장

—

몬스터

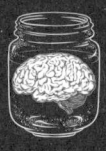

하야사카 마사오미는 원장실에 백열전구를 가지고 들어와 소켓에 연결하고, 환자가 드러누울 수 있는 장의자 위에 매달아 놓은 뒤 생각에 잠긴 듯 고개를 기울였다. 그러고는 책상의 내선 전화를 눌러 먼저 접수처를 호출했다.

"네."

"D실의 나카지마 군의 진료가 비어 있는지 확인해주게."

"알겠습니다. 잠시만 기다려주세요."

접수 직원은 그렇게 말하고, 몇 초 뒤에 다시 말했다.

"조금 전에 클라이언트가 돌아가셔서, 두 시간 정도 빌 예정입니다. 다음 진료는 오후 5시부터입니다."

"그런가. 고맙네."

하야사카 원장은 내선 전화의 D를 눌렀다.

"나카지마입니다."

"접수 쪽에 물어보니 두 시간이 빈다고 들었네. 늦어지고 있던 슈퍼비전의 시간을 잡으려는데, 어떤가?"

팔락팔락 서류를 정리하는 소리가 들리더니, 다모쓰의 대답이 돌아왔다.

"감사합니다. 카운슬링 기록을 가지고 바로 찾아뵙겠습니다."

몇 분 후, 다모쓰는 파일을 안고 원장실에 들어섰다.

D실보다 훨씬 넓은 원장실 겸 진찰실에서, 하야사카는 온화한 미소를 지으며 서 있었다. 다모쓰가 꼭 끌어안듯이 파일을 가지고 온 것을 본 하야사카는 조용히 물었다.

"그 뒤에는 어떤가?"

"성과가 나오고 있다고는 말하기 어렵습니다."

다모쓰는 가지고 있던 파일을 하야사카에게 건넸다. 하야사카는 파일을 펼치면서 응접용 의자에 앉았다. 그리고 다모쓰도 맞은편에 앉으라고 재촉했다.

"아무리 기다려도 클라이언트의 개성이 전혀 나오지 않는다라……."

"제 쪽도 슬슬 한계에 도달해 있습니다. 대부분의 경우, 그 사람은 '딱히'라고밖에 말하지 않습니다."

"그렇지는 않을 거야. 다른 이야기는 하지 않나?"

하야사카는 파일을 뒤적였다.

"……말하는 것은 같은 질문을 받을 때뿐입니다."

"어머니에 대해서인가?"

"네……."

다모쓰는 눈을 돌리며 바닥을 바라보았다.

"수다스럽게 말하던가?"

"네. 이상할 정도로."

"……말 더듬는 소리는? 내던가?"

"그때만, 냅니다."

"흠."

하야사카는 파일을 덮고 몸을 앞으로 내밀었다.

"어떤가, 나카지마 군. 아이템을 사용해보는 건?"

"네?"

하야사카는 자리에서 일어나 코너로 이동하고는, 실내의 분위기와 전혀 어울리지 않는 백열전구를 가리켰다.

"저번에 형사가 왔었잖아? 그때 뭔가 계기가 되어서 범죄 심리를 유발하는 일이 있느냐는 질문을 하더군. 그 말을 듣고 문득 떠올랐는데, 이거 말이야."

하야사카가 스위치를 켜자 백열전구에 옛날 느낌의 불빛이 들어왔다. 다모쓰는 약간 안색이 나빠지면서 안경을 벗고 눈을 눌렀다.

"실례했군. 너무 밝았나?"

"아뇨, 그런 건 아닙니다. 괜찮습니다."

"다음번에 오토모 군에게 이걸 사용해보면 어떨까 해서 말이야."

"어째서요? 범죄 심리를 유발하기 위해서입니까?"

"그런 게 아니야. 정반대지. 그 친구가 말하지 않았던가? 어머니와 살았던 연립주택에는 거실에 백열전구가 하나 있었을 뿐이라고 말이야. 부모로부터 방치당했던 오토모 군은 유아기 때부터 전구의 조명에 의지해서 홀로 밤을 보내왔어. 요컨대 백열전구는 오토모 군의 유년기 체험을 상징하는 아이템이지. 그 친구가 '형광등 베이비'였다는 점에 미루어 봐도, 유도최면의 아이템으로서 이 조명이 최적이라고 생각하는데 말이야. 나는 이것이 계기가 되어서 유아기로의 퇴행최면이 자연스럽게 이루어지지 않을까 생각해. 기억을 유발할 수만 있다면, 그 시기에 결여되었던 체험기억을 보완하기 용이해지니까."

"원장님……."

다모쓰는 괴로운 듯 입술을 떨었다.

"그 사람은 갱생 중인 걸까요? 정말로, 갱생……한 걸까요?"

"왜 갑자기 약한 소리인가. 천재인 자네답지 않아."

다모쓰는 백열전구에서 눈을 돌리고, 두 무릎에 팔꿈치를 얹고서 고개를 숙였다.

"아무래도 저는 그 사람에게 신뢰받지 못하는 것 같습니다. 원장님이 그 사람의 보호관찰을 맡고 계시니까 어쩔 수 없이 이곳에 다니는 것뿐이라는 느낌이 듭니다. 애초에 그 사람은 낫고 싶다고도, 자신이 이상하다고도 생각하지 않는 게 아닐까요?"

"잠입이 잘 안 되고 있나?"

"그 반대입니다. 그 사람의 심층심리에 잠입하면 할수록, 그곳에 아무것도 없다는 걸 알 수 있습니다. 정말로 아무것도 없습니다. 죄책감도, 후회도, 자기애조차도…… 아무것도 없어요."

하야사카는 다모쓰의 어깨를 두드리고서 옆에 앉았다.

"많이 지친 모양이군. 하지만 마음이 없는 인간 같은 게 있을 리 없어, 나카지마 군. 애초에 잠입은 자네처럼 타인에게 깊이 감정이입할 수 있는 인간만 가능해. 하지만 그렇기에 이것은 고통스러운 치료법이지. 이미 그렇게 말하지 않았던가? 그렇지만 자네는 그 친구 같은 소년이 다시는 범죄를 저지르는 일이 없도록, 근본적 치료에 대해 연구하고 싶다고 말했어."

"그 마음은 지금도 변함없습니다."

다모쓰는 고개를 들지 않고 말했다. 괴로워하는 듯한 목소리였다.

"그렇군. 그리고 나는 그 사람들 자신을 구원하는 것이야말로 문제의 해결이 될 거라고 말했지. 그 친구는 갱생했어, 그렇지 않나? 이 병원에도 빠지지 않고 잘 다니고 있고, 스스로 일을 하며 자기 힘으로 생활이 가능해. 범죄도, 폭력도, 지금은 전혀 없어. 남은 것은 태어나서 한 번도 누군가에게 사랑받은 적이 없다는, 그 친구의 심층심리 속에 있는 어두운 부분을 메워줄 수만 있다면, 그 친구는 더 이상……."

"원장님……, 하지만 불가능합니다."

다모쓰는 고개를 숙인 채 무릎 사이에 머리를 묻었다.

"백열전구는, 저에게는 무리입니다. 말씀드리지 않았습니다만, 5년 전…… 그 현장에 그것이 있었습니다. 싫어도 기억이 나

버립니다. 그래서 상대가 누구인가는 상관없이……, 저는 백열전구를 아이템으로 사용해서 평정을 유지하며 진찰하는 것이 어렵습니다."

"……그랬었나……. 그건 몰랐군."

하야사카는 한순간 입을 다물었다가, 다모쓰의 등을 부드럽게 두드리고는 머리를 감싸 안은 다모쓰의 손가락에서 빛나는 반지를 내려다보았다.

"음, '라이너스의 담요'에도 그 정도까지의 힘은 없는 건가……. 알았네. 그렇다면 다음 진료는 내 쪽에서 접수하도록 하지. 그 친구가 자네를 어떻게 생각하고 있는지도, 넌지시 물어볼게. 한동안은 내가 그 친구를 담당해도 괜찮아. 잠입 때를 빼고 말이야."

"죄송합니다."

"밤에는 제대로 자고 있나? 조금 더 강한 수면제를 처방해줄까?"

"부탁드립니다."

하야사카는 자리에서 일어나 백열전구를 정리하더니, 블라인드를 닫고 간접조명을 켰다.

"그러면 시간을 최대한 아끼기 위해 지금 바로 자네를 진찰하도록 하지."

다모쓰는 하야사카가 시키는 대로 일어서서는, 진찰용 장의자로 이동했다.

그날 밤, 퇴근길 인파가 줄어들기 시작한 하치오지 역에 다모쓰가 내려섰다. 번화가를 오가는 인파에 섞여 걷다가, 작은 꽃집 앞에 발을 멈추고 이름도 모르는 연홍색 꽃을 한 송이 샀다. 말라붙은 잎사귀가 떨어져버린 가로수는, 어디나 크리스마스의 화려한 조명으로 반짝이고 있었다. 올해도 얼마 남지 않았다는 것을 느낀 다모쓰는 마음속으로 '내년에는 시험에 합격해야 할 텐데'라고 중얼거렸다. 스마트폰의 지도 애플리케이션의 안내를 받으며 후나모리 공원으로 향한 것은, 도도 형사의 친구였던 여자 경찰관의 죽음을 추도하기 위해서였다. 공원은 주택가 한 구석에 있었는데, 그 옆에는 보육원이 있었다. 사건 당일 밤, 그곳에는 하수도 공사가 진행 중이었고, 공사용 가벽 안쪽에서 살인사건이 일어났다고 들었다.

공원에 도착해보니 하수도 공사는 이미 끝나 있었다. 그네 뒤편의 화단에는 꽃다발과 음료수와 불이 꺼진 구부러진 향초가 놓여 있었다. 어린아이가 바친 듯한 종이학도 그 앞에 놓여 있었다.

사람이 죽은 장소는 언제나 쓸쓸하다. 그 쓸쓸함이 끝나기 위해서는, 많은 사람들이 꿋꿋하게 같은 장소를 계속 밟고 다지며 살아갈 수밖에 없다. 사람들의 에너지가 슬픔을 감싸서 승화시켜버릴 때까지, 열심히 힘차게 살아갈 수밖에 없는 것이다. 다모쓰는 종이학 옆에 꽃을 놓고는, 쪼그려 앉아 두 손을 모았다.

콧물을 훌쩍이면서 일어선 다모쓰가 공원을 나갈 때, 편의점 봉투를 든 젊은 여성과 지나쳤다.

그녀는 몇 걸음 걸어가다가 뒤돌아서더니 "노비 선생님?"이라며 말을 걸었다.

"저예요. 하치오지 니시 경찰서의 도도입니다."

정면으로 마주서고 보니 다모쓰 쪽이 머리 하나 정도 컸다. 두 사람은 함께 공원으로 돌아가서, 가로등 불빛에 꽃다발이 새하얗게 떠오른 것처럼 보이는 장소에 나란히 쪼그려 앉았다. 히나코는 편의점 봉투에서 생수를 꺼내서 꽃다발 앞에 나란히 놓고 합장한 뒤, 오래된 음료수를 회수했다.

"히토미는 음료수로 물만 마셨어요. 살이 찐다면서."

히나코는 다모쓰에게 그렇게 말하고, 분홍색 꽃다발에 눈길을 떨어뜨렸다.

"꽃을 가져다주셨군요."

다모쓰는 겸연쩍다는 듯 머리를 긁었다.

"꽃집에 가자마자 눈에 들어온 꽃을 샀습니다. 그런데 가만히 생각해보니, 고인에게 바칠 꽃은 하얀색이 좋았을 거라는 생각이 이제야 드네요."

"아뇨. 히토미는 핑크색을 좋아했어요. 그러니까 분명 기뻐할 거예요. 감사합니다."

"도도 씨는 여기에 매일 물을 공양하러 오시는 겁니까?"

"후나모리 공원을 지날 때는 되도록 들려요. 온 김에 수사의 진척 상황도 전하고요. 범인을 체포할 때까지는 계속할 생각입니다……. 사건이 해결되고 나면 히토미의 묘에 찾아갈 생각이에요."

"그러십니까……."

다모쓰가 슬픈 듯이 대답하자마자, 누군가의 배에서 꾸르륵 소리가 요란하게 울렸다. 두 사람은 황급히 각자의 배를 눌렀다.

"아차차……."

"아뇨, 제 배에서 난 소린지도 몰라요."

둘은 함께 역 앞의 라면집에 들어갔다. 기름으로 끈적끈적한 테이블에 마주앉자마자 히나코는 다모쓰에게 물었다.

"이런 일도 다 있네요. 실은 내일이라도 연락을 드려야겠다고 생각하던 참이었거든요."

"저에게요?"

"네, 그리고 원장 선생님께도. 봐주셨으면 하는 사진이 있거든요."

"사진인가요?"

다모쓰는 내일 예약을 확인했다.

"내일은 저녁이라면 비어 있습니다. 원장 선생님은 그 시간에 교정 업무가 있으니, 두 사람 모두 예약이 비어 있는 날은……, 이번 주에는 없겠군요."

"그렇다면 노비 선생님 먼저 뵙기로 하죠. 내일 저녁에 클리닉에 찾아가도 괜찮을까요?"

"5시……, 아니, 카운슬링이 길어질 수도 있으니 6시 반은 어떨까요?"

히나코는 수첩을 꺼내서 안경 그림을 그리고, '6시 반'이라고 적었다. 수첩에는 여전히 그림 낙서만이 잔뜩 늘어서 있었다.

"전에도 생각했습니다만, 도도 씨의 수첩은 참 재미있네요. '오후 6시 반, 하야사카 멘탈 클리닉'이라고 적지 않으시는군요?"

"저는 머리 회전이 느려서, 나중에 '앗!' 하고 떠오르는 경우가 많아요. 그래서 들은 것을 전부 메모해두고 싶은데, 속기라도 하지 않으면 전부는 무리잖아요? 그래서 이야기 중에서 가장 중요한 것만 그림으로 그려요. 그 그림을 보기만 해도 대화의 세부 내용까지 기억해낼 수 있거든요. 보잘것없지만 제 특기예요."

"재밌네요. 오리지널 속기법이군요."

"이것도 뇌내 스위치 중 하나일까요? 선생님이 요전에 이야기해주신 것처럼?"

"그럴 수도 있겠네요. 뇌내 스위치라……, 재미있는 표현이네요. 이해하기도 쉽고. 아직 널리 알려져 있지는 않지만, 인간의 뇌에는 그런 스위치가 몇 개나 있습니다. 도도 씨가 그림을 보고 대화를 떠올릴 수 있는 것도 마찬가지 경우죠. 도도 씨는 언어기억에 관한 스위치가 그곳에 있는 셈이지요."

"예전에 선생님은 대학에서 방치와 뇌의 관계에 대해서 연구하셨다고 말씀하셨죠. 그 연구는 하야사카 원장 선생님과 함께 하셨던 게 아닌가요?"

다모쓰는 찬물을 손에 들고 꿀꺽 마셨다.

"어라, 그런 이야기까지 했던가요? 뭐, 그렇습니다."

"원장 선생님이 같은 고등학교의 대선배였고, 대학에 갓 입학했을 무렵에 형광등 베이비였던 소년의 비디오를 보게 되어 전율하셨다고 하셨죠. 그 아이 같은 소년을 만들어서는 안 된다는 생각에 뇌 연구를 시작하셨다고 말씀하셨습니다."

"그런 이야기까지……, 했었네요."

다모쓰가 머리를 긁적일 때, 히나코는 다모쓰가 낀 투박한 반지가 눈에 들어왔다. 그 순간 주문한 라면이 나왔다. 파 기름의 고소한 냄새가 콧구멍을 간질이자, 히나코는 자기도 모르게 군침을 삼켰다.

"선생님, 불기 전에 드시지 않겠어요?"

"네. 찬성입니다."

둘은 맛있다는 듯 서로 얼굴을 마주보고 고개를 끄덕이면서 정신없이 라면을 먹었다. 다모쓰의 오른손에 낀 굵은 반지는 나무젓가락을 집는 데 불편해 보였다.

"그 반지요."

"네?"

히나코는 시선으로 다모쓰의 반지를 가리켰다.

"특이한 디자인이네요."

"아, 이거 말입니까."

다모쓰는 어울리지 않는 반지를 부끄럽다는 듯 안쪽으로 돌리고, 사발을 들어서 국물을 마셨다.

"제 '라이너스의 담요'입니다."

"라이너스의 담요? 라이너스라면 혹시 스누피 만화에 등장하는 철학자 소년?"

"네. 라이너스는 항상 담요를 가지고 다니지 않습니까? 담요가 마음의 안정을 가져다주죠. 그것과 마찬가지입니다."

"이해가 잘 안 되네요. 부적 같은 물건이란 말씀인가요?"

"음. 뭐……, 비슷합니다. 정신안정제라고 해야 할지……."

다모쓰는 애매하게 대답하고서 다시 묵묵히 라면을 먹기 시작했다. 계산을 마치고 가게를 나선 두 사람은 반짝이는 조명 아래를 나란히 걸었다.

"도도 씨는 왜 형사가 되셨습니까?"

오토모 쇼에 대해 물어볼까 생각하던 히나코에게, 다모쓰가 먼저 질문을 던졌다. 라면을 먹느라 땀이 밴 피부에 늦가을 바람이 기분 좋게 불고 지나갔다.

"어머니가 형사 드라마를 좋아하셔서요……."

"네? 그런 이유로요?"

히나코는 주머니에서 양념통을 뒤적거리면서 고개를 숙이고 쿡 웃었다.

"네. 사실은 그런 이유예요. 드라마에는 대개 여자 형사가 나오잖아요? 그걸 보고 '히나코, 형사가 좋겠다, 멋지잖니'라고 하셔서……."

"확실히 멋지긴 하죠."

"실제는 전혀 아니에요."

히나코는 다모쓰를 올려다보았다.

"형사과는 일도 힘든데다 서류 업무도 많아서, 대개 체력 좋은 젊은 여자가 한 명 정도 배속되어 있어요. 사무원이라고 할지, 잡무 담당이라고 할지, 그런 느낌으로."

"그런가요? 그러면 현장 업무가 아니라 사무직이신가요?"

"그렇기는 하지만, 일선에서 열심히 일하는 여자 형사도 많이 있어요. 저는 동성으로서 성범죄 피해자에게 가까이 다가갈 수 있는 형사가 되고 싶다고 생각은 하고 있어요."

"어쨌든 도도 씨가 형사의 꿈을 이루어서 어머니가 기뻐하셨겠네요."

히나코는 두 손을 주머니에 찔러 넣었다.

"어머니는 좀 특이한 분이셨어요. 천진난만하다고 해야 할까, 어떤 때라도 웃을 수 있는 분이었죠. '대부분의 일은 살아만 있으면 별것 아니게 된다'라는 말을 입버릇처럼 달고 사셨는데……."

다모쓰는 살짝 걷는 속도를 늦췄다.

"과거형이네요?"

"제가 경찰관이 되던 해에 돌아가셨어요."

히나코는 고개를 들고서 씩 웃었다.

"몸이 약하셨거든요. 하지만 우리 어머니를 봤을 때 누구도 그런 생각은 하지 않았을 거예요. 누구보다 힘이 넘치고, 누구보다도 밝고, 시원시원하게 말하고, 잘 웃는 사람이었죠. 하치오지 니시 경찰서에 배속되는 것이 결정되었을 때, 선물을 줄 테니 받으러 오라고 메일을 보내시더라고요. 바쁘니까 우편으로 보내라고 했더니, 무슨 일이 있더라도 직접 오라는 거예요. 그래서 심야버스를 타고 돌아갔더니, 나가노 역까지 마중을 나오셔서는……, 이걸 주시는 거 있죠?"

히나코는 주머니에서 젠코지 고추양념통을 꺼냈다.

"도도 씨는 나가노 현 출신이군요……. 귀여운 통이네요. 고추양념?"

다모쓰는 그것을 손에 들고서 '가라! 히나코!'라고 적힌 글자를 보았다.

"어라. 메시지가 적혀 있네요."

"이 양념은 젠코지 문 앞의 야와타야이소고로 본점에서 파는 건데, 나가노 쪽에서는 식탁의 단골 양념이에요. 그 지역에 살 무렵에는 특별할 것도 없었지만, 도쿄에 와서 슈퍼마켓의 고추양념을 사서 먹어보니, 어쩐지 고향의 맛하고는 좀 다르더라고요. 언젠가 그런 이야기를 했던 것을 기억하고, 어머니가 이름까지 넣어서 선물로 주셨던 거예요."

"가라, 히나코……라고 말이죠."

"어머니다운 말이죠. ……그 뒤에는 진짜 너무하더라고요. 그걸 건네주신 뒤에, 그대로 나가노 역에서 야간열차를 타고 도쿄로 돌아가라는 거예요."

"네에?"

"갓 만든 도시락을 들려주시면서 신참 경관은 일을 빼먹으면 안 된다고. 너무하죠?"

"어쩐지, 대단한 분이신 것 같네요."

"지금도 자주 생각나요. 도시락엔 연어주먹밥에 문어소시지, 계란구이하고 토란찜이 들어 있었어요. 그리고 단무지까지. 다음 날 아버지에게 전화가 왔는데, 어머니는 말기 췌장암이고 앞으로 두 달 정도 남으셨다는 말을 들었어요. 저에게 전별 선물로 뭐가 좋을까 몹시 고민한 끝에 제가 건강하게 태어난 땅의, 가장 오래된 가게의 고추양념으로 결정하셨던 모양이에요."

다모쓰는 "킁" 하고 코를 훌쩍였다.

"마지막까지 밝으셨어요. 몸이 야위기 시작하니까 이건 찬스라면서 유명인물 코스프레를 하고는, 그걸 사진으로 찍어서 휴대전화로 보내더라고요. 처음에는 마릴린 먼로였고, 다음번에는 아야나미 레이였고, 마지막이 〈은하철도 999〉의 메텔이었어요. 간호사나 의사 선생님과도 같이 사진을 찍었는데, 모두 웃는 얼굴이었죠."

다모쓰는 흐르는 눈물을 닦지도 않고, 소중한 것을 내밀듯 조심스레 양념통을 히나코에게 돌려주었다.

"살아계셨을 때 뵈었더라면 저는 어머님의 팬이 되었을지도 모르겠네요."

"누구라도 그렇게 돼요. 어머니 같은 사람과 만나면."

그리운 듯 눈을 가느다랗게 뜨며, 히나코는 다모쓰에게 양념통을 받아들고 미소 지었다. 어머니를 떠올리면 슬픔보다 따스함이 더 강하게 느껴진다. 그것은 어머니가 올바르게 인생을 마쳤기 때문이라고 히나코는 생각했다. 그리고 눈물과 콧물을 호쾌하게 훌쩍이는 다모쓰 같은 사람과 함께, 왠지 모르게 이대로 언제까지나 걷고 싶은 기분이 들었다.

"어째서일까요. 저……, 어머니 이야기를 처음 했어요. 도쿄에 와서, 처음으로……."

다모쓰는 아무런 대답도 하지 않고, 천천히 히나코의 발걸음에 맞춰 계속 걸었다. 히토미의 현장에서 회수한 무거운 음료수 봉투도, 어느샌가 다모쓰가 들고 있었다.

크리스마스 조명이 끊어진 곳에서 히나코는 천천히 발걸음을 멈추었다. 편의점에서 흘러나오는 불빛 너머로 가로등만이 켜진 주택가가 보였다. 다모쓰는 히나코를 돌아보았다.

"안전한 곳까지 바래다드릴까 하는데 괜찮을까요?"

"감사합니다. 하지만 아쉽게도 제가 사는 연립이 바로 요 뒤편이에요."

그 말에 거짓은 없었다. 어머니에 대해 함께 이야기했기 때문일까, 최근의 하루하루가 너무나도 살벌했기 때문일까. 다모쓰의 온화함과 따스함이 너무나 편안해서, 히나코는 헤어지는 것이 싫은 마음이었다.

"그렇습니까? 그렇다면 여기서……."

다모쓰는 왠지 모르게 부끄러워하면서 음료수 봉투를 내밀었다. 막상 그 행동을 보자, 히나코는 갑자기 불안함을 느꼈다. 마치 이제부터 빛도 없는 어둠 속을 혼자 나아가라고, 다모쓰에게 들은 듯한 느낌이었다.

사신여사의 밀크 초콜릿이나 간 씨의 페퍼민트 껌처럼, 다모쓰가 좋아하는 것을 알고 있었으면 좋았을 텐데. 그러면 저기 편의점에 들러 조촐한 감사의 선물을 건넬 수 있는 잠깐이라도, 이 남자와 같이 있을 수 있었을 텐데…….

히나코는 문득 D진찰실에서 봤던 책상의 작은 액자를 떠올렸다. 장식된 것은 사진이 아니라 작은 핑크색 종이였다. 그것은, 그렇다! 그건 딸기 캔디 포장지였다.

"아, 그렇지. 선생님, 잠깐만 여기서 기다려주실 수 있을까요?"

히나코는 다모쓰를 남기고 편의점으로 뛰어 들어가서 과자 코너로 직행했다. 캔디 선반에서 같은 포장지의 딸기 캔디를 발견하고는 부리나케 두 봉지를 사 들고, 허겁지겁 다모쓰 곁으로 돌아왔다.

"오래 기다리셨죠? 이거 받으세요."

히나코는 음료수 봉투와 맞바꾸듯 캔디가 든 편의점 봉투를 건넸다.

"어, 이게 뭔가요?"

"스트로베리 캔디예요. 집까지 바래다주신 답례로."

그런데 봉투 속을 들여다본 다모쓰의 얼굴에서 순간적으로 미소가 사라지더니, 봉투를 든 손이 떨리기 시작했다. 그는 독을 마신 것처럼 얼굴이 창백해지며 편의점 봉투를 떨어뜨리고, 두 손으로 입을 누르며 보도에 웅크리고서 요란하게 라면을 토하기 시작했다.

"선생님!"

히나코는 무슨 일이 일어났는지 알 수 없었다. 다모쓰는 두 번, 세 번 계속해서 토했다. 등을 토닥여주려 다가온 히나코를 떠미는가 싶더니, 갑자기 무릎을 꿇은 채로 하늘을 올려다보며 짐승처럼 포효했다. 튀어나올 듯 크게 벌어진 두 눈이 가로등 불빛에 형형히 빛난다. 허공의 한 점을 응시하면서도, 아무것도 보지 않는 듯한 눈빛이다. 한밤중의 주택가에 울려 퍼지는 절규는, 겨울 밤하늘을 진동시킬 정도로 무시무시하면서 동시에 슬펐다. 너무나도 놀라운 광경에 히나코는 그 자리에서 얼어붙었다.

곧바로 편의점 직원들이 뛰어나왔다.

"무슨 일이십니까?"

"아무것도 아니에요."

히나코는 다모쓰를 등 뒤에서 끌어안으면서 "정신 차리세요!"라고 애원했다.

소리치는 다모쓰의 몸이 무시무시하게 떨리기 시작했다. 마치 저체온증 말기 증상 같았다.

"구급차를 부를까요?"

편의점 직원이 다시 물었다.

"부탁드립니다." "그만둬!"

히나코와 다모쓰가 동시에 외쳤다.

다모쓰는 갑자기 소리치기를 멈추더니, 흐트러진 머리카락 사이로 점원을 올려다보았다. 그러자 점원은 몸을 움츠리면서 뒤로 물러서더니, 도망치듯 편의점 안으로 돌아갔다.

"……구급차는 필요 없습니다. 이젠, 괜찮습니다."

토사물 옆에서 고개를 숙인 채로, 다모쓰는 숨을 몰아쉬면서 사과했다.

"놀라게 해서……, 죄송합니다."

"괜찮습니다. 하지만 안색이 너무 안 좋아요. 정말로 구급차를 부르지 않아도 괜찮을까요?"

"걱정하지 마세요. 이젠 괜찮으니까요."

비틀거리며 일어서는 다모쓰를 부축하자, 떨림이 곧바로 전해져왔다. 그 몸은 아직도 파르르 경련 중이었다. 전혀 괜찮지 않다. 점원들은 청소 도구를 가지고 나와서 두 사람을 조금 떨어진 곳에서 바라보고 있었다. 히나코는 다모쓰를 안은 채로 하늘로 이어진 가로등 기둥을 올려다보고 있었다.

잠시 후, 청소를 시작하는 점원들에게 꾸벅 인사를 하고서, 히나코는 다모쓰를 데리고 자기가 사는 연립주택으로 도망치듯 들어갔다. 이미 전철 막차 시간이 임박해 있었다.

히나코는 더러워진 코트를 세면대에서 씻고 에어컨 바람이 닿는 장소에 펼쳤다. 거실에 들어온 다모쓰는 두 눈을 질끈 감은 채, 속이 안 좋다는 듯 엎드려 있었다. 처음 보는 다모쓰의 초췌한 모습이었다.

뜨거운 코코아로 할까, 차로 할까. 망설인 끝에 히나코는 따끈한 물에 설탕을 타서 거실의 다모쓰 곁으로 가지고 갔다.

"좀 괜찮으신가요? 이거, 마실 수 있으시겠어요?"

다모쓰는 묵묵히 고개를 숙였다.

"라면이 안 좋았던 걸까요. 저도 같은 라면을 먹었는데······."

"그런 게 아닙니다."

다모쓰는 히나코의 따뜻한 물을 받아들고 마셨다.

"맛있군요······. 이거 뭔가요?"

희미한 미소를 짓는 다모쓰를 보고, 이제 괜찮다고 히나코는 생각했다. 조금 전까지의 다모쓰는 마치 히나코가 모르는 다모쓰 같았지만.

"그냥 설탕물이에요. 간단한 편이 좋지 않을까 해서."

"설탕물이라니, 설탕하고 따뜻한 물뿐?"

히나코는 고개를 끄덕였다.

"그것만으로도 이렇게 맛있을 수 있군요······?"

"물을 펄펄 끓여서 석회분을 날려버리는 게 요령이에요. 감기에 걸렸을 때, 어머니가 자주 만들어주셨어요."

고요한 방 안에서 다모쓰가 설탕물 마시는 소리만이 들린다. 히나코가 자기도 설탕물을 만들어 마시려고 일어서자, "도도 씨"라며 다모쓰가 시선으로 따라왔다.

"캔디……, 고맙습니다."

어리석게도 가슴이 두근거렸다. 스웨터를 입은 다모쓰가 내 방에 있고, 자기가 만든 음료를 마신다. 그 좁은 공간이 따스하고 멋지게 느껴진다. 히나코는 보글보글 물 끓는 소리를 들으면서, 히토미의 현장에서 회수한 음료수들을 정리했다. 사람들이 선의로 공양해준 캔 커피나 주스를 개수대에 버리고 빈 캔을 씻었다.

"그것들을 어떻게 하나 했는데, 마시지 않고 그냥 버리는군요."

등 뒤에서 다모쓰의 목소리가 들렸다. 어느새 평소의 목소리로 돌아와 있었다.

"사실은 어떻게 해야 할지 모르겠더라고요. 내용물에 장난을 치는 경우도 있으니 마셔서는 안 된다는 말을 감식과 쪽 사람에게 들어서……. 선의를 의심하기는 싫고, 만약 마셨다가 무슨 일이라도 생기면 안 될 것 같아서요. 그래서 이건 히토미가 마시고 남긴 거라고 생각하기로 했어요. 생수 같은 건 나무에게 주고 있지만요."

히나코는 다모쓰의 옆을 지나서, 거실에 놓인 관목 화분에 생수를 부었다. 마실 것을 처분할 때마다, 히나코는 항상 히토미가 이제 없다는 사실을 뼈저리게 느낀다.

"어쩐지 슬프군요."

다모쓰는 그렇게 말하며 반쯤 마른 코트를 끌어와서, 히나코가 준 캔디 봉투를 감쌌다.

"아직 마르지 않았는데요."

"네. 하지만 택시를 타고 갈 거니까 코트를 안 입어도 괜찮습니다. 이대로 가지고 가겠습니다. 막차도 끊긴 모양이고요."

"괜찮다면 하루 묵고 가세요. 아, 결코 이상한 의미는 아니에요."

그렇게 말하면서 히나코는 가로막듯 손을 내저었다.

"하치오지는 도내에 비해 외진 곳이라 택시가 잘 안 잡혀요. 그렇다기보다……, 저를 위해 하루 묵고 가주셨으면 해요……. 방에 인기척이 있으면 이렇게 안심이 되는구나 하는 생각이 들어서요. 죄송해요……. 이런 거, 실은 저……, 혼자일 땐 마음이 한계에 이르는 것 같아서……."

다모쓰는 안타까운 시선으로 히나코를 보았다. 히나코는 억지로 미소를 지으면서 말을 이었다.

"방이 하나 더 있으니 저는 그쪽을 쓸게요. 그리고 선생님, 안색이 정말 안 좋아요. 손도 아직 떨리고 있죠? 찬바람에 코트 없이 귀가하시는 건 몸에도 안 좋아요."

다모쓰는 코트를 쥔 자기 손을 내려다보고, 손이 심하게 떨리는 것에 놀란 눈치였다. 황급히 다른 손으로 눌렀지만, 누른 손도 떨리기 시작해서 그는 코트째로 바닥에 캔디를 떨어뜨렸다.

"역시 감기일까요? 설마 인플루엔자라든가……."

걱정스런 눈빛으로 히나코는 다모쓰의 이마를 짚었다. 식은 땀으로 젖은 피부에 열은 느껴지지 않았다.

"다행이네요. 열은 없는 것 같아요."

다모쓰는 히나코의 맑은 얼굴을 본 순간, 그대로 끌어안고 싶어져서 도망치듯 황급히 바닥에 앉았다.

"병이 아닙니다. 아니…… 역시, 병일까요……."

에어컨의 바람이 커튼을 흔들고 있었다. 온화한 빛 조명이 거실을 은은히 비추고 있었다. 히나코는 다모쓰의 정면으로 와서, 동그란 검은 테 안경 안쪽에서 맑은 눈동자가 불안하게 흔들리는 걸 가만히 바라보았다.

"저……, 선배를 동경해서 감별관이 되고 싶었다고 말씀드렸던가요?"

다모쓰의 말에 히나코는 조용히 고개를 끄덕였다.

"저는, 원래 심리학 전공이 아니었습니다. 전혀 다른 분야에 있었습니다만……. 모든 것은 선배가 보여준 그 비디오가 시작이었습니다. 선배는 그 애 같은 소년들을 구하고 싶다고 말했습니다. 저도 같은 마음이었죠. 지금 와서 생각하면, 저는 정말 아무것도 몰랐습니다. 마치 텔레비전에 나오는 히어로를 동경하는 어린애 같았다고나 할까요. 선배가 이상적으로 생각하던 계획에 경도되어, 그 사람들을 반드시 구할 수 있을 거라고, 힘이 될 수 있을 거라고 진심으로 생각했습니다. 하지만 선배의 연구에는 윤리적 부조리가 있어서……."

히나코는 사신여사에게서 입수한 연구 리포트 내용을 머릿속에서 반추했다. 다모쓰가 정직하게 이야기해주는 게 기뻤다. 하지만 자신이 알고 있다는 사실에 대해서는 입을 다물었다.

"결론부터 말하면, 저희가 하려고 했던 일은 그리 간단한 일이 아니었습니다. 결국 우리는 지금 전혀 다른 방법으로, 카운슬링과 퇴행최면을 통해서 같은 성과를 얻으려고 모색하는 중입니다. 처음에 만났을 때에 이야기했던가요? 사랑받은 적이 없는 아이들에게 사랑받을 가치가 있다고 전하고 싶습니다. 그것이 성과를 거둔다면 그 소년도, 도도 씨처럼 안정된 정신 상태를 유지할 수 있었을 텐데요."

"저요?"

"그렇습니다."

다모쓰는 하얀 이를 보였다.

"도도 씨에게는 사랑받은 기억이 제대로 있으니까요. 그런 사람은 자신을 소중히 여기고, 다른 사람도 소중히 대할 수 있습니다."

다모쓰의 목소리와 말투에는, 돌아가신 어머니가 곁에 있는 듯한 편안함이 느껴졌다. 그가 말하는 것처럼, 만약 미야하라나 사메지마 같은 사람들이 타인을 소중히 할 수 있는 마음을 가질 수 있게 된다면 어떨까. 그런 끔찍한 범죄가 두 번 다시 일어나지 않을까.

"그 연구는 잘 진행되고 있나요?"

"글쎄요······. 지금은 암초에 부딪친 느낌일까요. 직접 뇌를 건드리는 것과는 달리, 이쪽은 오랜 시간이 걸리는 지구전이니까요."

"직접 뇌를 건드린다······니요?"

다모쓰는 시선을 이리저리 돌리다가, 가만히 왼손으로 오른손을 덮었다.

"예시입니다. 그보다 조금 전에 제가 병일지도 모른다고 말했던 건 그런 의미입니다. 사람의 머릿속에 들어가, 있지도 않은 기억을 멋대로 만들어내서 누군가의 마음을 조종하다니. 정상적인 인간이 할 생각이 아니었는지도······."

"하지만 연구 목표는 훌륭하다고 생각해요."

히나코의 말에 다모쓰는 슬픈 듯 미소 지으며 물었다.

"도도 씨도, 마음이 한계에 달했다고 말씀하셨죠? 좀 어떠신가요? 요즘엔 잘 주무시고 계신가요?"

"아뇨······별로."

다모쓰의 얼굴에 의사의 표정이 떠올랐다.

"눈을 감으면 히토미의 꿈만 꿔요. 그래서 자는 게 무서워서······, 잘 수가 없어요. 꿈에 히토미와 만나면, 아아, 잘 있었구나, 다행이다 싶지만, 그럴 때는 항상 뒷모습만 보여요. 얼굴을 보는 게 무서워요. 어느 땐 밤새 그 애의 시신을 봤던 순간이 반복되는 꿈을 꿀 때도 있어요. 전자일 때는 눈을 뜨고 나서 울게 되고, 후자일 때는 땀에 흠뻑 젖어서 일어나죠. 그런 뒤엔, ······ 뭐랄까······."

"자기혐오?"

"맞아요. 만약 그때 그렇게 했더라면, 이렇게 했더라면, 하고 지독한 자기혐오에 시달려서 떨림이 멈추지 않아요."

"설마······, 현장을 직접 보신 건가요?"

"사건이 일어난 것이 그 공원이어서, 하치오지 니시 경찰서의 관내였으니까요."

"그랬군요."

다모쓰는 주먹을 꾹 쥐었다.

"도도 씨. 만약 괜찮으시다면 개인적으로 저희 클리닉에 오세요. 야간 면담도 가능하니, 최대한 스케줄을 맞춰드리겠습니다."

히나코는 손등에 똑 떨어진 물방울에 깜짝 놀랐다. 뭔가 봤더니, 자신의 눈물이었다. 뺨을 건드리자 자기도 모르는 사이에 눈물이 줄줄 흘러넘치고 있었다. 그 모습을 보고 다모쓰는 입술을 꾹 다물었다.

"저기, 역시 오늘 하루는 신세를 지겠습니다. 여기에, 이대로도 괜찮습니다. 도도 씨, 푹 주무세요. 제가 있는 것이 안심이 되신다면, 하다못해 오늘밤만이라도 편안하게 주무세요."

눈물과 함께 콧물까지 나와서, 히나코는 황급히 티슈로 얼굴을 덮었다. 한 번 울기 시작했더니, 이제는 한계였다. 히나코는 필사적으로 목소리를 죽이며, 어깨를 떨면서 계속 울었다. 다모쓰는 두 무릎 위에 주먹을 꼭 쥐고 히나코의 작은 등을 지긋이 바라보았다.

"경찰 업무 때문에 계속된 긴장 상태여서, 마음이 비명을 지르고 있었던 것이겠지요. 자신이 생각하는 것 이상으로 무시무시한 스트레스를 받고 있었으리라 생각합니다. 안 좋은 상태입니다. 빨리 케어하는 편이 좋겠습니다."

히나코는 다모쓰의 따뜻한 위로에 큰 소리로 코를 풀고는 눈물을 닦으며 미소를 지었다.

"감사합니다."

바닥에 넓게 요를 깔고, 이불을 한 장 가져와서 거실의 다모쓰에게 잘 자라는 인사를 건넨 뒤, 히나코는 침실로 돌아와서 옷을 입은 채 침대에 누웠다.

백열전구가 깜빡이는 천장에, 오늘 밤은 히토미의 죽은 얼굴이 떠오르지 않는다. 미야하라도 사메지마도 악몽의 단골 출연자였지만, 지금의 히나코는 가슴속에 따스한 것을 품고 있어서, 그것이 그들의 무서운 모습을 쫓아내는 것만 같았다. 오늘 밤은 곁에 노비 선생님이 있다는 생각만으로도 안심이 되어서 금세 잠들 수 있었다.

……면……안……돼…….

어느 정도 잠들었을까. 히나코의 귀에 들려오는 소리가 말로 변환되면서, 문득 눈이 떠졌다.

……부……탁해, 그……만……둬.

이야기 소리가 난다. 왜지?

그런 생각 뒤에, 다모쓰가 묵고 있다는 사실을 간신히 떠올렸다. 너무 깊이 잠들어서, 상황을 파악하는 데 시간이 걸렸던 것이다. 귀를 기울여보았지만 이미 목소리는 멈추었다. 잠꼬대였나 생각할 무렵 또다시 "그만둬"라는 소리가 났다. 히나코는 살며시 일어나서, 거실과 침실을 가르는 좁은 복도를 들여다보았다. 복도에는 다모쓰의 코트가 둥글게 말린 채 놓여 있었다.

"그만둬……!"

이번에는 또렷하게 목소리가 들린다. 틀림없는 다모쓰의 목소리다.

"우와악!"

비명 소리에 히나코는 거실로 뛰어갔다. 백열전구의 붉은 조명 아래, 괴로워하는 다모쓰의 실루엣이 떠올라 있다. 히나코는 온몸에 소름이 돋았다. 왠지 그 모습이 미야하라나 사메지마가 내지른 단말마의 모습과 겹쳐 보였기 때문이었다.

"선생님, 노비 선생님!"

다모쓰는 허공을 바라보면서 아무렇게나 두 팔을 휘저었다. 착란상태에 빠진 듯 버둥거렸다. 히나코가 그의 가슴에 곧바로 달려들어 정신없이 몸을 끌어안자, 다모쓰는 상반신을 일으킨 상태로 한 손으로 머리를 누르면서 주위를 보았다. 그 눈은 눈물로 젖어 있었고, 심장은 굴러떨어지는 바위처럼 쿵쾅거렸다. 온기와 함께 다모쓰의 공포가 스며들어서, 히나코의 뇌리에는 계속해서 소름 끼치는 시신의 모습이 되살아났다. 마치 다모쓰와 둘이서 피투성이 살인 현장에 떨어져버린 것만 같았다.

"괜찮나요? 괜찮으신가요, 선생님!"

끌어안은 채로 올려다보자, 안경을 벗은 다모쓰의 눈동자가 어이없다는 듯 히나코를 바라보았다. 너무나 격한 심장 고동이 스웨터를 통해서 가슴에까지 전해졌다. 두 사람의 떨림이 뒤섞여서, 어느 쪽의 것인지조차 알 수 없었다. 히나코도 다모쓰도 겁에 질려 있었다. 모든 것이 두려웠다.

"싫어……. 이젠 싫어요. 선생님, 괜찮으신가요? 괜찮아요? ……괜찮……."

히나코의 뺨에 눈물이 타고 흐른다. 그 순간 다모쓰가 천천히 입술을 겹쳤다.

자석이 달라붙는 것처럼 서로에게 이끌렸다. 피부와 피부가 맞닿은 온기는 두 사람에게 먼 옛날에 알았던 정체 모를 안도감을 주었다. 피부를 통해 직접 상대의 체온을 느낀다. 단지 그것뿐인데도 이 충족감은 무엇일까. 허리에서 가슴으로 천천히 이어지는 부드러운 손길 속에, 다모쓰의 반지가 피부에 차갑게 닿았다. 히나코가 몸을 움츠리는 것을 보고, 다모쓰는 반지를 뺐다.

나는 이렇게나 온기에 굶주려 있었던가. 무채색이며 가시투성이의 위험한 장소를, 고집과 자기현시욕과 자존심만을 무기로 홀로 걸어왔던 것 같은, 그리고 간신히 안전하고 따스하게 잘 수 있는 장소를 얻은 것 같은, 신기한 행복감이 밀려들었다.

두 사람은 탐욕스럽게 사랑을 나누고, 한 장의 이불을 함께 둘렀다. 히나코는 다모쓰의 팔에 머리를 얹었다. 몸이 닿은 장소는 따뜻했다. 그렇지 않은 장소는 추웠다. 내일부터는 혼자서 잠드는 건가, 걱정될 정도로.

"고맙습니다."

다모쓰가 입을 열었다. 그리고 히나코의 어깨까지 이불을 끌어올리고, 이불째로 히나코를 끌어안았다.

"좀 더 빨리, 도도 씨를 만났으면 좋았을 텐데……."

무슨 뜻일까. 속뜻을 읽으려다가 히나코는 불안해졌다. 불안에 휩싸여서 아무것도 물을 수 없었다. 다모쓰는 얼굴을 천장으로 향하고는 "놀라게 해서 죄송합니다"라고 사과했다.

"악몽을 꾸셨죠?"

"전문가 사이에서는 '잠입'이라고 부르는, 클라이언트에 대해 알기 위해서 상대의 의식 속에 깊이 들어가는 작업을 합니다. 예를 들어 그것이 범죄를 저지른 사람일 경우에는, 그 사람에게 잠입한 뒤에는 그 사람이 꾸는 꿈을 꾸게 됩니다."

"어떻게 그럴 수가……."

히나코는 말을 잃고 다모쓰의 몸에 팔을 둘렀다. 엽기살인의 시신에는 범인의 사고가 투영되어서 보는 사람을 좀먹는다는 사신여사의 말이 뇌리를 스쳤다. 다모쓰 같은 사람이 살인자가 보는 세계를 계속 지켜본다니.

"그것이 악몽의 정체인가요? 잠입하고, 범인과 동화되고……. 설마 그 사람들의 생각도 이해하나요?"

"이해는 하지 않습니다. 이해 같은 건 불가능합니다. 하지만 그 사람들이 어째서 그런 짓을 하는지는 알아버린 것 같은 기분이 듭니다. 지향성 범죄자에게는 공통점이 있는데, 타인의 아픔이나 괴로움에 대해서 너무나도 무관심하죠. 그 사람들은 타인의 괴로움을 상상할 수 없고, 하려고도 하지 않습니다. 마치 마음의 일부가 삭제된 것처럼."

"그런 마음을 계속 접하는 건 아주 위험한 일 같아요……. 임상 심리사는 모두 그런 위험한 일을 하나요?"

"모두 그런 건 아닙니다. 연구는 갓 시작했을 뿐이고, 현재 잠입이 가능한 사람은 저 하나뿐입니다."

"왜요? 왜 노비 선생님만 그걸 하는 건가요?"

어둠 속에서 다모쓰는 맑은 눈동자로 히나코를 바라보았다.

"울보니까……. 그러니까 아마 도도 씨도 잠입에 적합할지 모르겠네요……. 절대 권하지는 않습니다만……."

절대 안 할 거예요. 히나코는 다모쓰의 목에 머리를 묻었다. 우타가와 사나에를 위해서 울었던 사람, 히토미에게 꽃을 주었던 사람. 이렇게 자상한 마음의 소유자라서 살인자에게까지 가까이 다가가야만 하는 것일까. 잔혹한 행위에서 우월감과 쾌락을 찾는, 이해가 불가능한 자들에게까지…….

"그런 사람들을 정말로 교정할 수 있나요?"

다모쓰는 히나코의 머리에 턱을 얹고 슬픈 듯 눈을 감았다.

"원장님은 그렇게 생각하고 있지요…….'

"노비 선생님은요?"

"저는……, 글쎄요. 솔직히 말해서 무섭다고 할까요……. 울보인데다, 겁쟁이니까."

어머니가 아이를 대하는 것처럼, 히나코는 다모쓰의 뺨을 두 손으로 감쌌다. 다모쓰는 더 이상 말하지 않고, 아이처럼 잠이 들었다. 그 입술을 살짝 건드리고, 히나코는 다모쓰의 가슴 위에 뺨을 얹었다. 두근, 두근, 두근……. 뺨으로 다모쓰의 고동을 느낀다. 규칙적이고 차분하다. 잠이 오는 리듬이다.

눈을 감을 때, 방의 천장에 빛이 보였다. 성냥 끄트머리 정도로 조그마한 붉은 빛은 다모쓰의 스마트폰에서 흘러나오는 거겠지. 누군가와 같이 있으니 방의 분위기도 변하게 된다. 다모쓰의 온기에 휩싸여 히나코는 다시 잠에 빠져들었다.

―무섭다고 할까요. 무서운 건, 제가 정말로 무서워하는 건, 절망해버리는 겁니다. 그곳에는 그저 어둠밖에 없고, 출구도 없거니와 희망도 없어요―

다모쓰는 꿈속에서도 여전히 겁에 질려 있었다.

침실에서 계속 울리는 자명종 소리에 깨어났을 때, 히나코는 거실에서 이불을 두른 채로 다모쓰의 코트를 덮고 잠들어 있었다.

아침 햇살이 비쳐드는 테이블에는, 어젯밤에 다모쓰가 사용한 머그컵 아래 메모가 놓여 있었다.

'덕분에 저도 오래간만에 푹 잘 수 있었습니다. 감사합니다.'

휘갈겨 쓴 메모에는 동그란 안경 일러스트가 그려져 있었다. 히나코의 그림보다 훨씬 능숙했다. 다모쓰의 코트를 끌어안았을 때, 바스락거리며 뭔가가 떨어졌다. 그것은 빈 수면제 포장지였다.

—좀 더 빨리, 도도 씨를 만났으면 좋았을 텐데…….

히나코는 갑자기 불안해졌다. 살인자들의 꿈에 쫓겨서 편히 잠들 수 없는 다모쓰의 마음을, 히나코는 절절히 이해할 수 있다. 이대로 가다가는 다모쓰가 부서져버린다. 분명 마음의 병이 생긴다.

"……어떻게 생각해? 어쩌면 좋을까?"

히나코는 코트를 끌어안고, 가만히 혼잣말로 히토미에게 물었다.

출근하자 간 씨가 고개를 들며 물었다.

"도도, 오늘은 어쩐지 분위기가 다른데?"

히나코는 귀까지 얼굴이 붉어졌다. 그래서 무뚝뚝하게 인사를 하고는, 곧바로 자기 책상에 앉았다.

형사부는 지금 이상 자살사건과 히토미 살해사건이라는 두 커다란 사건을 안고 있다. 실내에는 각각의 사건 경위나 피해자의 사진 등을 기록한 칠판이 놓여 있고, 밤낮없이 직원들이 바삐 드나든다. 히나코는 책상에 산더미처럼 쌓인 서류와 파일을 가까이 가져왔다.

그때 갑자기 안으로 뛰어든 쇼지가 등을 두드렸다.

"나왔어, 나왔어! 나왔다고, 도도! 네가 말했던 대로 하야사카 멘탈 클리닉의 이름이 나왔어!"

실내의 형사들이 일제히 쇼지 쪽을 바라보았다.

쇼지는 자살사건 수사 메모를 기록한 흑판에 달려가서는 '하야사카 멘탈 클리닉'이라는 글씨와 비디오가 전송된 자살자들의 사진을 차례차례 분필로 연결하기 시작했다.

"분신자살한 남자가 우울증 때문에 다녔던 병원이 하야사카 멘탈 클리닉이었습니다. 그다음에 주사기로 자살한 심료내과 의사는 하야사카 멘탈 클리닉의 원장인 하야사카 마사오미와 같은 무사시노 대학 출신이었습니다. 그리고 초등학생 연속 살인의 용의자를 자질 감별했던 것이 하야사카였고, 그 사람의 감정에 따르면 지적장애를 가진 남동생은 무죄였습니다. 하야사카는 교도소의 상담위원으로서 사메지마 데쓰오와도 면식이 있습니다. 그리고 또 한 가지."

쇼지는 그렇게 말하면서 히토미 사건의 칠판을 끌어왔다.

"요전에 도도가 조사해왔던 이탈리안 레스토랑의 아르바이트 점원, 고바야시 쇼타에 대해서입니다. 만약 도도가 말한 대로 고바야시 쇼타와 오토모 쇼가 동일인물이라면, 하야사카는 오토모의 보호관찰까지 맡고 있습니다."

히나코가 자기도 모르게 일어섰다.

"해냈구만." 간 씨가 히나코를 보며 말했다.

"오토모 쇼의 사진을 입수했습니다. 중학교 앨범에서 확대한 것과 소년원에서 입수한 것입니다."

쇼지는 두 장의 사진을 칠판에 붙였다. 형사들이 일제히 모여들어 사진을 들여다봤다.

중학생의 앳됨이 남은 소년의 얼굴이었다. 사진 속 소년은 애처로울 정도로 야위고, 교복 사이즈가 전혀 맞지 않아 머리가 커 보였다. 웃는 얼굴의 동급생들 사이에서 그 소년만이 시선을 카메라를 향하지 않았다.

그런데 소년원의 사진에는 인상이 전혀 다른 인물이 찍혀 있어서 히나코를 놀라게 만들었다.

소년은 도전하듯 카메라를 향해 엷은 미소를 지었다. 체력은 호리호리하지만 다부졌고, 옛날 분위기가 싹 바뀌어 뻔뻔스러움마저 느껴졌다. 날카로운 시선은 마치 사냥꾼 같았다. 양쪽 사진에 공통되는 것은 너무나도 빼어난 이목구비였다. 소년 무렵의 사진은 인형처럼 사랑스러웠고, 소년원에서 찍힌 사진은 무시무시할 정도로 아름다웠다.

이 소년이 어른이 되었다면······.

히나코는 히토미의 칠판에 붙은 고바야시 쇼타의 이력서를 보았다. 이력서의 사진은 선명하지 못해 얼굴 전체의 인상밖에 알 수 없었다. 하지만 클리닉에서 보았던 청년이라면 선명하게 기억하고 있었다. 생김새는 둘째 치고, 싸늘할 정도로 냉혹한 느낌은 동일하다고 히나코는 생각했다.

"어때, 도도. 엘리베이터에서 지나친 남자하고 비슷한가?"

"네. 쇼지 선배는요?"

"어쩨 기분 나쁜 녀석이었다는 것밖에 기억 안 나지만, 확실히 이 소년원 사진과 같은 인상이야."

"저도 그런 느낌이 들어요. 하지만 이력서의 인물과 같은지는 잘······."

쇼지는 칠판에 붙인 두 장의 사진과 이력서 복사본을 회수했다.

"그러니까 바로 확인하면 되겠지. 하야사카 원장하고는 면식도 있으니. 가자, 도도."

"잠깐 기다려. 그렇게 서두르지 마."

간 씨가 서두르는 쇼지를 타일렀다.

"서두르다가 진범을 놓치면 어떡할 셈이야. 동기도 확실치 않은 사건이야. 클리닉인지의 그 원장과, 10년 전 어머니를 살해했던 오토모 쇼. 이 두 사람 외에도 병원 관계자를 조사할 필요가 있어. 게다가 말이지······."

간 씨는 말을 끊고 실내를 둘러보았다.

"나는 도무지 전체 줄거리가 보이지 않아. 미야하라, 사메지마, 초등학생 살해범인 가시와기의 형, 심료내과 의사 미조하타, 분신자살한 사사오카. 그 사람들이 하야사카의 병원과 연결되어 있다는 사실은 알겠어. 그래서 우리는 그 사람들의 자살사건을 원격 조작에 의한 살인이 아닐까 의심하고 있지. 여기까지는 동의하지?"

쇼지는 히나코와 함께 고개를 끄덕였다.

"그리고 여기서부터가 스즈키 순경의 사건이야. 도도는 과거의 미해결 사건과 동일범의 소행이 아닐까 의심하고 있어. 고토 구의 공업단지에서 참살된 유아와, 구로다 구의 공원에서 살해된 파트타임 종업원 사건이지."

"네, 하지만 사건이 일어난 순서는 반대로 주부가 먼저고, 유아가 나중입니다. 2007년 5월과, 2008년 10월. 양쪽 모두 오토모 쇼가 이미 소년원을 나온 이후입니다."

"그 근거는 백열전구였지. 의미는 전혀 모르겠지만……."

간 씨는 턱을 문질렀다.

"만약 오토모가 파트타임 종업원 살해부터 스즈키 순경까지 살해한 연쇄살인범이라고 해도, 범행동기가 불명인 상태야. 하야사카 원장을 범인이라고 가정해도 마찬가지고. 도도의 가설이 성립하려면 주부 살해와 유아 살해, 과거의 두 사건을 다시 조사할 필요가 있어. 다행스럽게도 스즈키 순경 사건에서는 범인의 DNA를 입수했지. 구라시마, 시미즈. 두 사건을 다시 조사해봐. 그 당시 피의자들의 DNA가 있는지 꼭 확인하고."

간 씨는 히토미 사건의 담당 형사 두 사람의 이름을 부르더니 역할을 지시했다. 두 사람이 곧바로 사무실을 나가자, 간 씨는 쇼지와 히나코를 다시 바라보았다.

"그리고 나는 자살사건까지 동일범이라고 추측하는 건 너무 과하다는 기분이 들어. 그렇지만 그 사건들이 하야사카의 병원과 연관성이 있는 것 또한 사실이지. 여기서는 일단 신중해지자고. 병원에 계속 형사가 드나들어서 쓸데없이 경계하게 만들었다간 일을 망칠 수도 있으니까 말이야."

"저기요." 히나코는 조심스럽게 손을 들었다.

"오늘 오후 6시 반, 고바야시 쇼타와 오토모 쇼가 동일인물인지 확인하려고 그 클리닉의 나카지마 의사와 면회 약속을 잡아두었습니다만……."

"뭐? 난 그런 얘기 못 들었다고." 쇼지가 입술을 비쭉 내밀었다.

"오늘 아침, 선배하고 만나면 바로 이야기하려고 했어요."

"뭘 그렇게 멋대로 일을 진행하는 거야. 수사는 두 사람이 한 조가 철칙이라고. 알고 있을 거 아냐."

"멋대로라뇨. 어젯밤 우연히 나카지마 선생님과 만났거든요. 이왕이면 빠른 편이 좋겠다고 생각해서 바로 약속을 잡았어요."

"우연히 만났다니, 어디서 만났는데?"

"후나모리 공원이에요. 히토미의 현장에 꽃을 바치러 와주셔서."

"뭐?"

"이거야 원······."

쇼지가 중얼거리며 머리를 긁다가, 갑자기 고개를 들며 말했다.

"근데 말이야. 수상하지 않아? 그 녀석도 멘탈 클리닉의 의사지? 왜 듣도 보도 못한 히토미 살해 현장에 꽃을 바치러 온 거야. 혹시 정보 수집이 목적 아냐?"

"정보 수집이라니 무슨 소린가요! 선의로 꽃을 바치러 오는 것도 안 되나요?"

히나코가 거친 목소리로 쏘아붙이자, 그 기세에 쇼지가 입을 쩍 벌렸다.

"도도. 왜 그렇게 정색을 하는 거야?"

간 씨가 타이르자 히나코의 얼굴이 창백해졌다. 경솔하게 큰 소리를 지른 자신이 우스꽝스럽고 부끄러워서 견딜 수 없었다.

"정색을······, 하지는 않았습니다······."

"뭐, 그건 됐어. 어쨌든 도도는 형사라는 느낌이 없으니 탐문에 적합할지도 몰라. 쇼지, 너도 동행하고, 병원에는 일단 도도 혼자 올라가게 해봐. 도도, 그 대신 쇼지에게 전부 보고하는 건 확실히 챙기도록."

"네, 알겠습니다!"

두 사람은 동시에 대답했다. 하지만 히나코는 조금 전 쇼지의 말에 심하게 동요하고 있었다. 처음 현장에 나갔을 때, 간 씨는 수사에 선입관은 금물이라고 알려주었다. 다모쓰를 좋아하는 마음을 배제하고 객관적으로 상황을 보면, 쇼지의 말처럼 다모쓰가 수사의 진척 상황을 알기 위해 자신에게 접근했다고 생각하지 못할 것도 없다. 아니, 그렇지 않다. 그렇지 않아. 몸 상태가 나빠져서 히나코의 집에 묵게 된 것은 우연이었고, 만난 것도 우연이었다. 먼저 말을 건 것도 자신이었다. 게다가 나도 매일 후나모리 공원에 갔던 건 아니니까.

하지만……. 히나코는 생각했다. 교도소에 노비 선생님이 드나들었던 건 우연일까. 우타가와 사나에의 담당 의사였던 것은? 오토모 쇼가 하야사카 원장이 운영하는 클리닉의 클라이언트인 것은? 노비 선생님은 관계없어. ……관계없는 걸까, 정말로……?

눈앞이 어지러울 정도로 이런저런 생각이 이어졌다. 히나코의 고동은 점점 격렬해졌다. 어젯밤에 두 사람 사이에 일어난 일은 혹시 전부 계산된 행동인 건 아닐까. 그 상상이 너무나도 두려워서 계속 생각을 이어갈 수가 없었다. 동요하는 걸 들킬 수 없어서, 히나코는 화장실로 도망쳤다. 변기에 앉아서 호흡을 가다듬고, 부적인 양념통을 뒤적일 때, 머릿속에서 돌아가신 어머니가 미소를 지었다.

─히나코, 망설이고 있니? 그럴 짬이 있으면 앞으로 나아가려무나. 인생이란 살아만 있으면 어떤 일이라도 별것 아니게 되

는 법이야—

히나코는 양념통에 적힌 메시지를 바라보고, 그것을 정성스럽게 손수건으로 감싼 뒤 화장실을 뛰어나와 감식과로 향했다.

봉투들이 가득한 선반과 물건에 둘러싸인 어두컴컴한 감식과 데스크에는, 그곳의 주인인 듯 차분한 태도의 미키가 앉아 있었다. 그는 컴퓨터 화면에 달라붙어서 과거의 사건 파일을 조사하고 있었다.

"미키 수사관."

히나코가 이름을 불러도 대답하지 않자 미키의 등 뒤로 다가가서 어깨를 두드렸다.

"여기에 묻어 있는 지문을 조사해주세요."

미키는 눈을 번쩍 들어서 손수건에 감싼 물건을 흘끗 보았다.

"뭔가요?"

"이 양념통에 묻은 지문 중에 제 것이 아닌 지문을 조사해서 히토미 사건 관계자의 지문과 대조해주셨으면 해요. 양념통은 바로 돌려주세요. 나중에 가지러 올게요."

"가지러 온다? 증거품이잖습니까."

"아니에요. 개인 물품이에요."

"개인 물품의 지문 감정을 이렇게 부탁하시면 좀……."

"부탁이에요, 이렇게……."

히나코는 두 손을 얼굴 앞에 모으고 미키에게 공손히 고개를 숙였다. 미키는 잠시 입을 다물었다가 숨을 내쉬며 말했다.

"항상 생각하는데, 도도 형사님은 때때로 애니메이션 캐릭터 같아요."

"애니메이션 캐릭터?"

"움직임이라든가 몸짓이라든가. 작은 발바리 같은 느낌이라든가."

"발바리?"

"강아지처럼 눈하고 코가 작고, 찡그리듯 웃는다는 얘깁니다."

"네?"

미키는 조심스럽게 캔을 집어 들더니 재빨리 히나코에게 등을 돌리며 말했다.

"개인 물품은 한 시간 뒤에 찾으러 오세요. 결과는 추후에 연락하겠습니다."

불만스러운 얼굴로 히나코가 방을 나가려고 하자, 미키는 등에 대고 중얼거리듯 말했다.

"아, 맞다. 6년 전 편의점의 파트타임 종업원이 살해당한 사건과, 5년 전 유아가 참살된 사건에 대해서 말입니다만. 현장에 있던 백열전구가 스즈키 순경의 상황과 같다고 말한 사람이 도도 씨라면서요?"

"그런데 그게 왜요?"

"외람되지만, 나도 백열전구를 눈여겨보고 있어서요."

미키는 으쓱한 얼굴로 돌아보았다. 그 바람에 가려져 있던 컴퓨터 화면에 뜬 참살된 유아의 시신 사진이 보였다. 히나코는 자기도 모르게 눈을 돌렸다.

"몇 번을 봐도 눈을 감고 싶게 하는 사진입니다. 어린아이를, 그것도 쾌락을 위해 죽인 놈을 저는 도저히 용서할 수 없습니다. 그래서 말입니다, 저는 비슷한 사건이 없는지 독자적으로 수사를 계속해왔습니다."

"그 밖에도 비슷한 사건이 있었나요?"

"있었죠. 그게 2003년 마치다 시에서 벌어진 중학생에 의한 모친 살해사건입니다."

미키가 그 사진을 모니터에 띄웠다. 히나코는 처음으로 오토모 쇼가 저지른 살인사건 현장 사진을 보았다. 마구 두들겨 맞아서 얼굴도 알아볼 수 없게 된 어머니의 시신은 히토미의 그것과 똑같았다. 가구가 어질러진 쓰레기투성이의 집 중앙에, 전등갓도 없는 백열전구가 매달려 있었다. 히나코는 미키에게 다가가서 컴퓨터 화면을 가만히 바라보았다. 미키는 어머니의 시신 사진 아래에 편의점 파트타임 종업원의 시신 사진을 불러내더니, 이어서 유아의 시체 사진까지 나란히 배치했다.

"이 세 가지 사건 중에 유아와 스즈키 순경 살해에 대해, 수사본부는 현장의 상황으로 보아 쾌락살인일 것이라고 상정했습니다. 그리고 여기서 이것들이 동일범의 소행이라고 하면, 첫 살인으로 쾌감을 얻고, 편의점 파트타임 종업원은 충동적으로 살해했으며, 기호가 강화되어 유아 살해 때에는 기교를 부려 충족감을 얻지 않았을까. 그리고 5년 동안 얌전히 있기는 했지만, 다시 충동을 억누를 수 없게 된 것이 아닐까 하고 개인적으로 추측하고 있습니다."

"기교라……."

구역질이 났다.

"이 정신이상자는 아이가 날뛸 수 없도록 팔다리를 못으로 바닥에 고정했으니 말이죠."

히나코는 귀를 의심했다. 이 사건 파일을 암기했을 때에는 너무나 잔혹한 사건 내용에 충격을 받고 글자만을 훑고 사진은 제대로 보지 않았던 것이다. 조서를 읽을 때도 시신이나 현장의 자세한 상황을 건너뛰며 읽었다. 그랬기 때문에 사진 외곽에 있던 백열전구에 눈길이 갔던 것인데……. 그때의 나는 겉모습만 형사가 되려 했던 건 아닐까.

"비명을 지르지 못하도록 딸기 캔디를 목구멍까지 쑤셔 넣은 짓은 그야말로 짐승만도 못한 일이죠."

어? 하는 소리가 목구멍 안에 달라붙었다.

"딸기 캔디……?"

"그것으로 소녀를 꼬드겼던 것이겠죠. 현장에는 캔디 포장지가 흩어져 있고, 실내에도 두 봉지 정도 남아 있었습니다. 인기가 많은 ○○제품의 딸기 캔디입니다."

히나코의 시야가 흐물흐물 일그러졌다. 그때 머릿속에 떠올랐던 것은, 다모쓰가 책상에 장식했던, 똑같은 캔디 포장지였다.

어젯밤에 같은 물건을 다모쓰를 위해서 샀다. 그때 다모쓰가 보였던 이상행동……. 무릎을 꿇고 하늘을 올려다보며 짐승처럼 포효하면서 온몸을 떨던 모습이 뇌리를 스쳤다. 그건……, 그건 대체 어떻게 된 일이었을까.

히나코가 입을 다물자, 미키는 어깨너머로 돌아보았다.

"어라. 안색이 안 좋네요. 수사가 계속되어서 피로하신 모양이군요. 아직 남은 게 있습니다만, 이 정도로 해둘까요?"

"아뇨……. 아니에요, 계속해주세요."

"그렇다고 해도, 우리는 수사에 참견할 수는 없으니까요. 다만 감식 과정 중에 신경이 쓰였지만, 수사상 언급되지 않았던 것이 있어서요."

"뭔가요, 그건?"

"조금 전에 구라시마와 시미즈 사건의 두 담당 형사에게도 전달했습니다만, 전혀 흥미가 없어 보여서 좀 그렇습니다만……."

"뜸들이지 마시고 알려주세요!"

히나코는 또다시 거칠게 말했다. 어쩐지 몸이 떨리는 것 같았다.

"그러면 이야기하죠. 이게 말입니다."

미키는 모친 살해사건의 현장 사진에서 화장대의 일부를 확대해 보여주었다. 파운데이션이나 마스카라, 매니큐어 등의 화장품이 아주 난잡하게 쌓여 있는 가운데, 미키는 어느 한 부분에 포인터를 맞추고 향수병을 확대했다.

"니나리치." 히나코는 상품명을 말했다.

"호오, 과연 바로 아시는군요."

"이게 왜요?"

미키는 검지로 코를 문질렀다.

"2007년 5월 4일 미명. 구로다 구의 공원에서 편의점의 파트타임 종업원인 52세 가와니시 도모코가 블록에 맞아 살해된 사건은, 제가 견습으로 처음 수사에 참여했던 살인사건이었습니다. 그때 신경 쓰였던 것이, 편의점 점원 치고는 너무 진한 향수 냄새였습니다. 가와니시 도모코는 계속 향수 냄새를 지적받으면서도 개선할 기미가 없어서, 파트타임 아르바이트에서 해고되기 직전이었습니다. 자기취공포증이라는 병이 있었던 것 같더군요."

"그 사람이 뿌렸던 향수가 니나리치라고요?"

미키는 화면상에 다른 사진을 불러내면서 고개를 끄덕였다.

"저는 그 강렬한 냄새가 잊히지 않더라고요. 그래서 순수한 흥미 차원에서, 그 후에 화장품 매장에 가서 직접 확인해봤으니 틀림없습니다. 가와니시 도모코의 향수는 니나리치의 '레일 뒤 탄'이었습니다. 그리고 또 하나. 아, 나왔다. 이걸 보세요."

미키는 오토모의 연립주택 사진들 중에서 부엌의 사진을 불러내서 확대했다. 그곳에는 삼각 쓰레기통에 버려진 길쭉한 담배꽁초의 산이 찍혀 있었다.

"버지니아 슬림."

히나코는 몸속의 피가 끓어오르는 듯했다. 조각조각 흩어져 있던 몇 가지 점들이 하나의 선으로 연결되고 있었다.

"스즈키 순경이 같은 상표의 담배를 피우지 않았던가요?"

"미키 수사관. 굉장해요! 당신, 정말 대단해요!"

히나코는 자기도 모르게 미키의 두 손을 잡고 힘차게 위아래로 흔들었다.

"오토모는 가와니시 도모코 씨와 히토미에게, 어머니와 같은 냄새를 느꼈는지도 몰라요."

"아마도, 참살된 유아에게서도 말이죠."

히나코는 창백한 얼굴이 되어서 미키의 얼굴을 빤히 바라보았다.

"공업단지 내에서 인근에 사는 유아, 4세의 이세사키 쿠루미 양이 참살당한 그 사건은, 저에게 가장 용서하기 힘든 사건이었습니다. 그날 쿠루미는 어머니가 아끼던 향수로 장난을 치다가 야단을 맞고 집 밖으로 쫓겨난 상태였습니다."

히나코는 자기도 모르게 두 눈을 꾹 감았다. 쿠루미 양의 어머니가 받았을 무시무시한 충격과 슬픔을 생각하니, 분노와도 같은 전율이 몰려왔다. 지금 당장 해야만 하는 일이 있다. 용서할 수 없는 범죄자를 붙잡는 것이야말로 형사인 자신이 할 일이다.

"감사합니다, 미키 수사관."

"그러면 지문 쪽은 조사해두겠습니다. 참고로 말해둡니다만……, 저는 미키 수사관이라는 호칭을 좋아하지 않습니다."

미키는 히나코를 올려다보며 씩 웃었다. 그 입에는 은색 치아 교정기가 빛나고 있었다.

심리치료 따윈 엿이나 먹으라고. 오토모는 늘 생각하고 있었다. 건물들이 빽빽이 들어선 길모퉁이의 낡아빠진 건물 최상층. 입구만 뻥 뚫려 있는 접수처에서 머리 꼭대기에서 목소리를 내는 여자에게 허가를 받고, 복도를 걸어가 문을 노크하고 "들어오세요"라는 목소리를 들을 때마다, 오토모는 위장에서 주먹이 튀어나올 듯한 저주와도 비슷한 분노를 느꼈다. 특히 "자네하고 나이도 비슷하니까"라면서 감별관에게 소개받은, 〈도라에몽〉의 노비타 비슷하게 생긴 나카지마 의사가 구역질 나게 싫었다. 세상이 희망에 가득 차 있다고 굳게 믿는 듯한, 덜렁거리면서도 맑은 눈을 하고, 자상함이나 신뢰나 사랑 같은, 교활한 거짓말 같은, 바보 같고 가치 없는 환상을 강요해온다. 토할 것 같은 그 녀석의 얼굴을 볼 때마다, 나는 다 알고 있다고, 그 얼굴을 향해 소리치고 싶은 기분이 들었다. 그렇다, 나는 알고 있다. 언젠가 가장 효과적으로, 저 녀석이 가장 괴로워할 때 그 말을 전해서, 착한 사람인 척하는 얼굴을 뭉그러뜨려버리겠다. 그 생각만이 오토모의 즐거움이었다.

그래도 한 달에 두 번만 클리닉에 다니면 오토모는 인간세계에서 자유롭게 지낼 수 있었다. 노비타의 물음에 그저 "딱히"라고 대답한 뒤, 퇴행최면인지 뭔지 하는 쓸데없는 시간엔 꾸벅꾸벅 졸면서 보내면 된다. 그러기만 하면 경찰에게 시달릴 일도 없고, 사냥하고 싶을 때 언제든 사냥하는 헌터가 될 수 있다. 오토모에게는 주거지가 없었지만, 그것으로 곤란한 적은 없었다. 돈이 필요할 때만 아르바이트를 하고, 잘 곳은 그물을 펼쳐서 끌어들인다. 번화가의 벤치에 가만히 앉아 있기만 하면 여자들이, 때로는 남자까지 말을 걸어와서, 한동안 잘 곳을 제공해주는 것이다. 아랫도리가 멀쩡하지 않다는 것을 여자가 알고 화를 내며 쫓아낼 때까지는, 먹여주고 재워준다. 그것을 요구하지 않는 여자도 있으니, 어머니와 살던 무렵에 비하면 몇십 배는 살기 편했다.

하야사카 원장에게 예정 밖의 내원 의뢰를 받았을 때, 오토모는 슬슬 지금의 거처에서 나갈 때가 됐다고 생각했다. 그리고 쾌락에 몸을 맡기고, 불꽃놀이의 꽃불처럼 흩어지는 그 일만을 생각하고 있었다. 한 달 정도 전에 오래간만에 여자를 죽였을 때, 지금까지 경험한 적 없는 격렬한 오르가슴을 느꼈기 때문이었다. 오토모는 처음으로 사정했다. 그리고 자신은 껍질을 깨고 나왔다고 느꼈다. 그때부터 모든 타인이 자신의 사냥감으로 생각되기 시작했다. 좀 더, 좀 더, 더 느끼고 싶다. 다시 그 쾌감을 얻을 수 있다면 인생이 어디서 끝나도 상관없다.

원장이 자네에게는 회복의 징조가 보이니 새로운 치료법을 시도하고 싶다는 메일을 보내왔다. 그래서 나카지마 의사의 방이 아니라 자기 방으로 오라고 했다.

항상 그런 메일을 보낸다. 개선되고 있다, 진보가 보인다, 조금 더 치료를 계속해보자.

치료라는 건 뭐냐.

오토모에게는 무슨 말인지 이해되지 않았다. 클리닉에서 받는 심리치료는 자유롭게 지내기 위한 티켓에 지나지 않는다. 그렇지만 절정의 바다로 떠나려는 자신에게는, 더 이상 티켓 따윈 필요 없다.

그는 주머니에 휴대한 나이프를 꺼내서, 엄지손가락으로 날카로운 칼날을 확인했다. 몇 사람이라도 마음껏 죽일 수 있을 것 같았다. 눈앞에서 걸어가는 사람, 자신의 그림자를 밟은 사람, 우연히 자신과 눈이 맞은 사람. 그런 상대를 사냥감으로 선택만 하면, 사냥은 언제나 대성공일 것이다.

하지만 우선은 노비타의 병원에 가는 게 좋겠다. 접수처의 여자, 남자를 꾈 때 어머니가 내는 목소리와 쏙 닮은, 머리 꼭대기에서 목소리를 내는 여자가 있다. 어서 치료를 마치고, 그 여자가 귀가하기를 기다리는 것이 좋을지도 모른다······.

엄지손가락에 배어나는 한 줄기 피를, 그는 할짝거렸다.

다모쓰는 벽에 걸린 시계를 올려다보았다.

심리치료가 예정대로 끝났기 때문에 히나코와의 약속까지 상당히 긴 시간이 비었다. 다모쓰는 책상에 앉아 서랍을 열고 편의점 봉투를 꺼냈다. 조용히 호흡을 정돈하고서, 마음을 굳게 먹고 봉투를 연다. 이번에는 발작이 일어나지 않았다. 역시 그렇다. 이쪽에 마음의 준비가 되어 있을 경우, 뇌내 스위치는 ON이 되지 않는다. 어젯밤에 이것을 보았을 때는 예상치 못한 사태가 벌어졌다. 히나코에게 전혀 악의가 없었던 것도, 액자 안에 들어간 캔디 포장지를, 그가 좋아하는 캔디라고 착각했을 뿐이라는 것도 알고 있었다.

그 순간······.

다모쓰는 캔디 봉투를 찢고 내용물을 하나 꺼내보았지만, 바람에 날리는 핑크색 종이가 뇌리에 떠올라서 도저히 입에 넣을 수는 없었다.

그 순간······. 다모쓰는 다시, 그 연립주택에 있었던 것이다. 죽은 아이의 공허하고 슬픈 텅 빈 눈. 바람도, 온도도, 빛도 계절도 냄새도 풍경도, 모든 것이 그날 그대로 재현되었다. 히나코가 끌어안아주지 않았더라면, 영원히 돌아오지 못했을 가능성마저 있었다.

다모쓰는 반지를 낀 손으로 자신의 관자놀이를 천천히 문질렀다.

"미안해······."

다모쓰는 캔디를 포기하고 액자를 향해 사죄했다.

"하느님은 나에게, 벌을 동반한 천명을 주셨어. 덕분에 나는 어제 그 사람들에게 일어난 일을 온몸으로 체감한 거야. 한번 봐."

다모쓰는 액자 앞에 두 손을 내밀었다. 그 손은 식은땀이 배어 부들부들 떨리고 있었다.

"……무서웠어. 그런 무서운 꼴을 당할 거라고는 생각도 해보지 않았어. 천벌이라고, 그렇게 생각하니 잠들 수가 없었어……. 아니면, 그건 너 때문이니? 네가 잊지 말라고 나에게 전한 거야? 미안해. 범인은 아직 잡히지 않았어. 5년이나 지났는데도 누가 범인인지 몰라. 하지만 그 녀석이 누구인지 알아낸다면……."

그때 똑똑 노크하는 소리가 들렸다. 원장인 하야사카였다. 그는 실내에 들어오더니 책상의 캔디를 흘끗 보았다.

"나카지마 군, 이쪽에 오토모 군이 오지 않았나?"

"아뇨, 이쪽에는 오지 않았습니다. 오늘은 원장님 쪽에서 치료할 예정이 아니었나요?"

"5시 예정이었는데 아직도 오지 않아서. 혹시 착각해서 자네 쪽으로 온 게 아닌가 싶어서 말이야."

"이제 5시 15분이니까요."

원장은 캔디 봉투를 손에 들더니 찬찬히 패키지를 확인했다.

"이건 그 캔디 아닌가? 트라우마를 극복하는 훈련이라도 하고 있나?"

"아뇨. 그런 게 아닙니다."

다모쓰는 손 안의 캔디 한 알을 주머니에 넣고, 나머지는 편의점 봉투 안에 넣었다.

"제 사정을 모르는 친구가 호의로 사다준 물건입니다만, 이게 있으면 동요가 진정되지 않아서 어떻게 해야 할지 생각 중입니다."

"그렇다면 다행이군. 내가 가져가도 되겠나?"

"네, 가져가세요."

마음속으로 히나코에게 미안하다고 사과하면서, 다모쓰는 봉투째 캔디를 원장에게 넘겼다.

"고맙네. 그건 그렇고 또 하치오지 니시 경찰서의 형사가 온다고 들었는데?"

이쪽이 본론인가. 다모쓰는 생각했다. 사실 오토모가 진료 시간보다 늦게 오는 건 어제오늘 일이 아니다.

"네. 원장 선생님이 확인해주셨으면 하는 사진이 있다고 하는데, 오늘은 오토모의 심리치료를 할 예정이니 제가 맞이할 생각입니다."

"그거 말인데, 형사가 오토모 군과 마주치지 않도록 부디 주의해주게나. 모처럼 효과가 발생하고 있는데, 여기에 경찰이 온다는 걸 알면 일을 망칠 수 있어. 이 클리닉은 그 친구에게 안전한 장소이고 싶으니까."

"알겠습니다."

대답과 동시에 내선 전화가 오토모의 내원을 알렸다. 원장은 캔디를 가지고 복도로 나갔다.

히나코와의 약속 시간까지, 다모쓰는 오토모의 진료기록을 다시 살펴보기로 했다. 두꺼운 진료기록에는 다모쓰가 진행했던 2년치 기록과, 원장이 오토모를 교정해온 8년간의 기록이 모두 들어 있었다.

소년원을 나온 뒤에도 오토모는 그룹 치료에는 전혀 참가하지 않았고, 면담은 항상 개인실에서 해왔다. 다모쓰가 그에게 '잠입'할 때는 항상 원장이 곁에 있었다. 오토모를 위해서가 아니라 다모쓰의 심리를 케어하기 위해서였다. 어머니 살해사건과 관련해서 오토모에게 '잠입'을 반복하는 건 몹시 두려운 일이었다. 이렇게 기록을 읽는 것만으로도 긴장될 정도로.

다모쓰는 의자를 회전시켜 완전히 어두워진 바깥을 보았다. 잎사귀가 떨어진 가로수에 가로등 불빛이 닿아 있다. 원장은 오토모에게 백열전구를 보여주고, 그 아래에서 살았던 소년기로 그의 마음을 데려가려고 한다. 그리고 더욱 퇴행시켜서, 유아기, 젖먹이 시절의 기억에 액세스하는 실험을 하겠다고 한다. 요컨대 그것은 지금까지 다모쓰가 담당했던 '잠입'을, 아이템의 힘을 빌려서 직접 시도하는 행위다. 예전에 하던 연구가 좌절된 뒤에도, 원장은 소년 범죄의 근원에 깊이 들어가려는 계획을 지속해왔다. 보다 많은 심리치료사가 '잠입'이라는 기술을 얻기를 바라고 있다. 만일 젖먹이 시절까지 거슬러 올라갈 수 있다면, 사랑받았다는 거짓 기억을 입력해서 발육 불능 상태인 감정의 뇌를 재생시킬 생각인 것이다.

그럴 수 있다면 정말이지 훌륭한 성과다. 하야사카 마사오미는 심리학계의 총아가 될 것이 틀림없다.

그렇지만 오토모의 마음속에는 과거로 가는 입구 따윈 없다. 다모쓰는 그 사실을 알고 있었다.

막대한 기록과 자료를 뒤적이면서도, 다모쓰의 머릿속엔 아무런 내용도 들어오지 않았다. 아마도 오토모를 어머니 사건 이전으로 후퇴시키는 것은 불가능하리라. 다모쓰는 그렇게 생각했다. 마음에 감정의 싹만 있다면 그 이후에는 영양을 공급하기만 하면 된다. 그렇지만 그의 마음에는 얼어붙은 공허 외에 아무것도 없다. 아마도 자신의 마음을 죽이는 것 외에는 매일 이어지는 학대와 방치의 나날을 견뎌낼 수 없었던 것이리라. 피학대 아동이 학대받는 자신을 개인으로부터 분리해서, 다중인격화로 자신을 지키려 하는 것처럼. 오토모의 마음에서 단 하나 색채를 띠고 있던 것은 백열전구의 쓸쓸한 불빛뿐이었다. 그 사실을 알았을 때, 다모쓰는 오토모를 위해 울었다.

다모쓰는 오토모에게 잠입해서 의식을 공유했기에 잘 알 수 있었다. 그런 오토모에게 간신히 싹튼 감정은 바로 어머니를 죽였을 때 끓어오른 흥분과 쾌감이었다. 어머니가 그때까지 고분고분했던 아들에게 반격당했을 때, 그녀는 깜짝 놀랐다. 이어서 공포에 질렸다. 이윽고 추하게 엎드려 울며 애원했다. 그 순간, 오토모의 세계는 완전히 뒤집혔던 것이 틀림없다. 어머니의 안색을 살피기만 하던 소년은, 자신의 정복자를 정복하고 한없이 잔학해지는 것으로 자신이 있을 곳을 만들었다. 그 순간 자아를 확립했다. 그 흥분, 그 기쁨은 공허의 지하에 숨죽이며 분출의 기회를 노리고 있다. 다모쓰는 그렇게 생각했다. 오히려 요즘에 오토모가 평온하게 지내고 있는 쪽이 의문스러웠다.

파일을 뒤적이는 손가락에 라이너스의 담요가 빛나고 있다. 다모쓰는 그것에 눈길을 준 뒤, 다른 쪽 손으로 덮어 가렸다. 악마가 또 한 명 태어나버린 것이다. 그것이 자신의 형제라는 사실은 다모쓰 자신이 가장 잘 알고 있었다.

쓸데없이 넓은 원장실에서 "컨디션은 좀 어떤가?"라는 질문을 들었을 때, 오토모는 처음으로 "딱히"라고 대답하지 않고, 질문으로 답했다.

"접수처에 있는 사람은 언제 퇴근하나요?"

원장은 오토모의 색다른 반응에 기분이 좋아졌다.

"오늘은 슬슬 돌아갈 무렵이겠지. 이후에 클라이언트가 올 예정이 없으니까."

사냥감을 사냥할 수 없다면 즐거움은 나중으로 미루어야 한다. 오토모는 간단히 계획을 포기하고 소파에 앉았다.

"그 친구가 왜?"

"딱히."

"오토모 군. 사는 건 좀 어떤가? 잘 지내고 있나?"

원장은 카운슬링용 의자에 앉아서 질리게 들었던 말을 또 반복했다. 테이블 위에 두 손을 모으고, 온화한 미소로 이쪽을 바라본다. 오토모는 공허한 시선으로 테이블을 바라보며 "딱히"라고 대답했다. 흥분이 가라앉아, 모든 것에 흥미를 잃었던 것이다.

원장은 일어나서 부드러운 목소리로 말을 걸어왔다. 계속 이야기하고 있지만, 오토모에게는 무엇 하나 의미를 가진 말로 들리지 않는다. 그는 주머니에 손을 넣고 잘 갈아둔 나이프를 만지작거리며, 오늘 밤 접수처 여자에게 했을 행위를 상상하며 시간을 때웠다. 우선은 목이다. 귀를 찌르는 날카로운 목소리를 낼 수 없도록. 그리고 두 눈이다. 가치를 매기는 듯한 눈으로 남자를 볼 수 없도록…….

"그러면, 괜찮겠나? 오토모 군. 장소를 이동해주겠나?"

이름을 부르는 목소리에 고개를 들자, 원장은 진찰실 한구석에 매달린 백열전구 곁에 서서 스위치를 ON시켜 조명을 키려는 참이었다.

오토모의 동공이 확대되었다. 낡고 가난에 찌든, 비참하고 공허한, 깜빡깜빡 꺼질 것만 같은 오렌지색 빛. 코드에 달라붙어 흔들흔들 실을 뺀 거미줄과 먼지가 뇌리에 떠올랐다. 차가운 겨울바람에 울리는 유리창. 쓰레기투성이의 두 평짜리 방에 놓인 작은 앉은뱅이 탁자. 벗어던진 엄마의 옷을 몸에 감고 잠들었던 밤. 베란다 구석에 웅크린 채 추위에 피부가 튼 팔다리를 비비면서 엄마와 남자의 행위를 지켜보던 나날. 전구의 불빛은 어둡고 당장이라도 꺼질 것 같았다. 계속 켜두고 있으면 술에 취해 돌아온 엄마에게 얻어맞았다. 허기를 억누르려고 부드러운 란제리를 입에 넣고 씹어야만 했다. 그러다가 너는 변태냐며 매도당하기도 했다. 엄마는 언제나 화를 냈고, 히스테릭하게 울부짖었다. 아주 가끔씩 자상한가 싶다가도 곧바로 밀쳐냈다. 백열전구 아래의 엄마는 항상 폭군이었다. 죽여도, 죽여도, 엄마 같은 녀석은 여기저기에 널려 있다.

오토모는 자신이 처음으로 권력을 쥔 순간을 떠올렸다. 엄마의 조각은 천장까지 튀었고, 지긋지긋한 백열전구에서 흘러 떨어졌다. 가슴 안쪽에서 피가 끓는다. 그는 지금 이 순간 절정을 갈망했다.

다모쓰와의 면회 시간이 다가왔다. 히나코는 미키를 찾아가 양념통을 받아왔다. 지문 감식 결과를 알아내는 대로 메일을 보내겠다는 약속을 받았다. 다모쓰를 믿고는 있었지만, 결백하다는 확실한 증거를 원했다. 어머니의 양념통은 미키의 손에 의해 깨끗하게 닦여서 돌아왔다. 너무 빈번하게 꼭 쥐느라 회전식 뚜껑에 녹이 슬었는데, 지금은 새것처럼 깨끗해졌다. 뻑뻑했던 뚜껑도 쉽게 열린다. 미키에게 감사인사를 했지만, 그는 컴퓨터에 달라붙은 채 "흠" 하고 코로 숨을 내쉴 뿐이었다.

"서둘러, 도도. 도심의 도로 정체를 우습게 보지 말라고!"

주차장으로 간 히나코는 쇼지에게 호통을 듣고서 조수석에 재빨리 올라탔다.

"고바야시 쇼타의 이력서와 오토모의 사진은 가지고 왔지?"

"네, 가지고 왔습니다."

쇼지는 차를 발진시켰다.

12월의 해 질 녘은 순식간에 찾아온다. 하치오지에서 도심으로 향하면, 새빨갛게 가라앉는 저녁놀이 빌딩들을 비추고, 거리 전체가 아주 거대한 인간의 둥지로 보인다. 몇만 명이나 되는 사람들의 몇만 가지나 되는 생활. 우연히 그곳에 마음에 결핍이 있는 사람들이 숨어 있는 것일까. 아니면 몇만 명이나 되는 사람들도, 같은 상황에 처하면 마음에 결핍이 생기는 것일까. 다모쓰와 하야사카 원장은 결핍된 마음을 보충하려고 한다. 그런 일이 가능하면 멋지겠지. 하지만 불가능할 경우엔 그들을 어떻게 하면 좋을까. 교정이 불가능한 살인자들, 그들을 대체 어떻게 해야 할까.

"도도 너 말이야, 최근에 형사의 얼굴을 하기 시작했어."

흘끗 히나코를 보며 쇼지가 말했다.

"형사의 얼굴이요?"

히나코는 복잡한 심경이었다. 간 씨도, 다른 형사도, 때때로 장난스러운 쇼지조차도 사람을 찌르는 듯한 눈을 가지고 있다. 그 시선은 형사라기보다 고리대금업자처럼 집요하다.

"별로 기쁘지 않네요."

"그렇겠지. 귀엽지 않으니 말이야."

쇼지는 그렇게 말하고 하하 웃었다.

"뭐, 그건 그렇고, 오늘의 탐문 말인데, 요전에 접수처에는 정체를 밝혔지만 이번엔 되도록 환자 같은 얼굴을 하고 가봐. 조금 조사해봤는데, 하야사카 멘털 클리닉에서 근무하는 건 의사면허가 있는 원장 한 사람에, 임상심리사가 두 사람, 그리고 심리치료사 한 명이야. 어쩌면 다른 의사나 환자가 범인일 수도 있고, 출입하는 업자나 의약품 바이어나……. 어쨌든 지금은 확실한 단서가 없으니까. 실수로 범인을 경계하게 만들어서는 안 돼."

"알겠습니다."

"그 노비타처럼 생긴 동그란 안경도 말이지."

"알고 있어요."

히나코는 일부러 소리 높여 대답했다. 세상에 사람을 죽일 수 있는 사람과, 죽일 수 없는 사람이 있다고 한다면 다모쓰는 틀림없이 후자의 인간이다. 그런 그가 만일 누군가에게 칼을 들이대는 일을 한다면, 그것은 결코 자신을 위해서가 아닐 것이다. 예를 들면, 그렇다. 죄 없는 누군가를 구하기 위해서, 어쩔 수없이 반격한다든가…….

도내에 들어설 무렵, 여자 아이돌의 가성이 쇼지의 스마트폰을 진동시켰다. 쇼지는 핸들을 돌리면서 스마트폰을 히나코에게 건넸다.

"구라시마 형사님에게서 온 전화입니다."

"받아봐."

"재미있는 걸 알았어."

수신 버튼을 누르자마자 곧바로 구라시마가 말했다. 미해결 사건에 진전이 있었던 것일까.

히나코는 스피커폰 스위치를 눌렀다.

"5년 전 유아 참살사건 쪽 말인데, 관계자에게서 클리닉의 의사 이름이 나왔어."

히나코는 가슴이 두근거렸다.

"부동산업자와 함께 시신을 발견했던 첫 발견자 말인데, 하야사카 멘탈 클리닉의 나카지마 다모쓰라는 의사였어. 나카지마는 당시에 무사시노 대학의 학생이었는데, 현장을 본 충격으로 인해 정신적으로 문제가 생겨서 1년간 휴학했어. 그때 다녔던 병원이 하야사카 멘탈 클리닉이야. 나카지마는 천재적 재능이 있던 학생이라 도쿄대학 공학부에서 무사시노대학으로 편입했어. 거기서 하야사카와 호흡을 맞춰 뇌 관련 연구를 했는데, 자기 이름으로는 연구 논문을 발표하지 않았어."

─결론부터 말하면, 저희가 하려고 했던 일은 그리 간단한 일이 아니었습니다. 결국 우리는 지금 전혀 다른 방법으로, 카운슬링과 퇴행최면을 통해서 같은 성과를 얻으려고 모색하는 중입니다.

다모쓰의 말이 히나코의 뇌리에 되살아났다. '결국 우리는 지금 전혀 다른 방법'이라고 다모쓰가 말했다. 그것은 요컨대 카운슬링과 퇴행최면으로 잠입하는 치료법은 초기에 연구하던 방법과는 다르다는 이야기다.

—직접 뇌를 건드리는 것과 달리……

다모쓰는 분명 그렇게 말했다. 도쿄대학의 공학부. 다모쓰는 그곳에서 어떠한 연구를 했을까.

"이시카미 박사님에게 부탁해서 논문의 마스터 데이터를 찾아달라고 해서 복원해보니, 두 사람이 원래 하던 연구는 범죄자의 뇌에 직접 액세스해서 치료를 진행하여 범죄를 미연에 방지한다는 내용이었다고 해. 학부의 친구들에게도 탐문을 해봤는데, 나카지마는 연구 중에 뇌의 스위치를 발견했다고 말했다더군. 그리고 얼마 안 있어 그 사건과 조우하고는 휴학했어."

"스위치……."

어째서인지, 히나코는 사신여사가 보여주었던 뇌 입체 모형이 떠올랐다. 투명 플라스틱으로 출력된 편도체의 일부에는 붉은 마커가 되어 있었다. 미야하라와 사메지마의 쏙 닮은 뇌종양……. 설마……인공적으로 만들어진 뇌종양……?

"나카지마 의사라면 지난번 탐문 때 만났었지. 그 사람은 용의자였나?"

쇼지가 큰 소리로 물었다.

"아니. 발견 시의 상황을 보면 결백해. 알리바이도 완벽하고. 하지만 그 사건 때문에 휴학하게 되어서 범인을 원망했을지도 모르고, 반대로 참상을 보고 감화되었을 가능성도 있지."

진찰실에 포장지를 장식해두고 있던 건 우연이 아니었다. 어젯밤에 노비 선생님이 토했던 것은 딸기 캔디 때문이었는지도 모른다. 아마 그것이 계기가 되어 살인 현장의 기억이 되살아나 버렸던 것이다. 그렇지만……, 다모쓰 선생님은 어째서 캔디 포장지를 액자에 넣어 장식하고 있었을까. 기억해내기도 끔찍한 현장의 유류품을, 어째서?

엽기살인의 전리품.

무시무시한 생각이 머리를 스쳤다. 히나코는 저절로 몸이 부르르 떨렸다. 구토할 정도의 물건을 보았는데도 노비 선생님은 나에게 "캔디, 고마워요"라고 감사인사를 전했다. 그것은 자상함일까, 아니면 광기일까.

"어……, 듣고 있어? 전화 감도가 안 좋은가?"

구라시마가 전화기 너머에서 소리쳤다. 쇼지는 히나코가 들고 있던 스마트폰을 집어 들더니 두세 마디 정도 짧게 이야기를 한 뒤 전화를 끊었다. 두 사람의 마지막 대화는 히나코의 머리를 그대로 스쳐 지나갔다.

"도도, 괜찮아?"

주머니에 스마트폰을 집어넣고서 쇼지가 물었다.

"네"라고 대답했지만 히나코는 괜찮지 않았다. 쇼지의 말대로 정보 수집을 위해 히나코에게 접근한 걸까. 만약 그렇다면, 만약 다모쓰가 살인자라면 현역 형사인 자신은 살인자의 품에 안겼다는 이야기가 된다.

"진짜 괜찮은 거 맞아? 무슨 생각을 하는 거야?"

쇼지의 말이 그대로 귀를 지나쳐간다. 차의 앞 유리에 비치는 자동차의 라이트가 눈부시다. 가로등과 빌딩의 복잡한 불빛이, 황혼 속에 우뚝 선 거리의 경관을 모호하게 만든다. 마찬가지로, 이런 식으로, 사람도 자기 자신을 기만하는 법일까.

"정말 괜찮아? 내가 갈까?"

차 안에서 쇼지의 말을 뒤로 하고, 히나코는 홀로 긴시 초의 건물로 향했다. 하야사카의 클리닉은 한 층 전체를 점하고 있기 때문에, 쇼지가 숨어서 대기할 장소가 없다. 결국 쇼지는 공원 주차장에서 기다렸다. 올려다보니 네 곳의 진찰실과 원장실이 최상층에 늘어서 있었다. 다모쓰의 방과 원장실에만 불이 들어와 있고 다른 방들은 어두웠다. 계단실에도 어슴푸레하게 불이 들어와 있는 건 접수처가 열려 있기 때문일 것이다. 히나코는 신발을 고쳐 신고, 주머니에 양념통이 있는지 확인했다.

오토모로 여겨지는 청년과 처음 부딪쳤던 엘리베이터가 층수 표시를 빛내면서 내려온다. 로비의 조명은 어둡다. 콘크리트의 차가운 기운이 코트 아래에서 기어 올라온다. 1층 표시에 반짝 불이 들어오고 엘리베이터의 문이 열리자, 히나코는 엘리베이터 안에 아무도 없음을 재차 확인하고서 안에 들어가 최상층 버튼을 눌렀다.

클리닉의 홀도 어두웠다. 진료가 끝났는지 접수처의 여성도 보이지 않았다. 강화유리 문이 열려 있어서, 히나코는 주저하지 않고 안으로 들어갔다. 접수처의 벨을 누르기 전에, 발돋움을 해서 재실 표시를 확인한다. 지난번에 이곳을 방문했을 때, 손님에게는 잘 안 보이는 장소에 클라이언트나 의사의 재실을 표시하는 패널이 있다는 것을 확인했기 때문이다. 원장실에는 진료 중 램프가, D실에는 재실 램프가 들어와 있었다. D진료실에 방문을 고하는 벨을 누르고 잠시 기다렸다. 문이 열리는 소리가 나고, 긴 복도에 불이 켜지고, 백의의 다모쓰가 방을 나왔다. 그 모습이 평소처럼 노비타 같아서 히나코는 진심으로 안도했다. 괴물이 아니다. 어젯밤과 같은 노비 선생님이다.

"도도 씨 혼자이십니까? 들어오시죠."

다모쓰를 따라 히나코는 D진료실에 들어갔다.

블라인드를 닫은 다모쓰의 방은 지난번에 왔을 때와 마찬가지로 마음이 편안해지는 방이었다.

"저기……, 우선은 코트 감사합니다. 여기에 가지고 올 수는 없어서 택배로 보냈습니다. 내일 도착할 거예요."

"아, 아뇨. 이쪽이야말로 수고하시게 해서 죄송합니다."

무엇을 기억해냈는지 다모쓰는 뺨을 붉혔다. 그 이야기가 시작되면 자신은 형사로 있을 수 없다. 히나코는 마음을 다잡고 척척 사진을 꺼냈다.

"바쁘신 중에 시간을 내달라고 해서 죄송합니다. 실은 사진을 확인해주셨으면 해서요."

"좋습니다."

다모쓰는 평소의 얼굴로 미소를 지었다. 따스하고 붙임성 있는 웃는 얼굴이었다.

"이것입니다."

히나코는 다모쓰의 책상으로 다가갔다. 오늘의 책상은 파일의 산으로 어질러져 있었는데, 태블릿 형태의 컴퓨터 외에도 지난번에 왔을 때에는 깨닫지 못했던 손바닥 크기의 상자도 있었고, 그 안에는 낡은 USB 메모리와 IC칩, 다모쓰가 단추를 고정하던 옷핀이 들어 있었다. 그리고 캔디 포장지를 넣은 액자가, 역시 그 옆에 놓여 있었다. 다모쓰가 내민 손에, 히나코는 고바야시 쇼타의 이력서를 놓았다.

"사진의 인물을 아시나요?"

"이 사람이……, 뭔가 저질렀습니까?"

다모쓰는 흐릿하게 안색을 바꾸었다. 고바야시 쇼타의 이력서에, 히나코는 소년원에서 찍은 오토모 쇼의 사진을 얹었다.

"역시 알고 계시는군요. 그 사람은 하야사카 원장 선생님이 감별관을 하고 계실 때에 신세를 졌던 소년입니다. 이름은 오토모 쇼. 열다섯 살에 어머니를 죽이고 감별소에 갔고, 거기서 하야사카 원장 선생님의 자질 감별을 받고 소년원에 이송되었습니다. 현재도 하야사카 원장 선생님은 그 사람을 맡고 계시죠?"

"네."

다모쓰는 모르는 사람을 보는 듯한 눈으로 히나코를 보았다.

"어째서 그 사람을 조사하고 있습니까?"

"그 전에 묻고 싶습니다만, 이쪽의 고바야시 쇼타라는 인물은 모르십니까?"

히나코는 오토모의 사진을 들고 고바야시 쇼타의 사진과 나란히 놓았다. 여전히 망설이는 다모쓰에게 고개를 숙이며 말했다.

"수사에 협력해주세요."

다모쓰는 깊은 한숨을 내쉬었다.

"그 사람이 현재의 오토모 군입니다. 본인이 틀림없다고 생각합니다. 그런데 이름이 다른 건 어째서일까요?"

가짜 이름에 짚이는 것이라도 있는 것처럼, 다모쓰는 약간 낯빛이 창백해졌다. 역시 고바야시 쇼타는 오토모였다. 그 남자가 히토미를 살해했을 가능성이 생긴 것이다. 여기서 오토모를 붙잡아 DNA 감정용 샘플을 제출하게 해야만 한다.

"지난번에 여기에 들렀을 때, 저는 이 남자와 엘리베이터에서 지나쳤습니다. 아무런 말도 나누지 않았습니다. 하지만 잊을 수 없는 인상이었죠. 그리고…… 여기서부터는 아직 제 추측에 지나지 않습니다만, 저는 그 사람이 후나모리 공원에서 히토미가 살해당한 사건의 중요 참고인이라고 생각합니다. 확실히 말하자면……, 다른 두 건의 미해결 사건의 범인도 그 사람이 아닐까 의심하고 있습니다."

안경 안에서 다모쓰의 눈동자는 슬플 정도로 색이 바뀌었다.

"어째서……." 그는 신음하듯 중얼거렸다.

"근거는 백열전구와 향수, 그리고 버지니아 슬림이라는 담배입니다."

히나코가 그렇게 생각하는 이유를 간략하게 다모쓰에게 이야기하는 동안, 다모쓰는 5년 전의 일을 생생히 떠올렸다. 그날, 연립주택의 현관에서 흐릿하게 떠돌던 인공적인 달콤한 냄새. 수수께끼였던 그 냄새는 죽은 아이가 어머니의 화장대에서 가지고 놀던 향수 냄새였던 것이다.

"임상심리사로서 노비 선생님의 의견을 여쭙고 싶습니다. 범인이 어머니에게 강한 증오를 품고 있을 경우, 어머니와 같은 타입의 여성에 대해서도 살의를 품는 경우가 있을까요?"

"잠깐만요……. 도도 씨. 잠깐만 기다려주세요."

다모쓰는 비틀거리듯 자신의 책상에 앉았다. 두 손이 심하게 떨렸다. 후나모리 공원에서 히토미의 시체를 보았을 때의 자신과 똑같은 모습이라고 히나코는 생각했다.

"그런 일은……, 가능하다고 생각합니다. 어느 현장에나 백열전구가 있었다고 한다면, 더더욱……. 그런데 정말입니까? 정말로 현장에 백열전구가?"

"있었습니다. 확인했으니 틀림없습니다."

"하지만 충격이네요……. 오토모 군이…… 살인을…… 어째서…… 아니, 역시……."

"노비 선생님은 유아 살해사건의 첫 발견자이셨지요."

다모쓰는 묵묵히 끄덕였다.

"이 액자에 들어가 있는 건 그 사건과 연관된 물건입니까?"

히나코는 두근거리는 가슴을 억누르며 액자를 가리켰다. 만약 여기서 다모쓰가 그것을 부정하면, 그에 대한 용의가 짙어질 거라고 생각했다. 그렇지만 다모쓰는 간단히 긍정했다.

"네. 사건 현장에서 주운 것입니다. 저는 당시에 집값이 싼 방을 찾고 있었는데, 부동산업자에게 소개받은 연립주택의…… 주차장에…… 분홍색 작은 종이가 흩어져 있어서, 아무 생각 없이 주워서 주머니에 넣은 것을, 그대로 계속 지니고 있었습니다."

방음설비가 되어 있는지, 클리닉 안은 놀라울 정도로 조용했다. 도로를 달리는 차 소리도 들려오지 않는다. 고개를 든 창백한 다모쓰의 거칠어진 호흡까지 알 수 있었다. 어젯밤에 캔디를 보고 토했을 때와 같았다.

"저는 자신을 몹시 책망했습니다. 30분만 빨리 현장에 도착하면 좋았을 거라든가, 좀 더 일찍 그 방을 얻었더라면 괜찮았을 거라든가……. 어째서 그 아이를 구할 수 없었을까 하고."

"그런 건……."

다모쓰는 희미하게 웃어 보였다.

"알고 있습니다. 아마 도도 씨도 그렇겠죠? 친구에 대해서 그렇게 생각했겠죠."

다모쓰가 말한 대로였다. 돌이킬 수 없는 그 순간을, 어제도, 오늘도, 늘, 계속해서 몇 번이나 후회하고 있다.

"사건 뒤에 저는 의식을 잃었다가 병원에서 눈을 떴습니다.

모든 것이 꿈이었다고 생각하고 싶었지만, 점퍼 주머니에서 그 포장지가 나왔을 때, 저는 그 아이의 눈을…… 떠올리지 않을 수 없었습니다. 그래서 그것을 가지고 있습니다. 두 번 다시, 아무도 그런 꼴을 당하지 않게 만들기 위해……. 좌절할 것 같을 때마다 그것을 보며 저 자신을 다짐해왔습니다. 그것만을 위해, 노력해왔는데……."

그런데도 히토미를 죽게 만들어버렸다. 다모쓰가 마음속에서 덧붙인 말을, 머릿속에서 히나코도 들었다.

히나코는 액자를 책상에 돌려놓다가, 문득 상자에 들어 있는 USB에 눈길이 멎었다. 자잘한 상처가 나 있는 낡은 USB 메모리. 분명 어딘가에서 봤다는 기분이 들었다. 어딘가에서……, 어딘가에서…….

고개를 떨어뜨린 다모쓰 몰래 히나코는 수첩을 펼쳐서 토란 일러스트를 봤다. 도쿄 교도소의 교도관 미부에 대한 기억이 났다.

―좋은 시대로군요. 이런 작은 물건에 녹화 영상을 남길 수 있다니…….

감시 영상을 보았을 때, 미부는 이 USB 메모리에 데이터를 넣어서 가져왔다. 그 후 얼마 되지 않아 미부는 정년을 기다리지 않고 퇴직했다. 가까운 찻집에서 다모쓰에게 그 이야기를 들었을 때, 다모쓰는 교도소의 잡지와 미부의 편지가 든 갈색 봉투를 안고 있었다.

그 봉투에 저 USB 메모리가 들어 있었던 것이다.

'스위치를 켜는 자'라는 또 하나의 얼굴이 다모쓰에게 겹쳐진다. 히나코가 살짝 뒤로 물러섰을 때, 스마트폰에서 메일 수신음이 들렸다. 미키에게서 온 것이었다.

스즈키 순경 사건의 관계자 중에 일치하는 지문은 없음. 다만 미야하라 사건에서 인터체인지 아래의 풀숲에 있었던 콜라병의 지문과 일치. 바로 연락 바람.

곧바로 히나코는 다모쓰를 보았다. 다모쓰도 히나코를 빤히 바라보았다. 그러다가 시선을 책상으로 되돌렸다. 히나코가 USB에 주목하고 있던 걸 깨달은 듯했다.

"나는…… 나는…… 어째서야!"

어젯밤과 같은 짐승 같은 고함이었다. 다모쓰가 격하게 몸을 떨며 두 손을 자신의 이마에 철썩 붙였을 때, 히나코는 재빨리 문으로 달려갔다. 미야하라의, 사메지마의, 다른 자살자들의 무참히 죽은 모습이 따라온다. 다모쓰가 그런 식으로 인정사정없이 사람을 죽이다니!

"도도 씨!"

히스테릭한 다모쓰의 목소리를, 히나코는 문으로 차단했다. 그 순간 갑자기 모든 전기가 꺼졌다. 히나코는 암흑 속에 내던져졌다. 긴 복도 저편에 비상등 불빛만이 창백하게 빛나고 있다. 분명 원장실은 막다른 곳이었다. 그렇다면 비상등이 유도하는 곳은 접수처의 홀일 것이다. 아마도 그 어딘가에 비상계단 문이 있을 것이다.

히나코는 접수처를 향해서 나아가다가 입구의 유리문에 부딪쳤다. 두꺼운 강화유리 파티션은 몸을 부딪쳐봐도 꿈쩍하지 않았다. 잠겨 있는 듯했다.

어느새? 무엇을 위해?

두근거리는 자신의 심장 소리가 귓가에 울려 퍼졌다. 히나코는 휴대전화를 꺼내서 떨리는 손가락으로 쇼지에게 전화했다. 하지만 쇼지의 전화는 통화 중이었다. 아마도 지문 관련 건으로 미키와 통화하고 있으리라. 어딘가에서 물건이 바스락거리는 소리가 들리자 히나코는 공포에 몸이 움츠러들었다. 창문도 없는 접수처 홀에서는 비상등을 등진 히나코가 압도적으로 불리하다. 숨으려고 접수 카운터에 다가갔을 때, 재실 표시가 눈에 들어왔다. 맞다. 원장과 클라이언트가 아직 원장실 안에 있다. 히나코는 휴대전화를 끄고 발소리를 죽이며 다시 복도를 돌아간다. 비상등을 등지고 어두운 복도를 더듬거리며 나아간다. 다모쓰가 자신을 노린다면, 역광에 실루엣이 드러난 자신이 불리하다. 쇼지가 공원에서 건물을 보고 있다가 불이 꺼진 것을 깨달아주면 좋을 텐데……. A실, B실, C실 앞을 지나 D실 앞에 접어들었을 때, 누군가 히나코를 뒤에서 끌어당기며 입을 막았다.

"쉿. 접니다, 도도 씨. 진정하세요. 여기서는 큰 소리를 내지 마세요……. 정전은 원내에 한정된 것 같습니다. 아마도 차단기가 내려간 것이겠지요. 위험하니 원장 선생님이 조명을 켤 때까지 여기에 계세요."

말의 앞뒤가 맞지 않는다. 등 뒤에서 끌어안고 귓가에 조용히 속삭이는 다모쓰의 목소리가 무서웠다.

'진정해……진정해…….' 히나코는 마음을 가라앉히려 노력했다. 지금 바로 팔을 뿌리치고 원장실에 뛰어들어 안에서 문을 잠가버리면 어떨까? 아니면 큰 소리를 질러서 원장이 경찰을 부르게 만드는 편이 좋을지도 모른다. 하지만 그 순간 다모쓰가 덮친다면? 정신없이 생각하는 와중에 다모쓰가 히나코의 몸을 자기 쪽으로 끌어왔다.

"……제가 무섭습니까, 도도 씨?"

등에 다모쓰의 고동이 느껴졌다. 어젯밤과 마찬가지다. 어느 쪽이 어느 쪽의 심장인지, 알 수 없을 정도로 격하게 고동치고 있다. 어떻게 대답해야 그를 자극하지 않을 수 있을까. 어떻게 대답해야 머리의 스위치를 켜서 끔찍하게 자살하게 만드는 것을 막을 수 있을까. 자상했던 어젯밤의 기억을, 히나코는 머리에서 떨쳐냈다.

"그렇군요. 도도 씨는 알아버렸군요. 사메지마 씨 같은 사람들의 끔찍한 영상을 미디어에 보낸 사람은 바로 접니다."

예상했지만 막상 본인에게 고백을 들으니 발밑부터 세상이 무너져가는 것 같았다. 자신의 어리석음에 눈물조차 나오지 않았다. 다모쓰는 히나코를 뒤에서 끌어안고 달래듯이 속삭였다.

"원장 선생님이 시작한 연구는, 지금 와서 생각하면 아주 불손한 것이었습니다. 원장 선생님이 처음에 착안한 것은 뇌종양입니다. 뇌종양, 뇌경색, 다양한 뇌의 질병은 환자의 인격을 바꿔버리는 경우가 있습니다. 원장 선생님은 그 점에 착안해서 기억이나 감정을 다스리는 뇌의 부위를 직접 조작할 수 없을까를 생각했고, 그것을 위해 전자공학을 배운 저를 불러들인 겁니다. 하지만 인간이 다른 인간의 뇌를 멋대로 조작한다는 행위가 허락될 리 없습니다. 고민하던 무렵, 저는 그 사건과 조우했습니다. 천명이라고 생각했습니다. 살해당한 여자아이가 저를 불러들인 거라고……. 대학원을 휴학하고 저는 혼자서 연구를 진행했습니다. 그것이 무시무시한 배덕행위라는 걸 알고 있었지만, 더 이상 망설임은 없었습니다. 그렇게 해서 드디어 뇌의 일부에 불수의기능에 작용하는 스위치가 있음을 발견했던 겁니다. 격렬한 갈망에 충동질당해, 광기에 가까운 쾌감을 얻기 위해 반복되는 기억을 불러내는 사람에게만 흉기가 될 수 있는 두려운 스위치입니다."

다모쓰는 호흡이 거칠었다. 히나코는 다모쓰를 자극하지 않도록, 암흑을 견디며 가만히 웅크렸다. 원장은 뭘 하고 있는 걸까. 정말로 차단기는 올라갈까. 아니면…… 재실 표시도 진료 표시도 가짜이며, 이 층에는 처음부터 자신과 다모쓰밖에 없었던 것은 아닐까. 도와줘요, 쇼지 선배! 히나코는 마음속으로 크게 소리쳤다.

"그때 저의 마음에는 미부 씨가 평소에 말하는 '사람을 몇 명 죽여도 사형은 한 번뿐'이라는 말밖에 없었습니다. 그건 너무나도 불공평합니다. 세 명을 죽이면 세 번 죽는다. 자신이 피해자에게 했던 것과 완전히 같은 상황에서, 같은 괴로움을 맛보면서 죽어야 한다고. 그렇게 해서 만약 부여한 양만큼의 괴로움이 자신에게 돌아온다는 것을 알게 된다면, 그 어떤 살인귀도 범행을 주저하지 않을까 생각한 겁니다."

"계획은 성공했군요."

"……그렇습니다."

히나코의 가슴 앞에서 교차된 다모쓰의 팔에 꾸욱 힘이 들어왔다.

"어떻게 그 사람들을 죽였나요?"

"죽이지 않았습니다."

"하지만 당신은 그 사람들의 동영상을 촬영했잖아요!"

"쉿. 조용히 하세요……."

다모쓰는 떨리는 히나코의 팔을 문질렀다.

"도도 씨에게는 모든 것을 말씀드리겠습니다."

"미부 씨가 공범이었군요."

"그런 게 아닙니다. 말씀드렸지요? 미부 씨는 관계없다고."

"하지만 교도소의 동영상을 반출한 건 그 사람이잖아요?"

"확실히 그 USB는 미부 씨의 편지 속에 들어 있었습니다. 아마도 미부 씨는 저의 생각에 찬성하셔서, 그래서 자신의 죽을 날이 가까운 것을 깨달았을 때 그것을 반출했던 거라 생각합니다. 저도 내용을 볼 때까지는 그런 동영상이 들어 있으리라고는 생각하지 않았습니다. 미부 씨는 언제나 사형 따윈 뜨뜻미지근하다고 말하던 사람이었습니다. 한 사람을 죽이면 한 번, 두 사람이라면 두 번, 사람을 죽이면 같은 꼴을 당한다는 것을 알아야 한다고, 그것이 범죄를 방지할 수 있다고……. 그러니까 그 사람들이 죽은 모습은 공표되어야 한다고 말이죠."

히나코도 그렇게 생각했던 적이 있다. 미부의 마음은 이해할 수 있다. 하지만 그렇다고 해서…….

……그다음은, 스스로도 답을 찾아낼 수 없었다.

"다른 두 사람의 영상은?"

"사나에 씨의 초칠일이 지난 뒤, 그 사람의 약혼자가 저를 찾아와서, 사나에 씨에게 일어난 일을 알려주었습니다. 그리고 미야하라에 대해 이렇게 말했습니다. 살인사건이 있던 장소에 매일 들러서, 바쳐진 꽃에 오줌을 싸는 남자라고. 저는 미야하라에게 스위치를 장치하겠다고 약속하고, 미야하라가 만약 범죄에 쾌락을 느끼는 정신이상자일 경우에만 같은 일이 그 사람에게도 일어날 것이라고 알려주었습니다. 알려주긴 했지만, 그때는 실제로 무엇이 일어날지 확증은 없었습니다. 예상하고 있었던 것은 뇌내 레벨에서 그런 일이 일어난다는 사실뿐이었습니다. 자신이 저지른 죄의 기억, 반복되던 쾌락기억을 피해자 입장에서 경험하고서 미쳐 죽든가, 쇼크로 죽을 거라고. 그런데……."

다모쓰는 히나코의 어깨에 달라붙듯이 머리를 얹었다.

"한동안 시간이 흐른 뒤에 사나에 씨의 약혼자로부터 동영상 투고 사이트의 주소가 왔습니다. 저는 그걸 보고 처음으로 스위치가 ON되면 무슨 일이 일어나는가를 알았습니다. 말도 안 되는 일이라고 생각했습니다. 사람의 몸도 정신도, 그 정도의 스트레스에 견뎌낼 수 있도록 만들어지지 않았습니다. 그런데도 미야하라는 범행의 전부를 스스로의 몸에 재현할 때까지, 죽는 것도 불가능했습니다."

"그 동영상 보셨군요."

다모쓰는 히나코의 어깨 위에서 고개를 끄덕였다.

"저는 살인자가 되었습니다. 지금은 수많은 악몽에 시달리고 있죠."

히나코는 발버둥 쳐서 다모쓰의 팔에서 탈출했다. 원내에는 아무런 소리도 들리지 않았다. 쇼지가 와줄 기색도 없다. 아무리 시간이 지나도 전기가 들어오지 않는다. 안경 아래에 눈동자가 가라앉아서, 다모쓰의 표정도 볼 수 없다. 어둠 속에서 히나코는 외톨이였다.

"알려주세요. 스위치를 장치하는 방법과, 그것을 ON으로 켜는 방법을."

"정확한 방법은 말할 수 없지만, 뇌의 특정 장소에 폴립을 발생시켜 둡니다. 그 후에는 알아서 스위치가 ON되기를 기다리면 됩니다. 강렬하고 잔인한 기억을 불러낼 때, 자연스럽게 스위치가 켜집니다. 미야하라의 경우, 그 남자는 매일 같은 장소에서 같은 행동을 하는 것으로 자신이 범한 끔찍한 기억을 즐기고 있었죠. 사나에 씨는 그 장소에서 트럭 짐칸에 짓눌려 폭행당했었습니다. 저는 그래서 같은 시간, 같은 장소에서 그 사람을 기다렸다가, 음료수를 사는 척하고 그 사람이 사나에 씨에게 사용한 물건을 건넸습니다."

"콜라병이군요."

어둠 속에 표정을 잃은 채로, 다모쓰는 천천히 고개를 끄덕였다.

"하지만 설마 그 사람이 자기 자신에게 살인까지 범하리라고는 생각하지 않았습니다."

다모쓰의 눈앞에서 미야하라는 자기 자신을 범했다. 그리고 자택으로 도망친 미야하라는, 죽인 여고생처럼 자신을 죽였다.

"어째서 그런 짓을……, 어째서 그런 끔찍한 짓을? 미야하라의 영상을 봤으면서, 어째서 다른 범죄자들을 멈추려고 하지 않았나요?"

"늦었던 겁니다."

다모쓰는 천천히 고개를 저었습니다.

"미야하라가 죽은 것은 몇 사람인가의 머리에 이미 스위치를 심어버린 뒤였습니다. 두려움에 움츠러들어서 폴립을 소멸시켜야 한다고 고민하고 있는데, 이번에는 도쿄 교도소에서 사메지마 씨가 자살했습니다. 그리고 저는 미부 씨에게 호출을 받았습니다.

'선생님, 하느님이 정말로 있긴 있는가 봅니다'라고 미부 씨가 말했죠.

'무차별 살인을 저지른 놈들이, 제대로 죽지도 못하고 몇 번이나 피해자와 같은 꼴을 당한다는 걸 알면, 그런 끔찍한 범죄는 분명 끊어지게 되겠지요. 그러니까 그 사람들이 죽은 꼴은 많은 사람들의 눈에 띄는 것이 좋겠지요'라고요. '이것이야말로 천벌 아니겠습니까'……미부 씨는 그렇게 말했습니다.

저는 사나에 씨의 약혼자로부터 받은 애플리케이션을 개조해서, 가정 내 폭력으로 그룹 치료를 다니던 남자의 스마트폰과 여성 환자를 먹잇감으로 삼고 있던 심료내과 의사의 컴퓨터에 집어넣었습니다. 양쪽 모두 상습범이고 동영상을 찍을 수 있는 것을 알고 있었으므로, 범행 동영상을 입수해 고발하면 된다고 생각했습니다만……. 그 사람들은 스위치가 ON되자마자 스스로를 죽여버렸습니다."

다모쓰의 고백에 두려움을 견디지 못한 히나코는 그를 떠밀고 곧바로 원장실로 향했다. 미쳤다, 노비 선생님은 미쳤다. 사랑하는 누군가를 빼앗기면 누구라도 앙갚음을 생각한다. 똑같은 꼴로 만들어주고 싶다고 생각한다. 하지만 자신과 관계없는 가해자에게, 몇 사람에게나 저주를 걸다니 정상이 아니다. 그 사람에게 안겼던 내가 싫다. 어젯밤 그 사람의 체온이, 떨리던 다모쓰의 괴로움이, 맑은 눈동자가 히나코의 마음을 찌른다. 죽이는 사람과 죽는 사람, 이 세상에 두 종류의 인간이 있다고 하면 다모쓰는 사람을 죽일 수 있는 사람이 아니다. 하지만 누군가를 구하기 위해서라면, 무차별 살인의 희생자를 미연에 막기 위해서라면, 망설임 없이 몇 번이나 칼을 뽑는 건가. 그것이 저렇게나 잔인한 결과를 부르더라도.

원장실 문을 열려는 순간, 쇼지로부터 전화가 걸려왔다. 히나코는 원장실을 열자마자 "얼른 와요!"라고 쇼지에게 호통을 쳤다. 그와 동시에 원내의 불이 들어왔다. 누군가가 차단기를 올린 것이다.

넓은 원장실 중앙에는 둥글고 거대한 피 웅덩이가 있었다. 웅덩이에서 이어진 기다란 핏줄기가 구석으로 뻗어나가고 있었다. 히토미의 현장과 마찬가지로 천장에 매달린 백열전구에 점점이 피가 튀어 있었다. 귀여운 딸기 캔디 봉지를 테이블에 올려놓고, 환자용 장의자에 두 팔과 두 다리를 뻗은 채, 하야사카 원장이 죽어 있었다. 목덜미가 깊이 찢어지고, 피눈물을 뚝뚝 흘리며, 도려내진 안구를 열린 입에 물고 있었다. 비명을 지를 새도 없이, 히나코는 머리를 얻어맞고 원장실 바닥에 그대로 쓰러졌다.

흐릿한 시야 가장자리에 피투성이 스니커즈가 보였다. 누군가 머리카락을 붙잡고 잡아당긴다. 마치 모래자루를 잡아당기듯이 거리낌 없는 동작이다. 히나코의 몸은 피 웅덩이에 젖어서 쉽게 미끄러졌다. 그리고 히나코는 곧바로 백열전구 아래로 끌려갔다.

"오토모 군!"

다모쓰가 전기실에서 차단기를 올린 후 원장실로 뛰어왔을 때, 히나코는 원장의 시체 옆, 진료용 장의자에 눕혀져 있었다.

"부탁이야. 그 사람에게는 손대지 마, 제발 부탁이야."

다모쓰는 천천히 실내로 들어오다가 원장의 책상 앞에서 움직임을 멈췄다. 오토모가 히나코의 머리카락을 움켜쥐고는 목덜미에 나이프를 댔기 때문이다. 뾰족하고 예리하게 연마된 칼끝이 빨려들듯 피부에 파고들었다. 원장의 혈흔 위에 히나코의 피가 배어나오기 시작했다.

"그만둬!"

"선, 생님……"

그렇게 더듬으면서 오토모는 목소리를 죽이며 쿡쿡 웃었다.

"당신, 도, 그, 런 얼굴을, 하는, 구나."

머리의 심한 통증이 공포를 이겼는지, 히나코는 간신히 오른손을 움직일 수 있었다. 왼손도 움직였다. 하지만 머리를 붙잡힌 상태에서 섣불리 오토모를 자극했다간 그대로 나이프가 그어질 것이다.

'진정해, 히나코, 진정하는 거야, 진정해……'

그녀는 주머니에 손을 넣어 양념통 뚜껑을 빙글빙글 돌렸다.

"오토모 군, 부탁이야. 무슨 일이든 할 테니, 제발 그 사람을 풀어줘."

"싫, 어. ······후훗······후후후후후······."

다모쓰의 애원에 오토모는 온몸을 떨며 웃었다. 히나코의 눈에 오토모의 하반신이 들어왔다. 청바지 위로도 알 수 있을 만큼 발기한 것이 보였다. 히토미의 최후가 떠올랐다. 공포보다 분노가 끓어올랐다.

"당신, 의, 눈앞에서, 이, 녀석을, 죽이기로, 결심, 했어. 당신, 이 녀석, 을 좋아하지? 어떤, 기분이 들어? 이 녀석, 이 눈앞에서, 죽는 건."

'말도 안 되는 소리!'

머릿속으로 외친 순간, 손 안에서 양념통 뚜껑이 열렸다. 오토모가 머리 위로 나이프를 치켜들었을 때, 히나코는 오토모를 향해서 통의 내용물을 흩뿌렸다.

"으아악!"

비명 소리와 함께, 나이프가 히나코의 눈앞에 떨어졌다. 그녀는 피가 흥건한 바닥을 굴러 다모쓰 곁으로 도망쳤다.

"도망치세요!"

다모쓰가 소리쳤다. 그는 히나코를 등 뒤로 밀어 보내고서 곧바로 오토모에게 달려들었다. 다모쓰의 오른손 중지에 낀 반지가 붉은 빛을 발했다. 레이저 불빛 같은 그 빛은 다모쓰가 오토모의 머리를 움켜잡는 것과 동시에 꺼졌다.

오토모는 등 뒤에서 다모쓰에게 머리를 움켜잡힌 채 정신없이 두 눈을 비볐다. 그렇게 눈을 깜빡이면서 나이프가 어디 있는지를 찾았다. 오토모의 두 눈은 새빨갛게 붓고 눈물이 흘러서 앞이 잘 안 보이는 듯했다. 다모쓰를 등 뒤에 얹은 채로, 엉금엉금 기며 피 웅덩이를 살핀다. 오토모의 눈이 나이프를 포착한 순간, 히나코는 반사적으로 뛰기 시작했다. 하지만 오토모 쪽이 약간 빨랐다. 오토모의 나이프가 히나코에게 닿으려는 순간······.

"쇼!"

오토모의 등 뒤에서 떨어져 우뚝 서 있던 다모쓰가 오토모의 이름을 소리쳐 불렀다.

"이 아무짝에도 쓸모없는 녀석, 너는 정말로 구제불능이야. 그래서는 결혼도 못 하겠지. 아무리 얼굴이 반반해도, 안 서는 남자는 남자가 아니야. 아, 손해 봤네, 손해 봤어. 너를 낳지 말걸 그랬어."

오토모 쇼의 표정이 급변하는 것을 히나코는 보았다. 창백해진 다음 순간, 그의 얼굴이 거무스름해질 정도로 안색이 변했다. 소년과 악마가 혼재하는 듯한 기분 나쁘게 기묘한 얼굴이었다.

"쓸모없는 녀석. 네가 정말로 남자야? 달려 있는 건 장난감이야?"

뿌드득 이를 가는 소리가 무시무시하게 들렸다. 오토모는 차바퀴가 삐걱거리는 듯한 소리로 신음하면서, 히나코를 무시하고 뒤돌아섰다. 히나코는 다모쓰를 바라보았다. 어머니의 말투로 오토모를 매도하면서, 다모쓰는 캔디 봉지를 가까이 가져와서 내용물을 꺼내 포장을 깠다. 재빨리, 몇 개나, 몇 개나, 몇 개나…….

그리고 수북이 쌓인 캔디를 손에 쥐고는 천천히 오토모를 응시했다.

"빌어먹을…… 엄마 흉내는, 내지, 마."

오토모는 다모쓰에게 다가갔다. 다모쓰는 백열전구 아래까지 물러섰다.

"오토모 쇼. 기억하지? 10월이었어. 주차장에는 녹슨 자전거가 놓여 있었지. 너는 딸기 캔디로 여자애를 꾀어서, 연립주택의, 다다미를 한 장 까뒤집은 곳에, 그 애를 못 박았어."

오토모는 인형처럼 어색하게 고개를 저었다. 충혈된 눈이 형형하게 빛났다. 다모쓰는 그 발치에 봉투째로 캔디를 던졌다. 굴러 나온 캔디가, 피 웅덩이 속에 흩어져간다.

"전구 불빛 아래서, 그 애에게 캔디를 먹였지? 더 필요 없다는 그 애의 입에 억지로 사탕을 밀어 넣었어. 이런 식으로."

다모쓰는 갑자기 무릎을 꿇더니, 쥐고 있던 캔디를 자기 입에 쑤셔 넣었다. 사탕이 목을 막아 기도에 들어가자, 격하게 기침을 하는 다모쓰의 눈에서 눈물이 흘러나왔다. 그래도 다모쓰는 계속 입 안에 쑤셔 넣었다. 다모쓰의 입술이 찢어져서 피가 흘렀다.

"그만둬요!"

견디지 못하고 히나코가 외쳤을 때, 오토모는 한 손으로 머리를 누르며 나이프를 바닥에 툭 떨어뜨렸다. 그대로 그는 가만히 백열전구를 올려다보았다. 마치, 의식이 어딘가로 날아가 버린 듯한 몸짓이었다. 공허한 눈동자는 다모쓰도 히나코도 보지 않고, 그저 전구의 불빛에만 쏠려 있었다.

히나코는 재빨리 다모쓰의 등 뒤로 돌아 들어가서 위장 아래쪽에 두 팔을 교차시키고는 강하게 압박했다. 다모쓰가 "우욱!" 신음하며 기도를 막고 있던 사탕을 토해냈다.

"괜찮아요?"

"응, 나, 는……."

거칠게 숨을 몰아쉬면서, 다모쓰는 오토모를 올려다보고 있었다. 오토모의 눈동자가 격렬하게 움직였다.

"엄마!"

한 번 외치자마자, 뚝 소리와 함께 오른손 손가락이 부러졌다. 히나코는 비명을 내질렀지만, 오토모는 웃고 있었다.

"무슨 짓을 하는 건가요, 저 사람은, 뭘 어떻게……?"

다모쓰는 아무런 반응도 하지 않았다. 울 것 같은 얼굴로 오토모를 바라봤다.

긴 복도 저편, 접수처 너머에서 쇼지가 히나코를 부르는 소리가 들렸다.

"동료 형사가 왔어요."

히나코가 말하자 다모쓰가 고개를 끄덕였다.

"가봐요."

"하지만 바로 들어올 수 없어요. 입구가 잠겨 있어요."

"입구의 잠금장치는 바닥에 있습니다. 빗장이 있으니까 그걸 푸세요."

"당신은 어떻게 할 건가요?"

"이 친구와 있겠습니다. 마지막까지……. 다 저 때문이니까요."

히나코는 다모쓰와 오토모를 교대로 보다가 다음 순간 쇼지가 소리치는 쪽을 보았다. 그리고 접수처를 향해 뛰기 시작했다.

밝은 조명 아래에서 보니, 복도에는 피투성이 발자국이 이리저리 찍혀 있었다.

오토모는 원장을 죽인 뒤에 D실 앞에 있었던 것 같았다. 그때 어둠 속에 오토모가 있었다……. 그 생각에 등골이 오싹해졌다.

—항상 엄마를 뒤쫓고 있었다. 엄마는 무섭고 심술궂고, 화가 나서 아주 싫고…… 그래도 아주 좋아했다. 그런데도, 그런데도!

뿜어져 나오는 감정이 스파크를 일으켰을 때, 오토모의 이마가 쩍, 깨지며 피가 흘렀다.

공포에 얼어붙은 알몸의 엄마가 눈앞에 있고, 동시에, 전라 상태로 배트를 내리치는 자기 자신의 모습도 보였다.

—지금까지 그런 식으로 나를 봐준 적 있어? 나만을 봐준 적 있어? 나에게 용서를 빈 적 있어? 내가 사죄해도, 사죄해도, 사죄해도, 사죄해도, 당신, 용서해준 적이 있냐고, 아앙!

배트를 내리치자, 오토모는 입에서 피를 토하며 바닥에 쓰러져 움찔움찔 경련했다. 어머니의 시신에 배트를 쿡쿡 찌르며, 이리저리 희롱하는 자신을 보았다.

─뭐야, 결국 이것뿐이잖아. 그냥 고깃덩이야. 나는 계속…… 이런 것에게 계속, 지배당하고 있었던 거냐고. 이런 것에, 나는…… 뭘 겁먹고 있었던 거지.

시신이 된 어머니의 위치에서 올려다보니, 피가 튄 전구 아래에, 이번에는 블록을 쥔 자신의 모습이 보였다. 입가에는 미소를 짓고 있고, 눈만 아주 크게 벌어져서 기쁜 듯 반짝이고 있다. 그랬다. 무뚝뚝하고 거만한 향수 냄새 나는 아줌마에게 엄마의 미래를 본 것 같아서, 엄마의 미래가 더럽혀진 것 같아서, 나는 화가 났다.

자신이 무슨 일을 당하고 있는지 알고 있는지, 오토모는 기꺼이 그것을 받아들였다. 그는 반신을 일으켜서 격하게 바닥에 몸을 내리쳤었다. 뒤통수가 찢어져서 피가 흘렀다. 아무도 구해주지 않는다. 아무도 구하러 와주지 않는다. 당신도 마찬가지다, 나와 마찬가지로 외톨이로 죽어가는 거다. 죽어라, 지금, 여기서, 죽어!

─온몸에 전기가 흐른다. 뭔가, 묵직한 반응, 뭔가, 쾌감이…….

"도도, 대체 무슨 일이 있었어! 너 지금 피투성이라고! 구, 구급차를……."

강화유리 너머에서 쇼지가 혼란에 빠져 소리쳤다. 히나코는 잠금장치를 해제했다.

"오토모 쇼가 하야사카 원장을 살해했습니다. 역시 그 사람이 히토미를 죽인 범인이었어요."

간신히 열린 문틈을 비집고 들어오면서 쇼지가 외쳤다.

"뭐라고!"

"그리고 스위치를 켜는 자의 정체는 나카지마 의사입니다. 그 사람과 오토모가, 아직 원장실에 있어요."

"뭐? 뭐야, 그건. 뭐가 어떻게 돌아가는 거야!"

쇼지와 히나코는 다시 원장실로 달려갔다. 머리의 상처가 욱신욱신 아프고, 때때로 시야가 흐려졌다. 그렇지만 다모쓰가 걱정되었다. 여기서 쓰러질 수는 없었다.

— 시부야에서 말을 걸어와서, 껄렁껄렁한 남자의 연립주택에 들어갔다. 공장에 다니는 남자였다. 녀석과 거리에 나가면 항상 여자가 따라붙었다. 연립주택의 방에서 술을 마시고, 여자가 잠들면 나만 밖으로 쫓겨났다. 갈 곳이 없어서 철제 계단에 앉아 있다. 낮에는 이따금씩 이웃에 사는 여자애가 다가왔다. 귀여운 목소리로 이야기하고, 깔깔 웃으며 내 근처에서 놀았다. 이런 애도 속은 엄마와 똑같을까? 그것이 아주 궁금했다. 주머니에 있던 사탕을 하나 주었다.

"엄마가, 충치가 생기니까 먹으면 안 된대. 하지만 나는 사탕

엄청 좋아해."

―녀석이 공장에서 잘려서 연립주택에서 쫓겨나게 되었을 때, 나는 그 아이에게 선물을 주었다. 그 애는 몹시 기뻐하며 주차장에서 그것을 먹고, "오빠 좋아!"라고 말했다. 열쇠가 부서진 부엌 창문을 통해서 연립주택 안으로 들어가서, 그 애를 집 안으로 불러들였다. 어디에도 가지 않도록 바닥에 고정하고, 때때로 만나러 갈 생각이었다. 그랬더니…… 그 꼬마는…… 벌써부터 엄마와 같은 냄새를 풍기고 있었다.

오토모는 바닥에 엎어진 캔디를 주워 모아 자기 입에 밀어 넣기 시작했다. 다모쓰는 오토모로부터 나이프를 숨겼지만, 효과는 없었다. 입 안이 가득 차자 오토모는 다모쓰에게 덤벼들어서 간단히 칼을 빼앗았다.

히나코와 쇼지가 원장실에 뛰어든 순간, 오토모는 손가락이 부러진 손으로 나이프를 치켜들고 있었다. 그리고 다모쓰가 그 팔에 달라붙어 있었다.

"그만둬, 경찰이다!"

쇼지가 오토모에게 소리쳤지만, 그는 다모쓰를 덮치지 않고 나이프로 자신의 셔츠를 찢었다.

"자기 자신을 습격할 겁니다. 형사님, 이 남자는 자기를 죽일 겁니다!"

다모쓰의 말을 듣고 쇼지도 오토모에게 달려들었다. 그러나 오토모는 믿을 수 없는 괴력으로 두 성인 남자를 가볍게 뿌리쳤다.

"뭐야, 이 녀석, 완전 괴물이잖아!"

"괴물이 아닙니다, 괴물 같은 게 아니에요!"

소리치며 다모쓰는 곧바로 오토모에게 달려들었다. 오토모는 다모쓰를 질질 끌면서 백열전구 아래까지 오더니, 벗어젖힌 자신의 가슴에 나이프를 대고, 조용히 스윽 그어 내렸다. 한 줄기 핏줄기가 피부에 새겨졌지만 살은 찢어지지 않았다. 오토모는 나이프에 묻은 피를 할짝거렸다.

"허어……작은데도, 같은 색이구나……."

찢어진 입 틈새로, 캔디가 줄줄 굴러떨어졌다. 오토모는 뭔가에 홀린 것처럼 웃더니, 천천히 전구 아래에 드러누웠다. 마치 팔에 달라붙어 있는 다모쓰 따윈 없다는 듯한 동작이었다. 다모쓰도, 쇼지도 혼신의 힘을 다했다. 하지만 오토모는 나이프 칼끝을 자신의 배에 그대로 찔러 넣었다. 히나코는 사메지마의 죽은 모습을 떠올렸다. 누군가가 멈추려 해도 멈출 수 없다. 의식이 끊어져도 사메지마의 손은, 집요하게 자신을 계속 때리지 않았던가.

"노비 선생님, 그 사람을 멈춰요, 그만두게 해요!"

히나코는 다모쓰에게 애원했다. 다모쓰는 두 손으로 오토모의 나이프를 쥐었지만, 그래도 그가 자신을 베는 것을 멈출 수가 없었다. 칼날 때문에 다모쓰의 손도 상처투성이였다.

"틀렸어, 멈추지 않아. 갈망이 너무 강해."

오토모의 배가 갈라지고 대량의 피가 뿜어져 나오는 것을 목도하자, 천하의 쇼지조차 뒤로 펄쩍 물러섰다.

"구, 구급차! 도도, 어서 구급차를 불러!"

소용없다고 생각하면서도 전화를 걸었다. 쇼지는 책상 옆까지 도망가서 토하고, 다모쓰는 오토모의 팔에 매달린 채로, 온몸에 선혈을 뒤집어쓰며 미친 듯이 포효했다.

오토모는 유아를 해부하는 자기 자신을 바라보고 있었다. 그 순간의 흥분에 감싸였고, 동시에 아이가 맛본 아픔과 공포를 음미하고 있었다. 그것은 오토모에게 살아 있다는 느낌을 주었다. 계속 자신의 깊은 곳에 끓고 있으면서도 분출하는 일 없었던 뜨거운 무엇인가가, 미끈미끈, 끈적끈적하게 따뜻한 뭔가와 함께 뿜어져 나가는 것을 느끼고 있었다. 눈앞에는 꾀죄죄한 백열전구가, 갓 태어났을 때부터 계속 함께했던 초라한 빛이, 쓸쓸하고 붉은 빛이 켜져 있다. 여자아이의 속을 꺼내서, 그 안에 뭔가가 있는지 확인했다. 작은 동굴은 공허해서, 결국 아무것도 알 수 없었다. 마음만 먹으면 자신은 누구라도 자유롭게 할 수 있다. 그것만 알았을 뿐이다.

"오토모 군, 쇼 군……."

누군가가 자신을 부르고 있었다. 슬픈 듯 자상한 목소리였다.

―쇼, 쇼라니 참 좋은 이름이지? 내가 사랑했던 남자의 이름과 똑같으니까, 너는 분명 미남이 될 거야. 쇼, 쇼, 오토모 쇼. 연예인 같은 이름이니까―

오토모는 머리카락을 쓸어 올리는 누군가의 손을 느꼈다. 누군가의 가슴에 안겨서, 그 온기를 느꼈다. 두근……두근……두근…… 아주 가까이에서, 누군가의 심장 소리가 들린다. 확실히, 기분 좋은 소리다.

히나코는 큰 소리를 지르고 있었다. 쇼지는 인형처럼 안색이 새파래져서 오토모와 다모쓰를 바라보고 있었다. 다모쓰는 오토모를 가슴에 안고 오열하면서, 무참하게 찌부러진 오토모의 뺨을 쓰다듬고 있었다. 세 사람은 어찌하지도 못하고, 오토모의 혼이 자유로워지는 순간을 지켜볼 뿐이었다.

경찰서 직원들이 잔뜩 몰려왔다. 히나코는 머리에 응급처치를 받고, 쇼지는 사정을 설명했다. 간 씨는 사신여사를 요청했다. 다모쓰는 오토모의 몸에 팔이 붙어버린 것처럼 피투성이의 시신을 떼어놓을 수 없었다. 감식과장이 미키를 불렀다. 둘이서 힘겹게 다모쓰를 일으켜 세웠을 때, 그는 비틀거리면서도 히나코를 눈으로 확인하고는 안도한 듯 옅은 미소를 지었다. 노비타 같은 동그란 안경에 오토모의 살점이 붙어 있었다. 다모쓰는 미키의 부축을 받으며 걸어오더니, 주먹 쥔 상처투성이 두 손을 히나코 앞에 나란히 내밀었다. 히나코는 다모쓰의 얼굴을 올려다보았다.

"그 반지였군요. 그 사람들의 머리에 스위치를 집어넣은 건."
"네. 특수한 전자파로 편도체를 붓게 해서 폴립을 만듭니다."
"그런…… 무서운 연구를…… 어떻게……."

히나코의 얼굴이 일그러지는 것을 보고, 다모쓰는 미안하다는 듯 쓴웃음을 지었다.

"물론 맨 처음에는 제 머리에 시도했습니다. 저는 겁쟁이니까요."

어떻게 이런 사람이 다 있담. 히나코는 피투성이 손으로 벌어진 입을 막았다.

"……자수합니다, 도도 씨. 제가 '스위치를 켜는 자'입니다."

이것이고 저것이고 전부 거짓말이며 꿈속의 일이 아닐까. 그러면 좋겠다고 히나코는 생각했다. 지금 당장이라도 눈을 떠서, 꿈이었구나, 아, 다행이다……. 그렇게 생각하고 싶었다. 꾸물거리며 결단하지 못하는 히나코를 보며, 다모쓰는 너무나 자상한 목소리로 말했다.

"앞으로 나아가세요, 히나코. 당신은 형사입니다."

"그, ……그런 말을…… 이런 장면에서, 쓰지 마세요."

"미안합니다."

그렇게 다모쓰는 사과했다. 히나코는 수갑 대신 내민 그의 주먹을 살짝 자신의 두 손으로 감쌌다. 그리고 그 손에 이마를 대고, 몇 방울인가 눈물을 떨어뜨렸다.

"우와, 이건 또 뭐야. 진짜 화려하게도 벌여놨네."

사신여사의 커다란 목소리가 입구 쪽에서 들려온다. 히나코는 번쩍 고개를 들었다. 그러고는 체포 시간과 죄상을 고하고 나서, 다모쓰의 손목에 수갑을 채웠다.

# #
에필로그

 연말이 가까워진 어느 맑은 날, 히나코와 쇼지와 간 씨는 사신여사를 초청해서 납골을 마친 히토미의 묘를 찾았다. 화려한 진홍색 장미를 묘 앞에 바친 사신여사에게, 간 씨가 투덜거렸다.
 "이거야 원……."
 히나코는 그 장미 옆에 버지니아 슬림 케이스를 놓고, 캔 코코아를 몇 개 바쳤다.
 "생수가 아니어도 괜찮은 거야?"
 "괜찮아요."
 쇼지의 말에 히나코는 새침하게 대답했다.
 "사실은 히토미도 코코아를 좋아했어요. 몸매에 신경을 써서 마시지 않았을 뿐이지. 하지만 이제는 뭘 마셔도 괜찮으니까. 사실 단것이 맛있잖아요. 이제 담배도 마음껏 피워도 돼요."
 "그래. 우울한 국화 같은 걸 요즘 젊은 여자가 기뻐할 리 없지."
 사신여사는 그렇게 말하고는 선향 옆에 불을 붙인 버지니아 슬림을 놓았다.

'히, 나, 코!'

그렇게 어딘가에서 히토미가 부른 듯한 기분이 들었다.

―히나코, 많이 노력했구나, 잘했어, 잘했어.

묘지의 어디를 둘러보아도 히토미의 모습은 확인할 수 없었다.

"괜찮냐?"

히나코의 등 뒤에서 간 씨가 물었다.

"일은 계속할 수 있을 것 같아?"

"네……, 아마도요."

대답과 함께 히나코는 하늘을 올려다보았다. 선향의 연기와 담배 연기가, 쫓고 쫓기면서 올라간다.

"어쩐지 기운이 없네. 뭐, 나도 오랫동안 형사 일을 하고 있지만, 이번 사건은 꽤 힘들었지."

오토모의 시신에서 채취된 DNA는 히토미의 정장에 묻어 있던 체액과 일치했다. 나카지마 다모쓰는 매스컴에 비디오를 보낸 죄로 기소되었다. 원격조작에 의한 자살 방조는 그 사실 자체를 입증할 방법이 없어서, 지검 측도 머리를 끌어안고 있다고 한다. 사신여사의 이야기로는 다모쓰에게 살인죄를 물을 가능성은 낮을 것이라고 한다.

"그러고 보니 오토모 말인데, 검시 해부 때, 깜짝 놀란 게 있었어."

히토미의 묘에 속삭이듯이, 사신여사는 목소리를 낮추었다.

"뭔가요? 놀랐다는 게."

"시신이 움직였어. 얻어맞은 것처럼 움찔움찔하고."
"또, 그러신다."
살짝 굳은 표정으로 쇼지가 웃었다.
"아니, 진짜라니깐."
사신여사는 쇼지를 위협했다.
"히토미의 몫이라고 생각해. 오토모는 네 번 죽지 못하고 세 번째에 가버렸으니까, 시체가 되어서도 할 일이 끝나지 않았던 거지. 업보지, 뭐."
참말인지 거짓말인지, 사신여사는 거기서 이야기를 마쳤다.
"이렇게 오래 살고 있어도 아직도 모르는 일이 있어. 반대로 점점 잊어가는 것도 있지. 세상은 참 잘 만들어져 있단 말씀이야."
이제 그만 가자며 여사가 먼저 일어섰다. 히나코는 참배용 물통을 들었다.
"뭐, 그렇지. 오래 살면 어지간한 일은 잊을 수 있어. 기억하는 건 괴로웠던 일뿐이고, 그것도 나중이 되면 좋은 추억이 되니까……. 인간이란 참 신기한 존재야."
앞일은 알 수 없다. 히나코는 다시 한 번 히토미의 묘를 돌아보았다. 다모쓰와의 관계는 지속될지도 모르고, 끝날지도 모른다. 자신의 마음을 바라보아도 아무런 확증을 얻을 수 없다. 그래도 그를 좋아하는 마음에 변화는 없다. 다모쓰가 죄의 대가를 치르고, 그다음의 일은 그다음에 생각하면 될지도 모른다.
"어찌되었든, 남자란 귀찮아."

그렇게 말하며 사신여사는 히나코의 어깨를 안았다.

"여자도 귀찮지. 남자와 여자 사이에는 적당한 거리란 게 있어. 그걸 파악하는 것도 오랜 경험이 필요하지, 안 그렇습니까, 선생?"

옆에서 간 씨가 왠지 친근한 어조로 사신여사에게 말했다.

"어, 그게 무슨 의미죠? 설마 두 분이 사귀고 계신다든가……?"

쇼지는 여사와 간 씨를 교대로 바라보았다.

"설마, 이상한 소리하지 마. 부부였던 건 벌써 30년도 전이야. 그건 정말 귀찮았어."

"누가 할 소릴."

"엑, 에에에엑!"

쇼지는 묘지에서 큰 소리를 질렀다.

히나코는 고개를 숙이고 미소를 지었다. 왠지 모르게 그렇지 않을까 하는 생각을 하고 있었다. 간 씨가, 여사의 성씨를 잊었다고 말한 이유를 알 것 같은 기분이 들었다.

저기, 히토미.

그렇게 친구의 이름을 부르면서 히나코는 자신의 마음속에, 히토미의 웃는 얼굴을 되찾자고 마음먹었다.

ON[온]
잔혹범죄 수사관 도도 히나코

초판 1쇄 발행 2019년 9월 30일

지은이 나이토 료
옮긴이 현정수
편집 남은영, 허승
마케팅 이원희
디자인 캠프커뮤니케이션즈

펴낸곳 에이치
출판등록 2017년 7월 24일 제2017-000006호
주소 경기도 양평군 지평의병로 116번길 15
이메일 hconpub@gmail.com
팩스 0505-055-2747

ISBN 979-11-89911-05-8 03830

이 도서의 국립중앙도서관 출판시도서목록(CIP)은 서지정보유통지원시스템 홈페이지(http://seoji.nl.go.kr)와 국가자료공동목록시스템(http://www.nl.go.kr/kolisnet)에서 이용하실 수 있습니다.(CIP제어번호: CIP2019033254)

잘못된 책은 구입하신 서점에서 바꿔드립니다.